하늘까지 75센티미터

하늘까지
75 센티미터

안 학 수 장 편 소 설

아시아

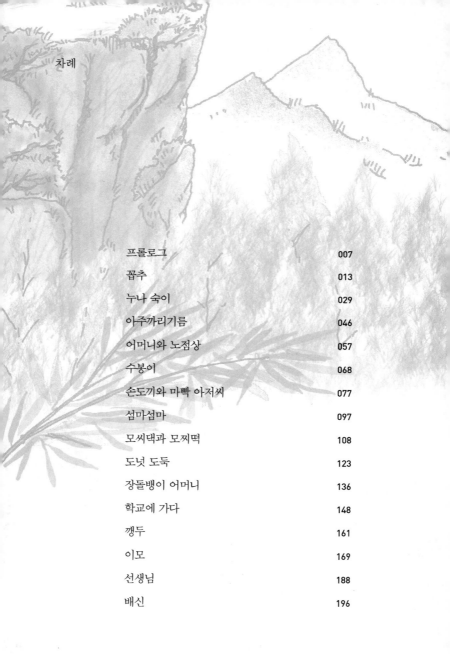

차례

프롤로그

건이를 처음 만난 건 이른 새벽 출근길이었다. 녀석은 아파트 계단 밑에 종이상자를 깔고 누워 있었다. 여름이라지만 한데서 잠을 자기엔 아직 쌀쌀했다. 바짝 웅크린 아이는 반소매 차림이었다. 몸피가 1학년생 정도로 왜소해 보였다. 아이를 깨워서 가게로 데려왔다. 아이는 순순히 따라오면서도 말이 없었다. 입술이 파랗게 질린 건이는 오들오들 떨었다. 비스킷과 따끈한 차를 내주었다.

몸이 풀리자 녀석은 어린아이 특유의 호기심으로 가게에 진열된 시계와 보석 들을 신기하게 바라보았다. 묻는 말에도 제법 대꾸했다.

"건이요, 4학년이에요."

녀석은 할머니와 단둘이 산다고 했다.

"할머니께서 너 찾느라 애태우시겠다. 오늘은 집에 들어가라."

건이는 신경질적으로 머리를 저었다. 더 물으면 멀리 달아날 것처럼 보였다. 겨우 집만 어딘지 확인했다. 뜻밖에도 우리와 같은 아파트 단지에 살고 있었다.

아이를 돌려보내며 저녁때 다시 오면 맛있는 것을 사 주겠다고 약속했다. 꼭 오라고 당부했다.

"차 조심해라!"

건이는 위태롭게 길을 건너갔다.

점심을 먹으러 집에 들렀을 때 건이네 아파트에 찾아가 보았다. 문이 잠겨 있고 인기척이 없었다. 건이 할머니를 만나 보려고 경로당으로 갔다.

노인은 경로당에 출입을 않는다고 했다.

"아마 폐지 주우러 손수레 끌고 나갔을 거라."

건이 할머니는 청각장애인이었다. 아버지는 아이가 두 살 때 사고로 죽고, 엄마마저 삼 년 전에 집을 나갔다고 했다. 귀 어두운 할머니는 손자에게 자주 매를 들었다. 매를 들면 인정사정없었다. 아이가 매질을 못 이겨 자주 집을 나간다고 했다.

건이는 오후 두 시경에 가게로 찾아왔다. 생각보다 일렀지만 반가웠다. 녀석은 가게 진열품을 지루한 기색 없이 구경했다. 일 보는 아가씨가 진열장에 지문을 묻힌다고 눈치를 줬으나 아랑곳하지 않았다.

해거름에 건이 할머니가 가게로 찾아왔다. 노인은 생각만큼 사나워 보이지 않았다. 곤궁함이 찌들고 가냘픈 몸은 자신의 육신마저 건사하기 힘겨워 보였다. 건이는 할머니를 보자 달아나려고 했다. 노인은 손자를 붙안고 눈물을 흘렸다. 지켜보자니 애잔한 마음이 들었다.

건이가 자주 가게로 놀러왔다. 물론 할머니의 손찌검을 피해 도망 나온 때도 있었다.

건이는 학교나 마을에 친구가 없었다. 아마도 왕따를 당하면서 겉도는 눈치였다.

여름방학이 지나고 개학이 며칠 남지 않은 어느 날이었다. 건이 할머니가 가게로 찾아왔다. 혼 좀 냈더니 간밤에 나가서 또 들어오지 않았다고 했다. 건이가 가게에 얼굴을 비치지 않은 날이었다. 노인을 가게에 모셔 두고 길에 나가 보았다. 녀석이 갈 만한 곳을 돌아보다가 학교 정원에서 찾아냈다. 건이는 플라타너스 그늘 벤치에 우두커니 앉아 있었다.

"왜 집에 안 들어갔어?"

"……."

"할머니께서 가게에서 기다리신다."

손을 잡아서 일으키자 녀석이 완강히 버텼다.

"앞집에서 돈을 도둑맞았는데 내가 가져갔대요."

"그래서 할머니가 또 혼내신 거로구나."

건이는 아직도 억울한 표정이었다. 시무룩이 앉아 있던 녀석이 난데없이 물었다.

"아저씨, 죽으면 어떻게 되지요?"

대답해 줄 좋은 말이 떠오르지 않아 그냥 넘겼다. 왜 그런 질문을 하는지 생각해 보지도 않았다. 녀석이 끊어진 줄넘기 줄을 손에 들고 있었던 것도 예사로 넘겼다. 평소에 잡다한 물건들을 가지고 노는 아이라 아무렇지도 않게 보았다.

그 일이 있고 나서 건이를 도울 방법이 없을까 고민했다. 노인만 동의해 준다면 아동보호시설에 보내는 건 어떨까 하는 생각도 해 보았다. 그러나 주제넘은 생각 같았다. 남이라서 편하게 생각한다는 자책감도 들었다. 그러면서 녀석이 플라타너스 그늘에서 물었던 질문이 무슨 숙제처럼 마음을 떠나지 않았다. 아이에 대한 안타까움도 그렇지만 나 스스로에게도 뼈아픈 질문이 되어 마음을 괴롭혔다. 나는 죽음을 늘 곁에 껴안고 살아왔다고 생각했다. 죽음은 마치 뚜껑을 열어서는 안 되는 봉인된 항아리처럼 내 앞에 놓여 있었다.

개학하고도 그럭저럭 두어 달이 지났다. 건이도 학교생활에 바쁜지 9월 한 달 동안은 아예 얼굴을 비치지 않았다.

하루는 퇴근길에 일부러 건이네를 찾아갔다. 건이는 없고 노인만 저녁상을 치우고 있었다. 겨우겨우 노인과 얘기를 했다. 건이가 미국으로 입양되었다고 했다. 노인은 메마른 눈을 적셨다.

전혀 뜻밖의 소식이라 별로 할 말이 없었다.

그 정도 자라서 입양되었다면 언어와 문화가 낯선 타향에서 고생이 클 것이다. 어린것이 얼마나 상처를 받으며 지내게 될까 안쓰러웠다. 기왕에 발 벗고 나서서 돕지 못했다는 때늦은 후회가 밀려왔다.

그리고 새삼스레 건이에게 미처 해 주지 못한 대답이 있다는 사실을 깨달았다.

나는 조바심이 났다. 마치 줄 끊어진 연을 바라보는 아이의 심정이었다. 그리고 나는 다시금 깨달았다. 이건 누구보다도 나 자신에게 들려주는 대답이었다. 오랫동안 봉인된 얘기를 꺼내는 나로서는 이 긴 이야기를 끝마칠 수 있을지 자신할 수 없다. 다만 이 편지는 생에 두 번 다시 쓸 수 없으리라는 사실은 명백하다.

꼽추

남들은 첫 기억으로 무엇을 간직하고 있을까? 수나는 간혹 궁금했다. 세 살 혹은 네댓 살, 늦은 아이는 그보다 한두 살 더 먹어서 겪은 일을 기억할지 모른다. 뜨거운 데 덴 기억, 동생의 탄생, 선물로 받은 인형이나 장난감, 혹은 동물원이나 놀이 공원에 놀러 간 일, 길 잃은 공포, 가족의 죽음, 아니면 그저 햇살 좋은 어느 오후에 대한 촉각이나 크레파스, 혹은 파란 대문 같은 이미지가 떠오를지 모른다.

수나는 강물이 떠오른다. 여섯 살 수나는 어머니 등에 업혀 있다. 강물 소리가 들린다. 오래전부터 둘은 그렇게 강가에 서 있었던 듯싶다.

"수나야."

"응?"

"너랑 나랑 둘이 존디루 가까?"

"…… 오디?"

"저 먼 디…… 존 디…….''

어머니는 한동안 말이 없다. 어느 순간 차가운 강물이 수나의 발가락에 닿았다. 수나는 어머니 목을 꼭 껴안았다. 목 껴안은 손등으로 어머니의 눈물이 떨어진다.

"엄마…….''

"우리 가자…… 존 디루 가자.''

어머니는 강물 속으로 한 걸음 더 깊이 발을 들인다.

"싫어, 강물이 무서워!''

"엄마랑 가는디 뭐가 무서?''

어머니는 비척비척 몇 걸음 더 들어간다. 물이 수나의 장딴지를 휘감았다. 어머니의 모시 치마 깃이 다리를 쓸고 흐른다.

"싫어! 강물루 들어가먼 죽잖어! 난 안 갈텨!''

천천히 들어가던 어머니는 멈칫했다. 사뭇 냉랭해진 목소리로 말한다. 화난 사람 같다.

"어째피 다 가는 디여. 우리가 쬐끔 먼저 가는겨.''

다시 또 천천히 들어간다. 무릎이 잠기고 엉덩이와 가랑이가 젖는다.

"엄마! 난 안 죽을 텨! 싫어, 엄마!''

어머니는 들은 척도 않는다. 자꾸 안으로 들어만 간다. 걸음이 더 빨라진다. 물이 겨드랑이까지 닿았다. 등이 시리다.

두렵다. 수나는 어머니의 목을 감아쥐고 울부짖는다. 목까지 물이 오른다.

"엄마! 등 고쳐 내라구 안 헐껴! 죽구 싶다구 안 헐껴!"

어머니는 말뚝처럼 선다. 등 너머로 오열한다. 목에 선 핏대가 팔뚝에 느껴진다.

"어이구, 울 애기! 이 에미가 잘못했다. 에미가 미친년여!"

수나는 생을 통해 첫 기억을 수없이 복기했다. 사람에게 첫 기억은 아무런 영향을 미치지 않는다. 삶이 평탄하였다면 그는 그날의 기억을 희미한 악몽쯤으로 치부했을지 모른다. 죽음은 늘 곁에 머물렀다. 한시도 죽음을 떼어 놓은 적이 없어서 생의 기억이 시작되는 여섯 살 그날이 어제 일처럼 새롭고 생생하게 되살아났다.

수나가 태어난 공주시 신풍면 봉갑리는 산들이 에워싼 산골이었다. 차도 들지 못하는 오솔길과 고갯길만 사방으로 나 있었다. 학교도 십 리 밖에 있고 시장도 수십 리 나가야 했다. 봉갑리는 광부인 아버지가 떠돌다가 정착한 마을이었다. 아버지는 십 년째 광부로 지내고 있었다.

강물에서 나온 후 어머니는 가족과 함께 봉갑리를 떠났다. 수나는 고향에 대한 다른 기억이 없었다. 그 시뻘겋고 차가웠던 강물만이 유일한 기억으로 남아 있었다. 그날 이전의 기억은 물리적인 충격을 받은 메모리처럼 지워지고 없었다. 다른 모든 기억이 강물에 섭슬려 버렸다. 수나는 오랜 시간을 두고 어머니가 남의 얘기처럼 전해 주는 이야기로 사라진 기억을 맞추고는 했다. 퍼즐 게임 같았다. 이야기들은 단편적이었고, 때로는 추정이 개입되고, 짙은 회한이 실려 있었다. 그러므로 제 기억처럼 온전히 되살려져 굳은살 되기까지는 오랜 시간이 걸렸다. 몸에 끔찍하게 새겨졌으나 떠오르지 않는 기억들. 다섯 살 자신에게 내린 천형을 의식할 때면 수나는 기억상실증에 빠져 버린 느낌이었다.

휴전하고 여섯 해 나던 여름, 수나는 다섯 살이었다. 이웃 복성네는 형제가 많아 마을 아이들이 곧잘 그 집에 모여 놀았다. 일가처럼 지내는 이웃이었고, 그 집 막내아들 복성은 수나와 동갑내기였다. 수나는 그 집 마당에서 살다시피 했다. 그날도 수나는 토방에서 복성과 놀고 있었다.

그 집 둘째아들 두성이 높다란 나뭇짐을 지고 들어왔다. 열일곱 살인 그는 학교에 가지 않고 집안 농사를 거들고 있었다. 무거운 나뭇짐을 지게째 마당에 부려 놓은 그는 우물에 두레박을 던지며 신경질적으로 소리쳤다.

"형수! 밥 안 줄뀨?"

새댁인 그 집 큰며느리가 미안해 어쩔 줄 모르며 부엌에서 밥상을 내왔다.

"되린님, 시장허실 텐디 어쩐대유. 밥을 많이 헌다구 했는디, 막내 되린님이 수나랑 먹는 바래미, 월마나 먹어대는지 되린님 밥을 즉게 남겼잖유. 얼렁 새참 해다 디릴게 이거라두 드시구 밭이 가셔유."

텃마루에 올린 밥상에는 살랑살랑 채운 밥 한 공기와 옥수수, 감자가 한 알씩 놓여 있었다. 옥수수와 감자는 두성을 생각해서 며느리가 옆집에서 얻어 온 것이었다.

"나두 옥수껭이 먹을래!"

복성이 쪼르르 달려가 붙으며 손을 내밀었고 수나도 곁에 붙었다. 꿀밤이라도 쥐어박을 것처럼 두성은 철없는 두 아이를 째려보았다. 며느리가 파리 쫓듯 손사래를 쳤다.

"뭇써! 형은 이보다 많이 먹어두 일헐라면 배고프단 말여. 막내되린님은 이따 저녁이 옥수껭이 쪄 줄게 참어."

복성은 부루퉁하니 마당으로 내려섰다. 철부지 수나는 눈치도 없이 곁에 붙어서 침을 삼켰다. 밥공기를 다 비운 두성이 잠깐 방으로 들어갔다. 아마도 옥수수와 감자는 밭으로 나가며 먹으려고 남겨 둔 눈치였다. 수나는 그새 옥수수를 집어서 한입 베어 물었다. 제 동생 복성이 짓이래도 씹어 삼킬 두성이 남의 집 아이를 가만둘 리 없었다. 농립을 챙겨 나오던 두성은 옥수수를 지범거린 수나를 보자 대뜸 발길질을 했다.

"이 새긴 왜 맨날 우리 집이서 처먹고 지랄이여!"

우악스러운 발길이 수나의 등에 꽂혔다. 옥수수를 든 수나는 토방 아래로 굴러 떨어져 나뒹굴었다. 눈 깜짝할 사이에 일어난 일이었다.

수나는 정신을 놓고 죽은 것처럼 꼼짝도 못했다. 수나가 정신이 들었을 땐 찬물을 끼얹어서 머리가 흠뻑 젖어 있었다. 입술에서는 시큼한 김칫국 맛이 돌았다. 숨도 쉴 수 없을 만큼 온몸이 결리고 아파 똑바로 일어설 수가 없었다. 김칫국 뜬 숟가락을 그릇에 놓으며 그 집 며느리가 수나를 일으켜 앉혔다.

"오쩌다 토방서 구른겨? 그러게 왜 그냥 부산스럽게 놀어!"

수나는 아무 생각이 나질 않아서 대답을 못하고 멍하니 앉아 있었다.

한참 후 수나는 비척거리며 그 집 마당을 나왔다. 평소 걷는 느낌이 아니었다. 끄뭇끄뭇, 누군가 전기 스위치를 몸에 꽂고 장난하는 것처럼 쑤시고 결렸다. 지난번에 산에 놀러 갔다가 벼랑에서 굴러서 배가 찢겼을 때도 이렇게 아프지는 않았다.

숨을 간신히 쉬며 집으로 돌아온 수나는 아무도 없는 방으로 기어들어 앓았다. 시간이 지나고 날이 갈수록 두성의 발길질에 차인 일이 또렷이 떠올랐다. 수나는 부르르 몸을 떨었다. 무서웠다. 아무에게도 그 사실을 말할 수 없었다. 일러바쳤다고 두성이 앙심 품고 또 달려들 것 같았다. 두성이가 무서워 다시는 그 집에 놀러 갈 수 없었다.

수나는 하루도 아니고 며칠 동안 꼼짝 못하고 누워 징징거렸다.

"암만해두 쟤 워디가 안 좋은개비다. 의원헌티 데꾸 가 봐야겠다."

할머니가 말했다. 어머니는 수나의 당숙에게 수나를 데려
갔다. 맥 정도는 짚어 내는 이였다. 당숙은 맥을 짚고 몸을 여
기저기 살펴보더니 고개를 갸웃거렸다.

"먼젓번 숙이랑 산이루 놀러갔다 비탈서 심히 굴렀다메 그
때 어혈든 건 아닌지유? 애덜은 어혈이 쉬 들지 않는디, 충격
이 컸었나 봐유. 인분 즘 멕여 보슈. 어혈 빼는 딘 그만헌 게
읎으니께유."

다섯 살 터울 숙이는 수나가 백일 지나고부터 업고 놀았다.
걸음마를 떼자 늘 손잡고 다녔다. 하루는 수나 남매가 동네
동무들과 얼려서 동산에 놀러 갔다. 그날은 밤나무 밭 위에
있는 너럭바위까지 올라가 놀고 있었다. 동산 기슭 집 뒤의
대나무 밭을 에둘러 올라가야 밤나무 밭이었다. 너럭바위는
마을 아이들이 가끔 올라가 노는 마당바위였다.

양지바르고 너른 바위에서 누나들은 공기놀이와 소꿉놀이
를 했다. 그러다가 누군가 밤 줍자는 소리를 냈다.

"수나야, 쬐끔만 앉아서 지둘러라. 누나가 요 밑이서 밤 주
워 올게."

숙이가 동무들과 뭉쳐서 마당바위를 에돌아 아래 언덕을
내려갔다. 너럭바위에 혼자 남은 수나는 심심했다. 바람 소리
만 들리고 조용하니 이상했다. 바람이 억새 잎을 흔드는 스스
스 소리에 무섬증이 일었다.

"누나야 빨랑 와!"

"쫌만 지둘러! 많이 줏어 갈게!"

목소리가 지척인 게 숙이는 바로 아래에 있는 모양이었다.

수나도 밤 줍는 데로 가 보고 싶었다. 바위 아래로 내려다보니 바스락거리는 소리만 들리고 누나들은 보이지 않았다. 별안간 참나무 숲에서 멧비둘기 두 마리가 푸득거리며 건너편 산으로 날아갔다. 깜짝 놀란 수나는 다시 고개를 빼 바위 아래를 보았다. 아무도 보이지 않아 가장자리로 바짝 다가갔다.

"으핫!"

수나는 그만 손을 헛짚고 말았다. 바위 아래로 굴러서 나뒹굴었다. 수나는 대굴대굴 굴러 밤나무 아래 대밭까지 내려가 처박혔다. 숙이가 울부짖는 목소리가 가물거리며 정신을 잃었다.

수나는 두어 번 기침을 했다. 막혔던 숨이 터지고 소리쳐 울었다. 아랫배가 뜨끔거렸다. 죽창 같은 대나무 그루터기에 아랫배를 찔렀는데 다행히 살갗만 심하게 벗겨졌다.

어머니는 당시 민간요법대로 상처에 된장을 발라 주었다. 숙이는 어머니에게 혼이 났다. 수나는 하루를 꼬박 끙끙 앓았다. 아랫배 상처는 일주일이 지나서야 딱지가 굳고 아물었다.

"서방님 말씀대루 그때 니가 호되게 다친겨."

어머니는 약대접을 들고 수나를 끌어 앉히면서 숙이를 흘겨보았다. 수나는 어머니가 주는 대로 구역질나는 똥물을 코

를 쥔 채 넘겼다.

병세는 차도가 없었다. 먹을 거라면 어디서든 걸터듬던 수나였지만 아무것도 입에 대고 싶지 않았다. 평소에 좋아하던 곶감도 싫고, 미역국에도 고개가 돌아갔다. 무릇을 잰 꿀단지를 내놓아도 들여다보고 싶지 않았다. 아버지가 고욤을 가지째 꺾어다 주어도 홍시를 광주리째 내밀어도 본숭만숭했다.

"이늠아, 오디가 오치게 아푼지 말을 허야 알지."

아버지가 답답해서 짜증을 냈다. 수나는 어떻게 아픈지 표현할 방법을 알지 못했다. 머리끝에서 발끝까지 아픈 것 같기도 하고, 어쩌면 아픈 데가 없는 것 같기도 했다. 그냥 숨을 들이쉴 때마다 등줄기가 찌르르하고, 온몸이 결릴 뿐이었다.

어머니가 업고 읍내 병원에 가 보았다. 의사가 청진기로 진찰하고 나서 물었다.

"아무런 이상 없는디 어디 어떻기 아픈 거냐?"

아이에게 묻는 소리는 아닐 거였다. 어머니는 대나무 그루터기에 찔린 배 상처를 보였다.

"잘 아물었는디 고것 땜에 아픈 것 같진 않어유. 회충 때미 그런가 싶네유. 구충제 드릴께 갖다 먹여 봐유."

구충제를 먹인다고 어머니는 수나에게 저녁을 먹이지 않았다. 수나는 더 축 늘어졌다. 며칠이 지나도 회충 한 마리 나오지 않았다. 수나는 날이 갈수록 점점 야위어 갔다. 툭하면 짜증을 내고 징징거렸다.

추석 쇠고 가을이 깊어 날씨가 제법 쌀쌀해졌다. 이젠 어머니도 아버지도 징징대는 수나를 귀찮아했다.

"이노무 자식, 아침부텀 재수없게 짜구 지랄이여. 혼 즘 나볼래?"

아버지가 손을 번쩍 치켜들자 수나는 방구석으로 몸을 굴리며 훌쩍였다. 아버지보다 말리지 않는 어머니가 더 야속했다.

김장거리를 뽑아 온 어머니는 아무 소리 없는 수나가 수상해 방 안을 들여다보았다. 수나는 울다 지쳐 방구석에 오그린 채 잠들어 있었다. 아이가 입은 무명 저고리가 땀에 절어 꾀죄죄했다. 옷을 갈아입히려고 만지자 잠이 깬 수나는 끙끙 앓는 소리를 냈다.

"대체 오디가 아픈간 그려?"

혀를 차면서도 가만가만 옷을 벗겼다.

"아이구머니! 이게 웬일이여?"

어머니는 수나의 등을 보고 놀라서 주저앉았다.

"등이 왜 이런겨? 등이 아팠어?"

수나의 등뼈가 주먹만큼 솟아 올라와 있었다. 그동안 어깨가 구부정해도 먹지 않아 기운 없어서 그런 줄만 알았다. 어머니는 수나를 둘러업고 급한 김에 당숙에게 달려갔다.

"허이구, 이를 어째야 옳댜? 이를 어째야 옳어!"

당숙은 옷을 들추고는 거친 손으로 수나의 등을 쓸었다.

"서방님, 왜 그러슈?"

"허이구, 애는 인저 병신 됐슈. 허이구! 어쩌면 좋댜."

"뭔 소리래유? 병신이라뉴?"

"어허 참…… 애는 인저 꼽새 됐슈. 허이구, 어쩌냐……."

"어떠칸 그러슈? 서방님, 울 애기가 어떠냐구유?"

죽은 아이 안 듯 어머니는 수나를 끌어안고 통곡했다. 수나
는 어머니의 울음소리에 놀라 함께 울었다.

수나는 드러누워 지냈다. 어머니나 아버지나 손을 놓고 한
숨뿐이었다. 이내 수나의 등에 종기가 났다. 종기는 빨갛게
자라며 곪아 갔다. 옷깃이 살짝 조이거나 당겨져도 온몸이 감
전된 것처럼 찌릿하니 숨이 막혀 왔다. 종기는 날로 커져 어
른 주먹만큼 빨갛게 자랐다. 가만있어도 화끈거렸다. 종기에
서 고름이 노랗게 차올랐다. 마치 잘 익은 토마토가 등에 달
린 것 같았다.

어머니는 이웃 동네 의원에게 수나를 보였다.

"아직 일러요. 파종破腫하려면 종기가 더 익어야죠. 고름이
노랗게 차오르면 데려와요."

며칠이 지났을까? 옆구리를 꼬챙이에 찔린 듯 통증이 돌았
고, 어른들은 파종할 때가 되었다고 얘기했다. 의원과 상의하
여 날을 잡았다. 파종할 시간이 다가올수록 수나는 초조했다.

어머니는 숨조차 간신히 쉬는 아이를 둘러업었다. 수나는
죽으러 가는 것처럼 두려워서 입술을 떨었다.

의원은 화롯불에 침을 달구고 있었다. 곪은 데를 째는 납작

하고 긴 '바소'라는 침이었다. 수나는 침을 보자 몸이 더 떨렸다. 어머니 팔을 꼭 잡았다.

"괜찮여. 엄마가 있으니께 걱정 마러."

어머니는 수나의 옷을 벗겼다. 의원이 몇 겹으로 접은 하얀 기저귀를 바닥에 깔았다.

"자, 여기 엎드려라."

의원은 발가벗은 수나를 안아 기저귀 위에 엎어 놓았다. 의원이 어머니에게 수나의 팔을 잡으라고 지시했다. 겁에 질린 수나는 부들부들 떨며 눈물을 흘렸다. 어머니는 수나의 손을 잡고 안심시키려고 애썼다.

"괜찮여, 괜찮다구."

어머니가 손에 힘을 주며 말했다.

침으로 살짝 찔러 종기를 터뜨리는 순간이었다. 참으려고 이를 악물었다. 따끔한 아픔이 등 깊숙이 파고들어 악문 입에서 저절로 비명이 나왔다.

"참어, 울 애기. 참어. 쬐금만 참어."

어머니도 제정신이 아니었다. 어느 결에 화끈거리던 종기가 사르르 가라앉는 느낌이 들고 시원해졌다. 뜨거운 액체가 배꼽 아래 기저귀까지 주르르 흘러내렸다. 하얀 기저귀가 붉고 누런 체액으로 축축하게 젖었다. 다음 순간 수나는 눈을 홉뜨고 외마디 비명을 질러댔다. 의원의 손길이 사정없이 종기를 짓눌러대는 것이었다. 온몸이 갈가리 찢기는 아픔에 수나는 몸부림 쳤다. 그러나 어머니에게 잡힌 팔을 빼낼 수 없었다. 의원의 다리에 두 다리를 눌려 발버둥도 칠 수 없었다. 너무 아파 숨을 들이켤 수도 없었다. 온몸이 터져라 입을 벌렸으나 비명이 나오지 않았다. 고름 짜기가 몇 차례나 반복되었다. 수나는 꺼지듯이 맥이 풀렸다.

"잠시 정신 논 거니 염려 마요."

의원이 우는 어머니를 안심시켰다.

이마와 볼을 쓰다듬는 손길이 느껴졌다. 이윽고 수나는 눈을 떴다. 어머니가 눈물 그렁한 눈으로 들여다보고 있었다.

"살았네! 울 애기 살았어. 인전 됐어."

어머니는 수나의 얼굴에 볼을 비벼댔다. 피고름에 젖은 기저귀 더미가 방바닥에 널브러져 있었다. 그 모습이 끔찍해서 수나는 다시 눈을 감았다.

의원은 상처 자리에 한지로 만든 심지를 박아 넣었다. 다시 이가 갈리도록 고통스러웠지만 고름을 짜낼 때보다는 덜했다. 고약을 불에 달구어 상처에 붙이고 기저귀로 싸매 주는 것으로 파종이 끝났다.

새살이 돋을 때까지 날마다 심지를 갈고 고약을 떼었다 붙여야 했다. 고통은 늘 새로웠다. 매일 되풀이되는 통증과 두려움은 결코 익숙해지지 않았다.

수나는 하반신이 마비되어 제대로 앉지도 못했다. 굽은 등뼈와 우근 가슴뼈에 허파가 짓눌려 숨소리가 쌕쌕거렸다. 음식을 제대로 못 넘겨 영양실조마저 겹쳤다. 종기가 아물 만하면 등에서 옆구리로 옮기며 새로이 났고, 귓속도 짓물러서 진물이 났다. 사시사철 기저귀를 차고 지냈다.

수나는 등에 다시 돋아난 종기를 견디기가 힘들었다. 자칫 잠들다 몸을 움직이면 자지러지게 놀라 비명을 지르고 깨어났다. 지켜보는 부모 심정도 오죽 괴로웠을까? 어느 날 아버지가 퀭한 눈길로 중얼거렸다.

"저두 고생 나두 고생, 차라리 죽는 게 낫지. 이게 워디 사는 거랴?"

그날 어머니는 수나를 무릎 위로 끌어안았다. 그렇게 한동안 멍하니 앉아 있던 어머니가 말했다.

"업어, 업구서 냇깔 물이 월마나 불어났나 구경이나 허자."

밖으로 나온 어머니는 가만히 콧노래를 불렀다.

"음으흠 음음 흠으음……."

그러더니 한숨을 푹 내쉬었다.

"이 에미가 못나서 잘난 너를 이냥 맹긴거, 미안허다 울 애기, 참말루 미안허다."

어머니는 코를 훌쩍였다. 수나는 울적해졌다. 어머니 등을 더 파고들었다.

"수나야!"

"웅?"

"너랑 나랑 둘이 존디루 가까?"

누나 숙이

"이 에미가 무슨 수라두 써서 니 몸을 고쳐 낼 거여. 무슨 수라두……."

강물 사건 이후 어머니는 변했다. 수나를 제 발로 걷게 만들고, 남들처럼 학교에도 보내겠다고 틈만 나면 말했다. 사지를 제대로 못 가누는 수나에게 가나다라를 익히고 덧셈, 뺄셈을 가르쳤다.

"넌 핵교 안 댕겨? 병 나스먼 핵교 가야잖여? 니 동무들은 다 공부허넌디 너만 못허먼 되겄냐?"

수나는 새봄에 입학을 못 했다. 어머니가 그럴수록 수나는 반감이 들었다. 강물 사건이 어린 마음에 상처를 남겼는지 모른다.

"공부두 안 허구 핵교두 안 댕길겨!"

수나는 신경질적으로 돌아누우며 소리치곤 했다. 어머니가 조용히 타일렀다.

"이까짓 거 못 이겨 내면 훌륭한 사람은 어찌 되누."

"누가 꼽새를 훌륭허게 쳐 주남? 다 소용읎어!"

어머니는 깊은 한숨을 내쉬었다. 그리고 혼잣말처럼 중얼거렸다.

"걱정 마러. 내가 널 꼭 고쳐 낼겨."

"그럼 빨랑 고쳐 내!"

수나는 어머니의 무릎에 얼굴을 대고 엎드려 울먹였다. 어머니는 한동안 말없이 수나의 굽은 등을 쓰다듬었다.

온통 수나에게만 마음이 쏠리는 바람에 누나 숙이는 뒷전이었다. 무관심을 넘어 어머니는 숙이에게 모질게 대했다. 별일도 아닌 일을 두고도 딸에게 화풀이하듯 했다. 동생을 이 꼴로 만들어 놓았다는 미움이 마음 깊숙이 박혀서 그러는 것 같았다. 집안 어른들은 숙이 탓으로 믿고 있었다. 아들이 가엾고 몸이 힘들면 딸이 눈엣가시처럼 보였을 것이다. 어머니는 이제 초등학교 6학년 아이에게 밥하고 빨래하고 길쌈하는 일까지 몰아치듯 가르쳐 놓고 제대로 못한다고 야단쳤다. 숙이는 어른들 앞에서 눈물을 비칠 수가 없었다. 조용히 뒤꼍에 앉아 혼자 훌쩍거리다가 돌아오곤 했다.

숙이는 공부를 잘했다. 4학년에서 6학년으로 월반도 했다. 숙이는 중학교에 가고 싶어 했다. 그러나 말도 꺼내지 못했다. 집안 형편도 그렇고, 천덕꾸러기 신세가 된 여자애 진로를 나서서 챙겨 줄 집안 어른도 없었다.

당장 할머니는 "지집년이 공부는 해서 뭣혀? 집이서 살림 허구 질쌈이나 잘 가르쳐 때 되걸랑 여우면 그만이지"하고 윽박지르듯 했다.

주눅 든 숙이는 답답하고 우울한 마음을 어찌할 줄 몰라 정신 나간 듯 덤벙거리기 일쑤였다. 그게 또 어머니 눈에 거슬려서 자주 꾸중을 들었다.

숙이가 졸업을 하고 얼마 후 대천에서 오촌 당숙 내외가 찾아왔다. 그의 형인 둘째 당숙이 수나네가 사는 봉갑리에 살고 있었다. 그 둘째 당숙이 몸져누워서 병문안 차 방문한 길이었다. 그는 대천에서 큰할아버지로부터 물려받은 약국을 경영해 오고 있었다. 막내 당숙이지만 수나 아버지보다 나이가 두 살 더 많은 사촌형이었다.

"이젠 숙이도 졸업했으니 이참에 대천으로 살림을 옮기지. 언제까지 이 촌구석에서 수나 저것 데리고 고생하며 살겠나?"

당시 아버지는 강원도 태백 쪽 탄광에 일자리를 알아보고 있었다.

"뭐라두 손에 진 게 있으야지, 빈주먹으루 워디 가서 뭘 허구 살겄어?"

"뭘 해도 여기보단 못하겠나? 오기만 하게. 내 뭐라도 하게 해 줄 테니."

당숙은 궁벽한 집 안을 착잡한 눈으로 둘러보았다.

"수나 저놈도 대처로 나가야 큰 병원에 한 번이라도 더 가보지. 내 약도 적극적으로다 알아볼게. 학교도 가까워서 거동만 한다면 여기서보단 다니기 쉬울 것이고."

아버지는 묵묵부답이었다. 마음이 기운다고 될 일이 아니었다. 그러나 어머니는 사촌 시숙의 제안에 솔깃한 눈치였다.

"죅야 당장 따라나서두 손해 볼 거 읎슈."

아버지가 눈을 부라렸다. 광독이 올라 숨이 찬 아버지는 뒷문을 열고 가래를 뱉어냈다. 어머니는 수굿이 지고 싶지 않은 눈치였다.

"몸만 빼내면 가진 게 읎는 살림인디, 난 사람구실 허메 살수만 있다면 대천이 아니라 미국이라두 가겠네."

어머니 말은 틀리지 않았다. 아들을 위해서라면 뭐든 해낼 사람이었다. 지난겨울에는 추수한 콩 닷 말을 내놓고 큰굿을 했다. 무당은 김장독 묻은 데가 동티났다고 김장독을 옮기라 했다. 어머니는 콘크리트처럼 꽁꽁 언 땅을 한나절이나 파내어 무당이 짚어 준 데다가 독을 묻었고 다시 동티 잡는 굿을 벌였다.

"그나저나……."

당숙은 용건이 따로 있다는 듯 두 식구를 건너다보았다.

"숙이 중학교 안 보낼 건가?"

물으나 마나 한 소리였다. 이미 알아보고 온 눈치였다. 숙이는 마당에서 쪽파를 다듬고 있었다. 칼 쥔 손길이 능숙했으나 웅크린 몸피가 조그마한 소녀였다.

"숙이를 내가 데려가면 안 되겠나? 데려다가 약국서 심부름도 시키고 장사도 가르치고 싶은데 동생 의향은 어때?"

"쟤가 뭘 허겄슈? 쬐간 하꼬방두 아니구 약국인디, 지 동생 하나두 건사 뭇허는 애유. 우리 심 덜어 주시려구 그러시는 줄은 아는디 그럴 수는 읎슈."

아버지는 체머리를 흔들었다. 어머니도 딸을 대처로 내보낼 생각을 한 번도 못 해봤던 터라 당황한 눈치였다. 더러 식모살이로 딸들을 대처로 내보내는 집들이 있지만 수나네는 아무리 없이 살아도 딸을 내보내고 싶지 않았다. 당장 걷지 못하는 수나를 돌볼 손도 필요한 형편이었다.

당숙은 쉬 물러서지 않았다.

"아, 여기서 집안일 거들어 봤자 군입 하나만 더 있는 셈이지, 안 그래? 요새는 공장이다 식모다 계집애들도 돈벌이 내보내지 옛날처럼 집에서 끼고 있는 이가 별로 없어. 저 잘하면 돈도 모아 산업체 학교도 들어가고 그러잖아."

입에서 학교 보내 주겠다는 소리는 안 나왔지만, 세상 물정 밝은 배운 사람이 내놓는 소리라 가만히 들었다. 하긴 열세 살 먹은 딸아이를 마냥 놀릴 수는 없었다.

"데려다 세상물정도 가르치고 딸처럼 아끼며 돌봐 줄게."

"그야 어련허시려구유. 집보담은 편헐 테쥬. 지 동생 돌보
랴 집안일 돌보랴 먹는 것두 선찮은디 그런 집보다야 낫겠
쥬."

당숙의 설득을 이겨 내지 못한 눈치였다. 아버지는 긴 한숨
만 내쉬고, 어머니는 애잔한 눈길로 딸을 건너다보았다. 잠시
침묵이 흘렀다. 이윽고 아버지가 입을 열었다.

"그럼 온제쯤 데려가실뀨?"

"혼자 보내긴 대천도 먼 길이고, 우리가 온 김에 아예 데려
가면 좋겠네."

"이번 당장 말유?"

어머니는 입을 벌린 채 눈이 동그래졌다. 아버지가 심란해
진 마음을 추스르듯 목소리에 힘주어 말했다.

"그류. 맘 정했으면 미룰 거 읎쥬. 그저 성님만 믿구 보내지
유. 눈썰미 있구 욕심두 있는 애라서 뭘 시켜두 금방 잘 해낼
거유."

그길로 숙이는 짐을 쌌다. 이것저것 옷을 챙기는 어머니도,
짐 받아드는 숙이도 눈물로 옷을 적셨다. 당숙 내외를 따라나
서면서도 숙이는 가기 싫어 발걸음을 떼지 못하고 끌리다시
피 사립을 나섰다.

"어여 가거라. 우리두 곧 대천으루 갈겨. 그때까정 아저씨
아줌니 말씀 잘 듣구 가르쳐 주시는 거 잘 배야 돼여. 큰 디루
학교 간다구 생각허여. 울지 마러라. 그래 싸먼 뭇 쓴다. 오디

너미 집으루 팔려 간다냐?"

어머니는 숙이가 고갯길을 넘는 걸 지켜보다가 안 보이게 되자 사립에 주저앉아 소리 내 울었다.

수나는 다음 날에야 누나 없는 쓸쓸함을 느꼈다. 집이 빈집 같았다. 목이 말라 누나를 불렀다가 없다는 것을 깨닫고 눈이 시큰해졌다. 뒷문에서 훌쩍훌쩍 우는 소리가 들리는 것 같아 열어 보기도 했다.

"엄니, 누나는 온제 온다?"

"오긴 왜 온다냐? 우리가 누나 있는 대천으루 이사 나가야 지."

"참말루 이사 갈라구?"

"응. 그리야 니 병두 고치구 아버지가 돈두 많이 벌지."

조곤조곤 이야기하면서도 어머니는 눈시울을 붉혔다. 수나의 생각에는 대천에만 나가면 병을 고칠 수 있을 것만 같았다. 수나는 자기 병만 고치면 그때는 자기가 돈을 벌겠다고 결심했다. 먼저 돈 벌러 간 누나가 자랑스러웠다.

당장 이사를 가게 되지는 않았다. 아버지는 태백에서 일자리가 나와 짓던 농사를 어머니에게 맡기고 탄광으로 떠났다. 비록 소작으로 짓는 밭농사뿐이었지만 어머니는 봄부터 가을까지 내내 뙤약볕을 견디며 일했다. 여자 몸으로 힘에 부친 가을걷이까지 혼자 해냈다. 하루도 쉴 새 없이 땔감을 해다가 나뭇간을 채워야 했고 김장독을 묻어 겨울 날 준비를 했다.

그해 섣달을 못 넘기고 아버지가 건강이 나빠져 돌아왔다. 살이 내리고 숨이 더 거칠어졌다. 방에다가 아예 타구를 두고 살았다. 이제 이사를 미룰 이유가 없었다.

어머니가 나서서 대천에 이사할 방을 얻어 놓았다. 노부부가 방 여섯 개를 세놓아 사는 다세대주택의 방 한 칸을 열 달 사글세 오천 원에 얻었다. 그것도 노부부가 거처하는 안방을 장지막이로 나눈 윗방이었다. 주인네는 가족 상황을 꼬치꼬치 캐묻고는 완강히 거절했다. 여섯 살짜리와 아홉 살짜리 병든 사내아이가 딸렸다니 고개를 저었다. 어머니는 딴 데 구할 때까지라도 머물게 해 달라고 사정을 하여 겨우 얻게 되었다.

어머니는 가는 길에 숙이를 보고 왔다. 약국에서 잔심부름이나 시키며 장사를 가르치겠다는 약속은 온데간데없었다. 숙이는 사촌 시숙네 식모나 다름없었다. 사촌 시숙네는 아이들이 여섯에 큰 시아버지와 함께 사는 대가족이다. 그 많은 가족들의 일을 어린 숙이에게 떠맡긴 눈치였다. 또래거나 나이 많은 제 육촌들은 손에 물 한 방울 안 묻히고 곱게 지내는데, 어린 숙이는 밥하고 빨래하느라 지쳐 있었다.

대문 열고 들어갔을 때 숙이는 마당에 빨래를 널고 있었다. 산더미 같은 옷가지 속에서 천 기저귀도 서너 개나 나와 있었다. 보아하니 고등학교 다닌다는 당질녀 생리하고 내놓은 빨래 같았다.

옷가지 한 벌 사서 입힌 흔적이 없었다. 목이 어깨까지 나오고 손목을 중중 걷은 포대 같은, 당질녀가 물린 듯싶은 옷을 걸치고 있었다. 크게 실망한 어머니는 당장 숙이를 데리고 나오고 싶었다. 그러나 큰 시아버지와의 관계를 생각해서 감정을 숨기고, 바쁘다는 핑계로 급히 돌아 나왔다.

대문간까지 배웅을 나선 숙이는 눈물을 글썽였다. 사촌 동서가 모녀한테서 딴소리 나올까 싶었던지 따라 나왔다.

"숙이는 엄마 보니 집에 가고 싶은 모양이구나?"

숙이는 고개를 저었다. 사촌 동서는 숙이 머리를 쓰다듬었다.

"저도 우리도 다 잘하고 있으니 숙이 걱정은 마시게."

"성님 어여 들어가슈. 숙인 당숙모 말씀 잘 따러라. 인저 일루 이사 오먼 나랑두 자주 볼거여."

그래 놓고 어머니는 황망히 돌아섰다. 숙이가 대문간에 우두커니 서 있는 걸 알면서도 고개 한 번 까닥하지 않았다. 물 젖은 손이 가여워도 제대로 잡아 주지 못했다. 억장이 무너지고 눈물이 솟구쳤다. 부모 노릇 못해서 어린 것이 그 고생인가 싶어 자신이 원망스러웠다. 어떻게 청양 고개를 넘었는지 몰랐다. 어머니는 이를 악 물었다. 숙이를 하루 속히 데려오려면 대천으로 나와야 했다. 돈벌이 없는 봉갑리에 사는 한 숙이도 그렇고 수나에게도 희망이 없었다.

수나네 가족은 그해 겨울 대천으로 이사했다.

먼 이사 길에 시달렸는지 수나는 다시 종기가 도졌다. 열나고 통증이 일어 밤마다 잠을 설치며 끙끙거렸다. 숨소리까지 들리는 벽 너머에서 손바닥으로 벽 치는 소리가 들리곤 했다. 아침이면 어김없이 주인 노인네들이 잠을 설쳤다고 고시랑거렸다. 아버지는 저녁마다 수면제를 반쪽씩 수나에게 먹였다. 수면제에 취한 수나는 아파도 아무런 몸짓을 할 수가 없었다. 몸이 마비된 것처럼 기운이 빠져서 움직일 수 없었다. 수면제를 반 알 먹었다 뿐인데도 약이 독했는지 다음 날 열 시까지 깨나지 못했다.

대천으로 이사하며 뜻한 만큼 일이 풀리지 않았다. 당장 아버지가 막노동 같은 일은 도저히 당해 내지 못했다. 아버지는 광독으로 폐질환을 앓고 있었다. 한학을 해서 한자깨나 쓰므로 사무직 같은 일자리가 있었으면 했다. 그러나 이미 마흔이 다 된 사내에게 그런 일자리가 있을 리 없었다. 결국 아버지는 친구의 권유로 손수레를 사서 수레꾼이 되었으나, 일이 많지 않아 생활비도 제대로 마련하지 못했다. 숙이 데려올 일에 어머니는 자꾸 속만 타들었다.

어머니는 일거리를 찾아 대천장으로 무작정 나섰다. 무슨 일을 해야 돈을 벌 수 있을지 시장을 살피며 일거리를 찾았다. 누가 식당의 마늘 까는 일이나 주방 보조라도 안기면 해 볼 생각이었다. 그러나 어머니에게 돌아올 일거리는 없었다. 무작정 나선다고 돈벌이가 쉽게 보일 리 없었다.

그날도 한나절을 돌아다녔지만 마땅한 일거리를 찾지 못했다. 실망만 하고 집으로 돌아오던 어머니는 대천 극장 광고판 앞에서 눈이 번쩍 뜨였다.

'딸기 받아 파실 분 갈머리 딸기 농원으로 오세요.'

어머니는 곧장 발길을 돌려 갈머리로 찾아갔다. 딸기 농원은 마을 언덕에 있었다. 농원에선 소상인들에게 딸기를 한 관에 이천 원씩 도매로 넘기고 있었다. 어머니는 처음 하는 장사니 우선 반 관만 팔아 보자고 천 원어치를 받았다. 농원에서는 함지와 접시는 물론, 종이봉투 만들 밥풀과 신문지까지 챙겨 주었다.

어머니는 인적 많은 버스정류장으로 갔다. 기사 식당 앞 인도에 자리를 깔고 앉았다. 양은 함지에 나무판을 걸고 접시에 딸기를 소복이 담았다. 그리고 딸기 담아 줄 봉지를 여남은 개 즉석에서 만들었다.

"아줌니, 한 접시 을마유?"

버스에서 내린 여자가 다가오더니 물었다. 어머니는 벌떡 일어났다.

"오십 원이유. 금방 밭에서 가져온 거라 싱싱허유. 사슈."

여자는 접시에서 딸기 한 개를 집어먹더니 지갑을 열었다.

"두 접시 살 텐게 좀 더 줘유."

어머니는 봉지에 딸기를 가득 담아 안겼다. 두 접시를 팔았으니 마수걸이를 잘한 셈이었다. 어머니는 여자가 돌아설 때

두 걸음이나 쫓아가 잘 가시라고 인사했다. 좋은 기분으로 시작해서인지 생각보다 장사가 잘되었다. 세 시간 만에 딸기 반관이 다 팔렸다. 장사한 돈을 세어 보니 천육백 원이었다. 원금 천 원을 제하고 이문으로 육백 원을 남겼다. 육백 원이면 쌀 한 되 사고도 가족들이 서너 끼 먹을 찬거리를 살 수 있었다. 밥을 제대로 못 먹는 수나가 생각났다. 오늘은 비린 생선이라도 사 갈 생각을 하자 흐뭇한 마음마저 들었다. 처음 해본 장사지만 해볼 만했다.

어머니는 집으로 돌아와서 이 집 저 집 돌며 헌 종이를 얻어 왔다. 밀가루로 풀을 쒀서 종이봉투를 만들었다. 수나가 도와주겠다고 기어 왔다. 어머니는 종이와 가위를 밀어 주었다. 수나는 엎드린 몸으로 종이를 알맞게 재단했다. 봉투는 큰 것, 중간 것, 작은 것으로 구분해 세 가지로 만들었다.

"딸기 사 가는 만큼 봉투 크기두 알맞어야 보기두 존겨."

"생각두 잘허네, 내 새끼."

이튿날 아침, 어머니는 서둘러 아침을 지어먹었다. 기저귀 서너 개와 자리끼를 준비해서 수나 머리맡에 놓아 주었다. 수나는 어머니와 떨어져 집에 혼자 지낼 생각을 하니 쓸쓸했다. 대문을 나서던 어머니도 마음이 편치 않았던지 돌아서서 말했다.

"오늘 좀 늦을지두 몰러, 아부지 들오시면 즘심 챙겨 달라구 혀."

이른 아침이라 농원에는 딸기 받는 이가 없었다. 딸기는 당장 딴 것이 싱싱하지만 빛깔이 좀 덜 익은 듯했다. 농원 주인이 하룻밤 묵힌 것이 잘 나간다고 알려 주었다. 어머니는 전날 딴 딸기로 어제처럼 반 관을 받았다.

"한 관만 더 갖고 가 보시지 그래요?"

"첫술인디 욕심 내겄슈? 못 팔구 남을깨비 무서유."

"장사꾼이 남는 것 겁내면 장사 못 해요."

"그래두 오늘은 요것만 헐래유."

어머니는 어제 자리를 폈던 터미널 기사 식당 앞으로 함지를 이고 갔다. 이른 시간이라 인적이 뜸했다. 자리를 잡고 앉아 정성스럽게 딸기를 접시에 담았다. 난데없이 딸기 담긴 양은 함지박을 툭 건드는 발길이 있었다. 놀라서 올려다보니 머리 하나는 더 얹을 만큼 키가 큰 여자가 서 있었다. 입술을 빨갛게 칠하고 파마 한 머리는 빠글빠글했다.

"달고 맛있는 딸긴디 을마치나 디릴까유?"

그러나 손님은 대꾸가 없었다. 다시 고개를 들고 보니 여자는 눈꺼풀이 축 처지게 뜨고 어머니를 째려봤다. 허리에 손을 얹고 아래위로 오만하게 훑어보는 게 따지러 온 사람 같았다.

"아주매! 누가 여서 장사허랬어?"

텁텁한 담배 냄새 풍기는 말본새가 예상대로였다. 어머니는 뚱한 얼굴로 일어섰다.

"누가 허랬냐니?"

"으이구 중말, 말허는 꼬라지 허구 꽉 맥힌 벽대기네."

"뭔 소리랴?"

"여긴 내가 자릿세 내구 장사허는 디라구!"

여자가 다시 함지를 발로 툭 찼다. 접시에 소복이 쌓은 딸기들이 굴러 떨어졌다. 어머니는 여자의 말뜻을 알아차렸다. 여자는 터미널 사무실 앞에서 참외, 수박, 딸기를 파는 노점상이었다. 그렇지만 어머니는 이 부당한 처사에 물러설 수 없었다. 이렇게 막돼먹은 여자가 또 있을까? 나이 차이가 적어도 어머니보다 댓 살은 더 어려 보이는데 반말을 예사로 지껄였다.

"자릿세라구? 땅세 말여? 어디 누구헌티 세를 주시간? 여긴 아무나 댕기는 길가신디 돈을 받어? 누구간? 나라여?"

어머니도 허리에 한 손을 얹고 삿대질로 뻗대었다.

"아이 씨팔, 오서 굴러 온 닭 뼉대기가 너미 자리 뺏어 차구해골 져뜯는 소리를 허구 자빠졌다?"

여자는 당장 달려들어 잡아 뜯을 기세였다. 어머니는 봉갑리에서 입은 대로 남루한 치마저고리 차림이었다. 누가 봐도 양은 함지 하나 달랑 놓고 장사하는 물정 모르는 촌 아낙쯤으로 여길 만했다. 어머니는 결코 지고 말 수는 없었다.

"뭣이 어쩌? 드러운 꾸정물만 처먹구 살았나 입이 수챗구녕이랴. 그 말씀인지 개소린지 그만 짖구 이 자리가 왜 니 자린지 증거 대 봐. 허다못해 사용계약서든가 누구헌티 올마를 냈는지 영수증이라두 가지구 있을 거 아녀. 그냥 말루만 헌다먼 나두 조상 대대루 자릿세 내구 있어, 왜 그려."

어머니의 말은 할수록 살아서 힘이 되었다. 여자가 말로는 할수록 밀리자 완력으로 나왔다.

"아이 씨팔, 잡소리 집어치구 빨리 꺼지란 말여! 별 개 겉은 잡것이 생겨서 지랄여!"

여자가 함지를 엎을 듯이 허리를 굽혔다. 어머니는 함지를 뒤로 당겼다.

"존 말루 헐 때 꺼져! 아침부터 재수 읎이 지럴 말구!"

어머니가 잠시 황망히 서 있자 여자는 손가락으로 어머니의 가슴을 콕콕 찔렀다. 어머니는 당할 때 당하더라도 일전을 치르지 않을 수 없었다. 우선 손가락부터 잡아채 꺾어 놓을 셈이었다. 어머니가 이를 악물며 여자의 손가락을 잡아챘다. 그때 누군가 뒤에서 어머니의 팔을 잡아 흔들었다. 도시 것들이 떼로 덤비는구나 싶어 어머니는 희뜩 뒤를 돌아보았다.

"아줌마 무슨 일이세요? 이 딸기 아줌마 거예요?"

두 달 전에 한 집에 세 든 노 양이라는 아가씨였다. 세 든 지 일주일쯤 되던 날 호프집을 차렸다고 개업 떡을 돌렸다. 그때부터 유흥업소 여자라고 어머니는 상대를 안 했다. 더구나 동거하는 한량 같은 사내가 깡패들 대장이라는 소문이 돌아서 더 멀리해 왔다. 잘나가던 장사가 이런 식으로 끝나나 싶어 어머니는 왈칵 눈물이 나려 했다.

그런데 욕지거리하던 여자가 조용히 서 있었다. 두 여자가 서로 잘 아는 사이 같았다. 노 양은 여자에게 눈을 부라렸다.

"야, 꼬바리! 너 왜 우리 아줌마한테 지랄이냐? 이 아줌마가 어떤 분인지나 알고 그래? 너 같은 년이 감히 어따 대구 눈깔을 부라리며 겨울라?"

어머니는 웬일인가 싶어 놀란 눈으로 노 양을 바라보았다. 금방이라도 여자와 엉겨서 큰 싸움이 날 것 같았다. 하지만 어머니의 생각과는 달리 여자는 노 양에게 완전히 기가 꺾인 것 같았다.

"언니야, 여긴 내가 기사 식당 주인헌티 허락 받구 맡어 논 자리란 말여."

여자가 기가 빠진 소리로 변명했다.

"이 사기꾼 년아, 아무나 다니는 길바닥을 어떤 식당 주인이 허락을 해? 머리를 삭 쥐어뜯어 버릴까 부다. 한 번만 더 우리 아줌마한테 지랄했단 내가 가만 안 둘 거야. 꺼져!"

여자는 별 대꾸도 못하고 꽁무니를 빼듯이 제자리로 돌아갔다. 어머니는 봉변을 면했으니 다행으로 여기면서도 부끄러웠다. 어쩌다 저잣거리까지 나와 이런 꼴을 당하는 처지가 되었는지 참담했다. 노 양에게는 고맙고 미안했다. 노 양은 생글거리며 골목을 가리켰다.

"조기 또와쥬 호프집이 제 가게예요. 오늘처럼 저런 년들이 찍자 붙으면 저를 대든지 부르세요. 여기서는 아줌마를 건드릴 사람 하나도 없을 거예요."

어머니는 마음 한편으로 고마움이 차올랐지만 선뜻 고맙다는 말이 나오지 않았다. 어머니는 여자는 조신하고 음전해야 한다는 생각으로 살아왔다. 노 양과 같은 여자는 천히 여기고 무시해 왔다. 그러나 노 양이 역성을 들어 줘서인지 다시 보였다. 도대체 사람이 뭘까 하는 마음과 더불어 서러움이 일면서 노 양이 누구보다 든든한 존재로 여겨졌다.

대천에는 사촌 시숙들이 약국이네 가구점이네 하고 있었지만, 어머니는 신세 지고 싶지 않았다. 혹시나 눈에 띌까 버스가 들고 날 때마다 살피는 어머니였다.

어머니는 비록 저잣거리 노점상이지만 마음 독하게 먹지 않고는 견디기 어렵다는 사실을 깨달았다. 도시로 나온 어머니로서는 호된 통과의례를 겪은 셈이었다.

그렇게 재수 없이 마수를 했어도 딸기는 잘 팔렸다. 저녁 무렵에 반 관이 동나고 남긴 돈이 칠백 원이었다. 한 관을 받아도 다 팔 것 같은 자신감이 생겼다. 아침나절의 불쾌했던 기분이 가시고 좋은 기분으로 집에 갈 수 있어서 다행이었다.

•아주까리기름

　수나는 누가 업고 나가야만 바깥 구경을 할 수 있었다. 그나마도 날마다 업어서 구경시켜 줄 사람이 없었다. 아버지와 어머니는 아침 일찍 나가서 저녁때 지쳐 돌아왔다. 이사 오는 날 잠깐 다녀간 누나는 또 오겠다고 해 놓고 오지 않았다.

　집 안에만 늘 틀어박혀 지내야 하는 수나에게는 갑갑하고 외롭고 괴로운 나날들이었다. 행인이라도 구경하고 싶었다. 하루는 그 마음을 알고 아버지가 대문간에 의자를 내놓고 수나를 앉혀서 끈으로 묶어 주었다. 마당으로 내려온 것만으로도 가슴이 트이는 것 같았다. 그러나 바깥공기를 제대로 쐬기 전에 짓궂은 아이들이 몰려왔다. 아이들은 몸이 우근 수나를 깔보고 만지고 때리고 놀렸다. 그 뒤로 수나는 방을 나갈 엄두를 못 냈다.

그렇다고 집 안이라고 편안한 건 아니었다. 주인댁에 외손자가 나타났다. 이혼한 부모로부터 떨어져 외가에 맡겨진 민수는 수봉과 여섯 살 동갑내기였다. 심술궂고 행동이 거칠었다. 눈에 보이는 것이 남아나지 않았고 못 하는 짓도 없었다. 외갓집으로 오던 날부터 수봉을 때려 울리더니 무시로 문턱을 넘어와 수나를 괴롭혔다. 주인 할아버지는 더러 민수에게 꾸지람을 하지만 할머니는 외손자를 감싸고돌았다. 오히려 수나를 나무랐다.

"나이가 잔뜩 많은 형이 어린 동생하고 똑같이 그래? 형이 참아야지."

할머니가 수나를 나무랄 때마다 어머니도 거들었다.

"그려. 니가 참아야 혀. 잘 데꾸 놀어라."

수나도 집주인에게 잘 보이려면 민수와 친하게 지내야 한다는 사실쯤은 알고 있었다. 민수도 영악해서 그런 낌새를 알고 더 기가 살았다. 수나와 수봉이 괴롭히는 일을 재미로 삼았다. 누워 지내는 수나는 아예 바보로 아는 눈치였다. 문턱을 넘어와 느닷없이 수나의 굽은 등을 질렀다. 수나가 화를 내면 손이 닿지 않을 만큼 물러나 약을 올렸다.

"이 병신아, 쫓아와 봐."

수나는 눈만 흘길 뿐 꾹꾹 참아야 했다. 날이 갈수록 민수에 대한 미움은 등에 난 종기처럼 자랐다. 어쩌면 등에 난 종기도 민수에게 받은 스트레스로 더 심해졌는지 모른다.

그날도 어른들이 모두 나가고 집엔 아이들만 남았다. 주인 할머니조차 이웃에 갔는지 보이지 않았다. 수나가 벽을 향해 누워 있는데 민수가 몰래 다가와 손바닥으로 등을 때렸다. 하필 종기 부분을 맞는 바람에 수나는 비명을 질렀다. 보통내기라면 놀라고 미안해서 어쩔 줄 모르고 도망쳤을 것이다. 그런데 민수는 깔깔대며 다시 손을 치켜들고 다가왔다. 이번에는 수나도 생각할 겨를이 없었다. 무슨 수를 써서라도 손길을 막아야 했다.

수나는 민수 손목을 잡아챘다. 그리고 인정사정 볼 것 없이 당겨서 얼굴이며 가슴을 때렸다. 민수도 주먹을 날렸지만 살기등등한 수나를 당하지 못했다. 수나는 손에 닿고 힘이 닿는 대로 쥐어뜯고 두들겨 팼다. 민수가 울음을 터뜨렸는데도 수나는 들리지 않았다.

출근 준비를 하고 있던 노 양이 울음소리를 듣고 달려왔다. 그제야 수나는 손을 놓고 민수를 노려보았다. 민수는 코가 터지고 귀가 찢겨 피투성이였다. 수나는 덜컥 겁이 났다. 노 양이 민수를 데리고 병원으로 가서 찢긴 귀를 꿰맸다.

그날 오후 온 집안이 발칵 뒤집혔다. 주인 할머니는 사납고 잔인한 짐승을 벽 너머에 두고 살았다고 길길이 날뛰었다.

"미친개를 키운겨, 사람 새끼가 혈 짓여? 애를 으째 가르쳤간 그 모냥이여? 은혜를 원수로 갚어도 유분수지. 오갈 데 읎다고 사정했산께 방을 내 췄구만, 하이고 내가 이 꼴 볼라고 미친 짓 헌겨."

졸지에 곤경에 처한 어머니와 아버지도 수나를 심하게 꾸짖었다. 수나를 꾸짖은 어머니는 심히 자책했다.

"가난이 웬수지, 내 집서 살았으면 니가 뭔 억하심으루 그랬겠냐? 가난헌 아배어매가 다 잘못이지."

누워서 어머니의 넋두리를 듣자니 수나는 잘못했다는 생각이 스러졌다. 오히려 다시 분노가 끓었다. 표독한 살기가 이를 악물게 했다. 민수를 아예 죽이지 못한 게 후회스러울 정도였다.

그 일이 일어난 뒤로 민수는 수나 근처에 얼씬거리지 않았다. 수나 눈치를 보느라고 수봉에게도 함부로 덤비지 못했다. 무슨 물건을 만지다가도 수나가 째려보면 움찔 놀라 물러났다.

셋방 계약 만기가 돌아오고 있었다. 계약 연장은 물 건너간 것이나 다름없었다. 당장 주인네는 대문에다가 세 들 사람 찾는 방을 내붙였다. 어머니가 셋집을 구하러 다녀 보았지만 마땅한 곳을 찾지 못했다. 봉갑리를 떠날 때 겪어 보았지만 열 달에 오만 원짜리 사글세방은 흔하지 않았다. 시 변두리로 나가 봐도 마찬가지였다. 방세를 조금 올려 갈 요량으로 방을 찾아보아도 딸린 가솔을 묻기 일쑤였다. 어머니와 아버지는 이사 걱정에 밤잠을 설쳤다.

이사가 가까워질수록 수나는 수나대로 근심이었다. 이사

가면 또 새로 만난 아이들과 싸워야 할 거였다. 이 모든 사단이 자신에게서 비롯했다고 생각하자 수나는 누워서도 가슴에 쇠를 올려놓은 것 같았다.

수나는 곰곰이 생각했다.

죽자. 죽으면 아무것도 모른다고 했다. 죽으면 아프지도 않고, 배고프지도 않고, 외롭지도 않고, 슬프지도 않고, 억울하지도 않고, 밉지도 않을 것이다. 어떤 방법이 좋을까? 연탄가스로도 죽는다고 했다. 그러나 움직이지도 못하면서 연탄가스를 어떻게 가져오나? 목을 매면 죽는다고 했다. 그러나 일어서질 못하는데 끈을 어떻게 매나? 안집 할아버지가 가끔 끓여 먹는 복어의 알을 먹으면 죽는다던데 어디서 그걸 구할까? 아버지가 저녁마다 반쪽씩 주는 수면제를 한꺼번에 먹으면 죽는다고 했다. 며칠 먹지 않고 모았다가 한꺼번에 털어 넣으면 될 것이다. 그러나 모으려면 밤마다 종기의 아픔에 잠들 수 없다. 수면제 안 먹고 모으는 것을 들키게 될 것이다. 차라리 아버지가 둔 수면제를 찾아 몽땅 먹는 게 나을 것이다.

수나는 방바닥을 몸으로 굴렀다. 종기가 아파 이를 악물고 굴렀다. 몸을 굴려 손이 닿는 서랍장이며 앉은뱅이책상 서랍을 뒤적거렸다. 수면제는 보이지 않았다.

이대로 포기해야 하나. 그러나 살고 싶지 않다. 종기는 나아도 자꾸 도질 것이다. 그 괴로움을 평생 견디며 사느니 차라리 죽고 싶다. 아버지는 수면제를 어디에 두었을까?

수나는 방 안을 다시 찬찬히 둘러보았다. 아마도 높은 선반 어디에 깊숙이 두었는지 모른다. 선반을 살피던 수나의 눈에 아주까리기름을 담은 작은 드링크제 병이 보였다. 아주까리 기름은 등잔에 사용했는데 주둥이를 비닐로 싸서 고무줄로 묶어 두었다. 어머니는 선반에 올릴 때 수봉에게 마시면 죽는 거라고 단단히 주의를 주었다. 수나는 그 말이 떠올랐다. 애들 손을 피해 선반에 둔 것을 보면 어머니가 한 말이 거짓은 아닐 것이다.

수나는 기름병을 내릴 방법을 궁리했다. 몸을 굴려 마루 끝으로 기어갔다. 종기가 결려 가만히 엎드려 있다가 마루턱에 가슴을 걸치고 마루 밑을 살펴보았다. 대나무로 만든 잠자리채가 눈에 띄었다. 수봉이 잠자리와 매미를 잡으려고 가지고 다니던 잠자리채였다. 철사를 둥글게 올가미처럼 달아 거미줄을 감은 것이었다. 기름병을 걸어 떨어뜨리기에 맞춤해 보였다.

잠자리채를 혼자 꺼낼 수 없는 것이 또 문제였다. 아픈 몸을 땅바닥에 굴릴 수는 없었다. 어찌어찌해서 내려간다 해도 다시 마루로 올라올 일이 더 큰일이었다.

수나는 문이 열린 안방을 바라보았다. 마침 민수가 혼자 화투를 가지고 놀고 있었다. 제 할머니가 심심할 때마다 오관떼기 하던 화투였다. 수나는 다시 방으로 기어갔다. 동생에게 주려고 헌 책으로 접어 두었던 딱지가 있었다. 수나는 딱지

세 개를 요 밑에서 꺼냈다. 서둘러 마루로 기어 나오다가 종기가 또 쑤시듯 아렸다. 눈물이 찔끔 났다.

"민수야!"

민수가 흠칫 놀라서 바라보았다.

"이 딱지 주께, 조 마루 밑이서 잠자리채 즘 끄내 주라."

녀석은 잠자코 앉아 있었다. 그러다가 무슨 생각을 했는지 성큼 나와 잠자리채를 꺼내 주었다. 딱지를 받은 민수는 좋아하며 집밖으로 나갔다.

수나는 잠자리채를 기둥에 두드려 먼지를 털었다. 그래도 더께 진 먼지는 다 털리지 않아 마루걸레로 닦아 냈다. 그 일을 하는데도 숨이 가쁘고 온몸에서 힘이 쭉 빠졌다.

대나무를 끌고 방으로 기어들었다. 늘 깔아 놓고 뭉개며 지내는 솜이불을 반으로 접었다. 병 떨어질 자리를 가늠하여 이불을 선반 아래로 옮겼다. 수나는 몇 번이나 뒤로 기어가 이불이 제대로 놓였는지 가늠해 보았다.

이불에 가만히 엎드려 가쁜 숨을 골랐다. 다시 움직였다. 잠자리채를 들어 올려서 철사에 기름병을 걸고 살며시 당겼다. 기름병은 이불 위에 정확히 떨어졌다. 깨지거나 쏟아지지도 않았다.

잠자리채를 끌고 마루로 기어갔다. 그리고 마루 밑으로 던져 넣었다. 다시 방으로 기어 왔다. 접힌 이불을 도로 넓게 펼쳐 깔았다. 천천히 했는데도 숨이 가쁘고 등이 욱신욱신했다.

이불 위로 땀이 떨어졌다.

기름병을 손에 들었는데 이상하게 떨리지 않았다. 병에서
고무줄을 풀고 비닐을 벗겨 냈다. 기름 냄새가 물큰 풍겼다.
얼른 비닐을 다시 씌웠다.

흡! 몸을 어떻게 움직였는지 등이 뜨끔하고 숨이 막혔다.
뜨겁게 달군 쇠꼬챙이가 뼛속 깊이 파고드는 느낌이었다. 이
럴 때는 신음도 나지 않았다. 파종할 때까지 점점 심해질 것
이다. 아마도 죽는 고통은 파종의 고통보다 덜할 것이다. 평
생 그 고통을 반복하여 겪게 될 것이다. 수나는 온몸에 퍼지
는 통증으로 오히려 모든 감각을 잃게 되는 것 같았다.

아픔이 가시자 기름병에서 비닐을 다시 벗겨 냈다. 이번에
는 손이 부들부들 떨렸다. 마음이 다급해졌다. 수나는 눈을
감고 한입에 기름을 마셨다. 느끼하고 걸쭉한 맛과 냄새와 감
촉이 한데 버무린 액체가 목을 통해 뱃속으로 스며들었다. 기
름은 느낌으로 먼저 번졌다. 이내 온 뱃속이 니글니글 요동질
했다. 울컥하고 목으로 오르는 것을 도로 삼켰다. 필사적으로
입을 악다물었다.

수나는 어떤 결기처럼 기름병을 밖으로 내던졌다. 병은 대
문 옆 터앝으로 떨어졌다. 병이 사라진 자리에 보라색 난초가
무성했다. 목으로 솟구치는 느끼한 기운을 가시려고 자리끼
로 놓았던 숭늉을 마셨다. 배가 뿔룩하도록 마셨는데도 개운
한 느낌이 들지 않았다. 뱃속이 뒤집혀서 구역질이 목젖까지

올라왔다. 저절로 배가 웅등그려졌다. 이제 끝이라고 생각하
니 눈물이 솟구쳤다. 신음도 함께 삼켰다. 앞이 흐려졌다. 더
듬더듬 베개를 찾아 끌어당기고 누웠다. 눈물을 흘리면 수나
는 자신을 덮쳐 올 죽음을 기다렸다. 눈물이 베개를 흠뻑 적
셨다.

경찰서 망루에서 오정포 사이렌이 울렸다. 늘 혼자 듣던 소
리였다. 지금은 고독감이 더 사무쳤다. 목숨이 끝났다고 알리
는 무슨 신호 같았다. 어머니 얼굴이 떠올랐다. 수나가 죽으
면 누나도 아버지도 슬퍼하겠지만 어머니는 날마다 미쳐서
울 것이다. 함께 죽자고 수나와 홍수에 뛰어들었던 어머니다.
죽으려고 했던 일이 부끄러운 짓이었다고 후회하던 어머니
다. 죽어도 수나랑 함께 죽고 살아도 함께 살겠다고 한 어머
니, 날마다 수나만을 위해 산다는 어머니, 수나를 위해 기도를
하고 장사도 한다는 어머니, 맛있는 것 좋은 것 보면 수나부
터 생각난다는 어머니, 수나의 몸에 좋다는 것이면 무엇이든
구해 먹이는 어머니, 늘 수나 편인 어머니. 그런 어머니 몰래
수나는 혼자 죽는 것이다. 어머니에게 미안했다. 어머니가 가
엾고 불쌍했다.

후회가 맹렬히 밀려왔다. 괜히 기름을 마셨다고 후회했다.
조바심이 났다. 천사든 사자든 제 목숨을 거두러 온 이를 붙
들고 기도하고 싶었다. 어느 어른이든 집에 오면 기름을 마셨
다 알려주고, 살려 달라 매달려 볼 것이다. 수나는 눈물이 가

득 찬 눈으로 주위를 두리번거렸다.

수나는 고개를 떨어뜨리고 다시 눈을 감았다. 어머니가 사라지고 두성이 떠올랐다. 수나가 죽는 것을 좋아할 딱 한 사람. 수나를 이렇게 만들어 놓고 덮어 버린 두성이다. 수나가 사라지면 이 진실을 아는 사람은 오직 두성뿐이다. 두성은 속으로 안도의 한숨을 내쉴 것이다.

다시금 구역질이 올라와 무릎이 턱 아래까지 구부러졌다. 입으로 한 움큼 액체가 쏟아졌다. 수나는 몸을 부르르 떨며 정신이 가물가물해졌다.

누가 흔들어서 눈을 떴다. 어머니가 보였다. 어느 세상인지 가늠할 수가 없었다. 머리맡으로 저녁상이 보였다. 죽지 않은 것을 알 수 있었다. 마음속 깊은 곳으로부터 안도감이 밀려왔다.

"오째서 또 운겨? 눈이 퉁퉁 불었네."

수나는 고개를 숙인 채 말이 없었다.

"종기가 올마나 쑤셨으먼 쯧쯧, 어여 밥 먹자."

어머니는 수나를 천천히 안아 일으켰다. 종기에 닿을까 봐 늘 조심하는 손길이 오늘처럼 감미로울 수가 없었다. 어머니는 수나를 벽에 기대어 앉혔다. 수나는 앉자마자 아랫배가 터질 듯 부푸는 느낌이 들었다. 이내 튀밥 튀듯 항문이 터지며 설사가 흘러나왔다. 종기 쪽이 쿡 쑤셨다. 배에 힘이 들어가자 다시 설사가 쏟아졌다. 속옷은 물론 바지에까지 똥물이 배었다.

"이런, 이게 웬일여? 즘심 때 뭘 잘못 멕였나?"

어머니는 놀라서 상을 밀었다.

수나는 심한 설사를 하면서도 죽지 않은 것이 기뻤다. 두성에게 앙갚음하라고 하늘이 도운 것 같았다. 무슨 일이 있어도 절대로 죽진 않을 것이다. 꼭 나아서 두성에게 앙갚음을 해 줄 것이다. 자신을 괴롭히는 놈들을 모두 박살내 줄 것이다. 수나는 주먹을 단단히 쥐었다.

어머니와 노점상

어머니가 딸기 장사를 시작한 지도 어느덧 일주일이 지났다. 그동안 반 관씩 받던 딸기를 오늘은 한 관 받았다. 생각보다 쉽게 한 관을 다 팔아서 좋았다. 기사 식당 앞에서 터미널 입구로 자리를 옮겼더니 더 잘 팔렸다.

"언니! 벌써 다 팔은겨? 나는 두 관이나 받아서 아직두 많이 남았어. 내꺼 반 관만 더 팔아 보지. 응?"

며칠 전 자리싸움을 벌였던 꼬바리였다. 꼬바리는 다음 날 아침 어머니를 찾아와 사과했다. 서로 화해하고 언니 동생하기로 했다. 그날로 노점도 나란히 자리를 잡았다. 그녀를 꼬바리로 부르는 것은 줄담배 탓이었다. 참외 상자를 풀 때 한 대 피우더니 벌써 새로 담배를 물었다. 얼굴로는 노 양보다 나이가 많을 것 같으나 세 살이나 어렸다. 노 양도 어머니가 생각했던 것보다 나이가 많지 않았다. 스물여섯이었다. 어머니가 서른일곱이니 둘 다 한참 어렸다. 꼬바리는 저자에서 막 구르며 자라서 성정이 다소 거칠고 사나웠다. 그래도 한 번 마음을 열어 자기 사람이다 싶으면 물불 안 가리고 돕는 여자이기도 했다.

"언니, 널이 3일이라서 대천장이잖어? 내가 허라는 대루 해 봐. 요새 남포서 딸기가 많이 나온다. 분명히 차비 애끼려구 딸기를 머리에 이구 걸어서 오는 여자들이 있을겨. 길목서 기다렸다가 그들헌티 받으면 훨씬 싸거덩. 나두 그냥 허구 싶은 디 대 놓구 계약헌 디 때미 그냥은 못 허네."

마침 갈머리 딸기 농원은 딸기가 얼추 끝물이었다. 딸기를 못 받으면 이제 무슨 장사를 할지 걱정했는데 잘된 일이었다.

어머니는 꼬바리가 시킨 대로 아침 일찍 남포 길로 나섰다. 짐을 이고지고 들어오는 장꾼들이 더러 눈에 띄었다. 장꾼들 속에서 커다란 양은 함지를 이고 오는 늙수그레한 아낙이 눈에 띄었다. 어머니는 얼른 그 아낙을 잡아 세웠다.

"그거 딸기유?"

아낙은 입에 문 똬리를 뱉어 냈다.

"그류."

어머니는 아낙의 함지를 받아 내렸다. 잘 익은 딸기가 두 관 남짓 돼 보였다. 아직 이슬이 맺힌 게 새벽에 딴 딸기였다. 어머니는 한 개를 집어서 입에 넣었다.

"금은 을마씩이나 받으실규?"

"뻔허잖유? 시세대루 주슈. 한 관 넘게 담어서 손해는 안 볼규."

얼른 보기에도 반 관은 더 담은 것 같았다.

"한 관 값이라구유?"

"어이구, 깎지 마셔유. 가서 달어 보믄 알 텐게……."

어머니는 이천 원을 꺼내 주었다. 여자도 만족한 얼굴이었다.

"반 관만 받을라구 나온 바램이 갖구 온 그릇이 즉네유. 다라를 즘 빌려 주시면 안 되나유? 낼 또 가져오시면 받을게유."

"그류. 그럼 낼두 예서 만나유."

아낙은 똬리만 챙겨서 홀가분하게 돌아섰다.

어머니는 함지를 이고 터미널로 향했다. 다른 때보다 일러 행인들이 뜸했다. 어머니는 한길 쪽 모퉁이에 자리를 잡았다. 아예 어제부터는 꼬바리를 따라서 좌판도 꾸몄다. 어머니는 후하게 담은 딸기 접시를 좌판에 놓았다. 꼬바리는 어머니가 앉은 지 한참이나 뒤에 나왔다.

"오늘은 뭔 일루 장사 안 허나 했구먼."

"언니 말 말우, 나 어제 을마나 술을 처마셨는지 지금두 속이 불타는 전장터여."

어머니는 혀를 찼다.

"그나저나 난 동상이 가르쳐 준 덕에 딸기를 을마나 싸게 받어 왔는지 거저 읃은 것 같어."

"잉, 그려? 그럼 언니 나 해장국 한 그릇만 사 줘라."

꼬바리는 담배를 물며 말했다. 어머니는 해장국 값이 얼마
인지 몰라 뜨끔했다.

"한 그릇이 을마간?"

"아이, 농담여, 농담. 내가 베룩 간을 빼먹지. 언니헌티 읃
어먹구 살루 가겄어?"

"원 벨소리여. 나두 아침을 선찮게 먹었는디 잘됐구면. 오
디 잘허는 디 알먼 시켜 봐."

"아녀. 괜히 해본 말이여."

어머니는 꼬바리를 밀듯이 앞세웠다. 꼬바리를 따라 들어
간 곳은 기사 식당 뒷골목에 있는 해장국집이었다. 해장국을
시켜 놓고 자연스레 장사 얘기가 나왔다.

"언니 장돌뱅이 헐라면 장 서는 날부터 기억허야 돼여. 화
투 짓구땡 있지? 대천 장날이 3일, 8일이잖어? 그래서 삼팔
따라지여. 다른 곳 장두 그려. 청양장은 이칠 갑오, 예산장은
오공 다섯끗, 광천장은 쎄구 밀어, 홍성·부여장은 일육 일곱
끗. 이렇게 외우면 다음이 워디 장인지 알구 그 장서 잘 팔릴
물건으루 준비헐 수 있어."

꼬바리가 주워섬기는 말들이 약장사 사설처럼 재밌고 기발
했다.

"다 알겄는디, 광천장 쎄구 밀어는 뭐랴?"

"쎄구 몰러? 흑싸리 사허구 국화 구를 내면 땡 말구는 먹지 못허구 다시 돌리는 거. 짓구땅 법률인디 몰러? 허긴 언닌 화투 만질 사람 아닌 게 알 리 읎지, 아이 그냥 그런 게 있는 줄만 알어."

꼬바리는 해장국 값이라며 이것저것 장사 요령을 이야기해 주었다. 어머니는 해장국 값이 아깝지 않았다. 꼬바리가 해박하고 건 입을 다물었을 때 어머니가 물었다.

"동생은 이름이 뭐여? 언니동생 헐라면 이름은 알어야 헐 것 아녀?"

"아이 그냥 꼬바리라구 불러. 나 같은 년이 무슨 이름이 있다?"

그녀는 끝내 이름을 알려 주지 않았다. 어머니는 주인을 불러 소주를 시켰다.

"언니 장사 안 할 거여?"

"술병 난 딘 술이 약인 걸 나두 알어."

술 한잔 들자 꼬바리는 제 살아온 내력을 건성건성 털어놓았다. 유복녀였다. 아버지는 광복되기 이태 전에 징용으로 끌려간 뒤 돌아오지 못했다. 어머니마저 그녀가 여덟 살 나던 해 전쟁 때 공습으로 죽었다. 고아원에서 일 년쯤 지내다 손 없는 집에 입양되었다. 처음에는 애지중지 귀염을 받았다. 그러다가 양아버지가 밖에서 아이를 낳아 왔다. 그 일로 양부모가 갈라서고, 아이 생모가 집으로 들어왔다. 꼬바리는 새어머니 밑에서 아이 돌보는 도우미보다 못한 천덕꾸러기가 되었다. 그럭저럭 그 집에서 붙어살다가 열여섯에 뛰쳐나왔다. 당장 오갈 데가 없어서 이혼한 양어머니를 찾아 나섰다. 물어물어 찾은 양어머니는 비구니가 되어 있었다.

어머니도 꼬바리처럼 전쟁의 피해자였다. 육이오 때 폭격으로 양친과 두 오라비를 잃었다. 어머니는 꼬바리가 남 같지 않았다. 친동생처럼 아껴 주고 싶었다.

장날인데도 점심때가 지나도록 딸기가 절반도 팔리지 않았다. 그러고 보니 딸기가 제철을 만나 시장 곳곳에 딸기 장사꾼들 천지였다. 당장 근처에 딸기 노점상들이 골목으로 돌면서 두서넛이나 되었다. 그리고 한길 건너에 큰 과일 가게가 있었다.

어머니는 초조했다. 딸기는 하루만 묵혀도 내놓을 수 없게 무르고 말았다. 고민 끝에 어머니는 꼬바리에게 골판지 상자와 사과 궤를 세 개 얻었다. 자고로 길가 장사일수록 남들보다 눈에 띄어야 할 것 같았다. 골판지 상자는 펼쳐서 바닥에 깔고 사과 궤는 앞에 늘어놓았다. 딸기 함지박과 접시를 올려놓는 진열대로 삼았다. 한결 규모가 생기고 도드라져 보였다. 어머니는 멀찍이 걸어가서 자신의 노점을 바라보았다. 진즉이 생각을 못했나 싶게 흡족했다.

어머니는 자리를 잡고 시장으로 드나드는 장꾼들을 바라보았다. 멀찍이서 다가오는 낯익은 얼굴들이 보였다. 눈여겨보니 약국 하는 사촌 시숙의 동생인 사촌 시누이와 시숙의 딸 당질녀였다. 시댁이 부자라 서울에서 아주 잘산다는 시누이가 모처럼 친정에 내려온 모양이었다. 그녀는 어머니보다 세 살이 많았다. 잔잔한 꽃무늬 원피스에 빵처럼 머리를 올린 시누이는 한눈에 알아보기 어려웠다. 그러나 그 옆에 팔짱을 끼고 걷는 고등학생 조카는 한눈에 익었다. 어머니는 반사적으로 고개를 숙였다. 일가에게 누 끼치지 말고 스스로 살겠다고 나선 장사였다. 그러나 가만히 생각하니 자신이 우스웠다. 훤한 길바닥으로 나선 마당에 언제까지 눈에 안 띌 수 없는 노릇이었다. 차라리 떳떳이 나서는 게 편할 듯싶었다.

두 사람이 어머니 쪽으로 다가왔다.

"고모! 온제 내려오셨슈?"

어머니가 먼저 알은체를 했다. 두 사람은 우뚝 섰는데, 조금 당황한 기색이었다.

"어머, 막내 올케! 잘 지냈어?"

"그간 무고허셨구유?"

시누이는 반갑게 인사하고, 조카는 데면데면했다.

"고모 모시구 장 구경 나온겨?"

"네."

조카는 마지못해 목을 까닥했다. 왠지 달갑지 않은 눈치가 완연했다.

"참, 내 정신 즘 보게……."

어머니는 허겁지겁 큰 봉투를 열고 딸기를 그릇째 부었다.

"고모, 우리 저쪽으로 가유."

그사이 조카가 끌다시피 제 고모를 잡고 길 건너로 가 버렸다. 두 여자가 든 곳은 과일 가게였다. 그래도 시누이는 눈치가 보였는지 이쪽을 힐끔거렸다. 아까부터 꼬바리도 지켜보았던지 길 건너로 턱짓을 하며 말했다.

"언니, 누구간? 딸기 살라면 언니꺼 팔어 주지 왜 저 집서 산댜?"

꼬바리 말이 아니라도 어머니는 황당하고 서운한 마음을 둘 데가 없어 우두커니 서 있었다. 두 사람이 과일 가게에서 다른 과일을 사는 것은 이해할 수 있었다. 딸기 한 바구니를 사 들고 나오는 것을 보자 한없는 모멸감이 밀려왔다. 빈손으로 보태 달라고 해도 그렇게는 못할 것이다. 빤히 보고 있는 눈앞에서 어쩌면 저럴 수 있을까? 아무리 철없는 애 짓이라도 생각할수록 야속했다. 뒤미처 자책이 뒤따랐다. 딸년 하나 감당 못해 그 집에다 맡겼으니 무시할 만했다. 모두 못난 자신 탓이었다. 당장이라도 달려가서 숙이를 데려오고 싶었다.

오후 네 시가 넘어서야 겨우 딸기 한 관을 떨었다. 그래도 원금을 제하고 팔백 원이 남았으니 일당은 한 셈이었다. 마음이 심란해서 자리를 털고 일어났다. 반 관쯤 남은 것은 꼬바리에게 그냥 넘겨주었다.

저녁밥을 일찍 지은 어머니는 밥상을 물릴 때까지 말이 없었다.

어머니는 설거지를 끝내고 들어와서 아버지에게 말했다.

"지금 숙이를 디릴러 갈 참인디유."

"갑작스럽게 무슨 일이랴?"

"이사 올 때부텀 맘먹은 일 아녀유? 디려와야쥬."

아버지는 별 대꾸가 없었다.

그길로 어머니는 당숙네로 찾아갔다. 숙이가 뒤뜰 아궁이에서 생선을 굽다 말고 돌아 나왔다. 소식 없이 와서 깜짝 놀란 눈치였다. 불기운에 얼굴이 발갛게 익어 있었다.

"저녁은 먹은 거여?"

숙이는 가만히 고개를 저었다. 못 본 새 남이라도 된 듯 어머니는 딸이 서먹했다. 그러고 보니 시누이 내려왔다고 여기저기 큰댁 일가들이 모였는지 집 안이 시끌벅적했다. 2층에서는 애들 노는 소리로 무슨 학교 앞에 선 것 같았다.

"너 디릴러 온겨."

숙이 눈이 똥그래졌다.

"어여, 허던 일 마치구 집이 갈 채비허여."

어머니는 먼저 안방에 들어가 큰 시아버지에게 인사를 여쭈었다. 팔순 노인은 눈이 침침해서 질부를 알아보지 못했다. 너른 거실에는 큰 시댁 손님들이 모여 앉아 있었다. 낮에 만난 시누이 내외는 물론 가구점을 하는 큰 사촌 시숙도 와 있었다. 어머니는 속내를 숨기고 조심스럽게 말을 꺼냈다.

"큰아버님께 죄송헌 말씀인디유, 아무래두 숙이를 디려가야겠네유. 먹구 살자구 장사를 나서구 보니께 잃어눈 것 거들 손이 읎슈."

곁에서 듣고 앉았던 사촌 시숙이 불쑥 나섰다.

"무슨 마음이 안 좋은 일 있으신 모양인데, 애들이야 철없어서 어떤지 몰라도 우리들 누구 하나 숙이를 남처럼 여긴 적 없어요."

사촌 시숙은 주위 어른들을 돌아보았다. 아마 낮에 있었던 일을 시누이가 찜찜해서 이야기한 모양이었다.

"아뉴. 일은 뭔 일이 있겠슈?"

다시 사촌 시숙이 나섰다.

"숙이는 식모일 제대로 하려면 멀었어요. 밥도 못하는 아이, 먹이고 재우기나 하지 아직 월급까지 줄 수는 없어요. 중학 졸업할 나이 되면 어련히 월급 줄까요. 제수씨 그때까지 기다려요. 우리가 어디 남입니까?"

어머니는 너무 어이없어서 말문이 콕 막혔다. 어머니는 생침을 삼키고 힘겹게 입을 뗐다.

"아주버님도 참…… 지가 딸년 월급 받을라구 이러는 줄 아셔유? 굶기잖구 따순 밥 먹이는 것만두 감지덕진디 무슨 월급꺼정 바라겠슈. 말 그대루 즤가 숙이 손이 필요허니 그러지유 당체 오핼랑 마셔유."

어머니는 끝내 서운함을 내색하지 않았다. 어미가 자식 데려간다는데 막을 사람이 없었다.

어머니와 숙이는 그 집을 나왔다.

집에 온 숙이는 마당에서 가방을 들고 선 채 방으로 들어오지 않았다. 아버지가 방문을 열어 주고, 어머니가 등을 밀어도 훌쩍훌쩍 눈물만 훔칠 뿐 움직이지 않았다. 수봉이가 "누나!" 하고 마루를 내려서서 치맛자락을 잡았다. 숙이는 수봉의 머리를 쓰다듬었다.

"애비 에미가 원망스럽냐?"

어머니도 소매로 눈을 훔치며 물었다. 숙이는 고개를 저었다. 어머니는 금방 눈치를 챘다. 제 딴에는 수나를 못 보겠던 것이다. 수나가 기어서 마루로 나서자 숙이는 울음을 터뜨리며 주저앉았다.

"누나가 아무것두 못 사 왔다……."

어이구, 하며 어머니가 탄식했고, 아버지는 한숨을 내쉬며 돌아앉았다.

수봉이

날이 더워서 등창을 싸맨 천이 땀에 구적구적했다. 눈도 지짐지짐 끓고 귓구멍에선 고름이 흘렀다. 수나는 등창이 아프지 않은 것만도 살 만했다. 파종하고 벌써 이레나 지났다. 통증이 가시고 새살이 돋을 만큼 회복되었다. 먹는 것도 한결 나아졌다. 기름을 마신 일도 어느 때 일인가 싶게 잊혀 갔다.

어머니는 여전히 방 얻을 일로 걱정이었다. 방을 비워야 할 날이 보름 앞으로 돌아왔다. 어머니는 파장을 하면 해 떨어지기 전까지 온 시내로 방을 구하러 다녔다. 아무리 다녀도 열 달 오만 원짜리 셋방은 없었다. 하긴 세상 어디에 이런 집이 있을까. 형광등도 벽을 두고 반씩 나누어 주인과 함께 사용하는 방이었다. 제 집 식구들 나누어 쓰는 방이면 모를까 세 주는 집이 있을 리 없었다.

"오서 돈을 돌리더라두 십만 원짜리루 알어보까유?"

말하나 마나 아버지도 대책 없기는 마찬가지였다.

"임 씨마냥 오따 천막이라두 치구 살까?"

임 씨는 수레꾼 동료였다. 어머니는 그저 한숨만 내쉬었다.

숙이가 돌아온 지 열흘도 못되어 편물점 시다로 간 것도 방이 비좁아서였다. 거기서 심부름하며 먹고 자고 할 수 있다는 말에 먼저 자청해서 갔다. 어머니는 내키지 않아 했다.

"편물 기술을 배워야겠어유. 장래가 좋다네유."

숙이가 그렇게 나오는데 어머니는 말릴 수 없었다.

"그려 너라구 집이 왔어두 한 시던 편했겠냐? 가 있거라 가정부루 일허는 것보담은 낫겠지."

딸을 편물점으로 보내 놓고 어머니는 상심이 컸다.

어느덧 셋방 비워 줄 날이 하루 앞으로 다가왔다. 아무 대책도 없이 날짜만 보낸 아버지와 어머니는 말이 없었다. 며칠 동안 수나도 수봉도 어른들 눈치만 보며 조심했다.

건넛방 노 양 라디오에서 〈산장의 여인〉이라는 인기 가요가 흘러나왔다. 어머니는 탄불 갈아 놓고 연탄집게를 구석으로 내던졌다.

주인 할머니가 어머니를 불렀다. 어머니는 무거운 표정을 하고 안방으로 건너갔다. 안방에서 어른들이 나누는 대화 소리가 환히 들렸다.

"그간 수봉이네랑 정들었나벼. 막상 보낼란께 으째 맴이 짠

허이."

나가는 셋방살이들한데 위로도 못 되는 의례적인 말을 하고 있다며 수나는 간살스런 노인네라고 생각했다.

"그간 즤가 신세만 끼쳐 디렸슈. 여러모루 송구스럽구 감사허네유."

수나는 쫓겨나는 마당에 감사하다고까지 하는 어머니가 답답하기만 했다. 수나라면 그동안 서운했던 이야기나 실컷 퍼부었을 것이다. 머리를 조아리고 앉았을 어머니가 눈에 선했다. 성미 급한 노인네가 어머니 말을 자르며 목소리를 높였다.

"그랄 거 읎이 안적 갈 디 정허지 못했걸랑 그냥 살으소."

수나는 자신의 귀를 의심했다. 어머니도 그런 모양이었다. 한동안 어머니의 목소리가 들리지 않았다.

"말귀 못 알어듣소? 아, 그냥 살란게!"

"말씀만이라두 고마우신디 즤는 방세 올려 디릴 처지두 못 되구유. 무슨 낯으루 더 산대유."

어머니는 조그만 목소리로 대답했다. 아무래도 주인집 노인네가 방세를 올릴 속셈으로 말을 돌리는가 싶었다.

"참나, 누가 방세 올린다남? 그냥 살란 말여."

다시 안방이 조용했다.

"왜? 싫은겨?"

"시상이나, 그러신다면 즤야 백골난망입쥬."

어머니가 목멘 소리로 말했다.

"애덜 일은 다 덮고, 예전마냥 서로 좋게 살잔 말시. 수봉이 엄마 살라고 굴러대니는 거 보면 너무 딱혀서."

어머니에 대한 얘기에 수나는 코끝이 시큰했다. 어머니가 훌쩍이는 소리가 건너왔다. 수나는 돌덩이처럼 단단히 굳은 가슴이 풀리는 것 같았다. 아니, 얼음장 같은 게 쩍 하고 벌어지는 것 같았다. 주인집 할머니께 미안해졌다. 민수에게 못되게 한 것도 미안했다.

저녁 전인데 주인집에 가끔 드나드는 마빡 아저씨가 찾아왔다. 아저씨는 소창, 옥양목, 광목 같은 면직물을 만드는 방직 공장 사장이었다. 방직 공장은 집 앞 도로 건너편에서 시장 쪽으로 난 길에 있었다. 이마가 훤한 대머리라서 아이들이 마빡 아저씨라고 불렀다.

"두 분이 고부간 같어유. 사람 길게 봐야 허겄네유."

어머니가 주인집에 답례하느라 돼지고기를 끊어다 주고 민수 할머니와 얘기를 나누는 중이었다. 마빡 아저씨가 시샘 내는 말투로 말하자 주인 할머니는, "맞소. 수봉 엄니랑 여태 살믄서 지켜본께 변덕 읎이 줄창 그 맴이 그대루더먼" 하고 머리를 끄덕였고, 어머니는 민망스러워했다.

"왜들 그러셔유? 영기 아버지겐 디릴 것두 읎는디 저더러 오쩌라구유."

영기는 수봉이와 동갑내기 마빡 아저씨네 막내아들이었다.

"허허허 들켰네, 내게두 뭐라두 즘 나올라나 했구먼 다 틀렸네."

세 사람이 웃었다. 우스갯소리였지만 실제로 어머니는 주인집 두 노인에게 더욱 잘하려고 애썼다. 어쩌다 과일이라도 남으면 안방부터 밀어 넣었다. 우물에서는 한 동이라도 펌프질을 더해 주인집 물동이를 채워 놓았다. 마루에 걸레질을 할 땐 문지방 너머 안방까지 훔쳐 냈다.

그러나 민수 할머니는 어른들이 보는 것과는 달랐다. 어머니 아버지가 볼 때만 수나와 수봉에게 잘하는 것처럼 대했다. 형제에게 괜한 트집을 잡으며 짜증 내다가도 어른들이 들어오면 낯을 세워 웃곤 했다. 게다가 민수 할아버지도 요즘에는 수나 마음에 들지 않았다. 민수가 나타나고부터 수봉이나 수나는 안중에도 없었다. 두 노인네가 외손자 감싸는 거야 당연하다. 그러나 셋집 사이에 유별나다고 소문날 정도로 티를 너무 냈다.

오늘도 닭을 삶아서 안방에서 민수에게만 먹였다. 저녁참이라 수나도 수봉이도 배고플 때였다.

"날갬진 내가 먹을께 넌 다리 묵어라…… 할미가 뜯어 주께…… 원, 체할라 천천히 묵어."

장지 사이로 닭 냄새가 솔솔 풍겨 나왔다. 수나와 수봉이는 침이 저절로 고여 꼴깍거리며 삼켰다. 수봉이가 수나에게 중얼거렸다.

"성아! 나넌 닭고기 체허지 않구두 잘 먹을 수 있는디……."

수나는 픽 웃었다.

"인마, 난 소고기두 체허지 않구 먹는다."

"헤헤헤. 그럼 나넌…… 음…… 코끼리 고기두 안 체허구 먹는다."

"수봉아, 닭 한 마리루 여러 집서 나눠 먹을라면 너무 적어. 일곱 집이나 사는디 닭 한 마리루 누구 코빼기다 붙이겠냐? 누군 주구 누군 안 줄 수두 옳잖어? 그치? 그럴 땐 암두 몰르게 먹는겨. 그건 나쁜 짓이 아녀."

"……."

수봉이는 도대체 모르겠는 표정으로 수나를 멀뚱히 쳐다보았다.

"민수 할아부지가 혼저 처먹으면 돼지라던디?"

수나는 웃음을 참으려고 억지로 화난 얼굴을 했다. 수봉이와 길게 이야기하다가는 무슨 일을 낼 것 같았다. 입을 다물었다.

"그래두 형아, 닭고기 참 먹구 싶으다. 잉?"

저녁에 수봉이가 기어이 일을 내고 말았다. 밥을 먹다 말고 어머니에게 불쑥 물었다. 목소리가 제법 컸다.

"엄마, 닭고기 혼자 먹는 건 잘헌 일여? 아니지? 이? 꿀돼지지? 이? 이? 맞지? 이?"

어머니는 뜬금없는 소리에 어리둥절했다. 잠시 생각에 잠겼던 어머니는 속내를 모르니 여느 때 생각으로 대답했다.

"그려, 돼지 맞어."

"그봐, 돼지라잖여!"

수봉은 수나를 향해 신이 나서 소리쳤다. 수나는 뭐라 대꾸를 할 수 없었다. 안방에서 못 들었을 리 없었다.

잠시 뒤 민수 할머니가 수나네 방문을 열었다.

"애덜 때미 당최 뭐도 못 해 먹는다니께. 자, 이거 수봉이 즘 멕이소."

민수 할머니는 발라낸 닭고기 몇 점을 작은 접시에 들이밀었다. 어머니는 얼른 받아 들면서도 영문을 몰라 표정이 여전히 어리둥절했다.

"민수가 통 밥을 안 묵어서 낮에 닭 한 마리 과 멕였더먼. 수봉이도 함께 멕이고 싶은디 이 집에 애들이 수봉이뿐인감? 근디, 내가 생각을 잘못헌거여."

민수 할머니 얘기를 듣고 어머니는 그릇을 도로 밀어 놓았다.

"전 또 뭔 소린가 했네유. 우리 수봉이야 아무것이나 잘 먹는걸유."

민수 할머니는 그릇을 다시 밀었다. 어머니가 뭐라 말할 틈도 없이 수봉이가 닭고기를 집어 들었다. 두 어른이 웃었다. 덕분에 수나도 한 점 얻어먹었다.

민수 할머니가 물러간 뒤 아버지가 수봉을 무릎에 앉혔다. 아버지는 무슨 꾸지람을 할 때면 아이들을 무릎에 앉혔다.

"이늠들아, 누가 뭘 허던 본숭만숭허여! 남이 허는 일마다 관심 두구 따러헐라면 그 감당을 뭘루 다 헐거여? 그리구 인저 수봉이넌 내년에 학교 갈 텐디 가나다라두 물르면 오쩔겨? 맨날 먹는 타령만 헐거? 인저 형허구 훈민정음 공부 즘 해라."

수봉이 닭기름 묻은 입을 잔뜩 내밀었다. 수나는 그럴 수 없었다. 아버지의 꾸지람이 무서운 게 아니라 옳았다.

아버지는 편지지에다 한글 자모를 연필로 또박또박 적어 내놓았다.

"자, 여기부터 따라 해라. 아, 야, 어, 여……."

아버지는 한 자 한 자 짚어 가며 소리 내어 읽었다. 몇 번을 되풀이하더니 형제에게 쓰고 외우라고 했다. 수나는 앓기 전에 한글을 이미 배워서 제법 알고 있었다. 그래도 수나는 재미나서 자모를 또박또박 읽었다. 수봉은 두 자씩 묶어서 소리쳐댔다.

"아야! 어여! 오요!"

"이늠아! 소리치지 말구 그냥 입속으루만 외!"

아버지 호통에 수봉은 아예 입을 꾹 다물어 버렸다. 아버지는 흘겨보았지만 더 꾸중하진 않았다.

어머니는 며칠 뒤 장날 닭을 두 마리나 사다 찹쌀과 마늘을 넣고 고았다. 주인집에만 거의 한 마리를 나눠 주고 나머지로 누나까지 불러다 함께 먹었다. 주인 할머니처럼 어머니도 다른 셋집들은 모른 척했다. 닭백숙은 맛났지만 닭고기보다 찹

쌀과 마늘이 훨씬 많았다. 어머니 그릇엔 아예 닭고기가 보이
지 않았다.

손도끼와 마빡 아저씨

날마다 그렇듯이 대낮이면 일곱 세대가 모여 사는 집에 수나만 남고 텅 비었다. 안집 민수 할아버지까지 논에 가고 나니 수나는 쓸쓸했다. 민수 할머니도 이웃집에 나들이 가고 없었다. 수나랑 놀던 수봉이도 민수도 심심했던가 보다. 밖에서 들려오는 아이스케이크 장사 소리를 쫓아 나갔다.

"아이이스께끼이! 어름과자아!"

그 소리는 언제 들어도 처량하고 구슬프게 늘어졌다. 아이스케이크 장사꾼은 열서너 살 소년들이 대부분이지만 더러 스무 살 넘은 청년이 있고는 했다. 오늘 목소리는 나이가 많아 봐야 중학생 또래쯤 될 것 같았다. 아이스케이크를 하루에 몇 개씩 사 먹는 아이들도 있다. 그렇지만 수봉이는 안집 할아버지가 민수에게 사 줄 때 얻어먹은 게 처음이었다. 민수네 할아버지는 손자만 사 주다가 민망하여 마지못해 수봉에게도 하나씩 쥐어 주곤 했다.

수나는 수봉에게 아이스케이크를 사 주고 싶었다. 그러나 한 개에 이십 원이나 하니 망설여졌다. 봉갑리에서 할머니 장례식 때 큰어머니가 준 돈 오십 원을 여태 가지고 있었다. 언젠가 명절 때 당숙에게 받은 백 원도 그대로 있었다. 모두 합해 이백십 원이나 되었다. 그중에 이십 원을 쓰면 이백 원이 깨진다. 백구십 원은 이백 원보다 많이 적은 것 같아 싫었다.

"께끼 장사! 일루 즘 와 봐!"

수나는 멀어져 가는 장사꾼을 큰 소리로 불렀다. 급한 발소리가 들리더니 나무 대문이 요란스럽게 열렸다. 장사꾼이 아니라 수봉이었다. 문밖에 서 있던 수봉이 제 형 목소리를 들은 것이다. 수봉을 따라 노랗고 네모진 아이스케이크 통을 어깨에 멘 소년이 마당으로 들어왔다. 잠깐 집 안을 살핀 소년은 수나를 흘겨보더니 말없이 돌아섰다.

"께끼 안 팔쳐?"

"증말 살래?"

소년은 얼굴만 돌려 흘겨보며 물었다. 수나는 기분이 언짢았지만 참았다.

"안 녹은 거루 한 개만 줘."

수나는 부루퉁해서 돈 이십 원을 내밀었다. 소년은 활짝 갠 얼굴로 다가와 마루에 아이스케이크 통을 내렸다. 소년은 수나 또래쯤으로 보였다. 소매 없는 메리야스 차림이었는데 얼굴이 그을려서 까무잡잡했다. 이마와 코에는 땀방울이 송송 맺혀 있었다. 소년은 오른손을 호주머니에 찔러 넣은 채 왼손으로 상자를 열었다. 한쪽 손으로만 아이스케이크를 꺼내 주느라고 동작이 서툴고 굼떴다. 일 원짜리와 오 원짜리 지폐를 세는 손길도 어색했다. 자꾸 돈이 흩어졌다. 이윽고 소년은 오른손을 빼내었다. 소년의 오른손목은 잡아당기면 끊어질 것처럼 납작했다. 납작한 손목부터 손가락 끝까지 검붉게 죽은 손이 늘어져서 덜렁거렸다. 신경이 마비된 것이 틀림없었다. 소년은 오른쪽 팔뚝으로 누르고 지폐를 셌다.

힘겹게 계산이 끝나자 소년은 도망치듯 마당을 나갔다.

수봉은 입이 한껏 벌어진 채 아이스케이크를 들고 골목으로 나갔다. 아이스케이크를 사 먹는다고 동네 아이들에게 자랑하려는 거였다. 한번 맛보라는 말도 없이 나가 버린 동생이 야속했다. 다시 혼자 남은 수나는 쓸쓸히 방으로 기어들어 누웠다.

아이스케이크 팔던 소년이 떠올랐다. 한 손만 가지고 장사하는 모습이 대단하고도 가엾었다. 수나에게 돈이 많다면 지나갈 때마다 아이스케이크를 팔아 주고 싶었다. 그러나 다시 생각해 보면 소년이 수나보다 나았다. 혼자 방에 갇혀 사는 것보다 못할까. 차라리 팔 하나가 없고 소년처럼 돌아다닐 수 있다면 바랄 게 없었다.

수나는 깜박 잠이 들었다. 수봉이 우는 소리에 정신이 들어 방을 기어 나갔다. 수봉이 큰 소리로 울며 마당으로 들어왔다. 수나는 황급히 몸을 굴려서 마루 끝으로 갔다. 대천에 이사 와서 지난 일 년 동안 동네 아이들이 수봉을 만나면 괴롭혔다. 그때마다 수나는 마음대로 나서지 못하는 자신이 원망스럽고 안타까웠다.

"또 왜 우냐? 이? 울지 말구 말허야 알지."

"민수 할아버지가 준 쇠다마 영기가 뺏어 가구 나를 막 때렸어. 허어엉 흐앙앙."

수봉은 목 놓아 울었다. 전에 주인 할아버지가 망가진 자전거에서 나온 쇠구슬을 수봉에게 주었다. 쇠구슬은 수봉이 늘 가지고 노는 장난감이었다. 수나는 당장 쫓아가고 싶을 만큼 화가 치밀었다. 그놈을 잡아 혼쭐을 내 주고 싶었다. 영기는 제 아버지인 마빡 아저씨를 따라 간혹 주인집에 놀러오곤 했다.

"영기는 너보담 한 살 어리잖여? 근디 왜 지냐?"

"걔 형이 같이 뎀비는디 오치기 이겨?"

영기보다 그 형이란 놈이 손찌검을 했다는 말에 수나는 더 분했다. 그런데 어찌해 볼 방법이 없었다. 이럴 땐 아무것도 못하는 자신이 더없이 싫었다.

"울지 말구 일루 와. 내가 고니 가르쳐 줄게 앞으루는 이 동네 것들허구 놀지 마러."

수나는 봉갑리에서 살 때 배운 사발고누를 수봉에게 가르쳐 주었다. 수봉은 별 흥미도 없는지 마지못해 마루에 잡혀 있었다. 그러나 고누를 둘수록 재미에 빠졌다. 수봉은 제 형을 이길 때마다 언제 울었느냐는 듯 깔깔거리며 즐거워했다. 수나는 판판이 일부러 져 주었다.

"야, 그 촌놈이 저기 있다."

대문간에서 조무래기가 기웃이 들여다보며 키득거렸다. 아이들 두엇이 열린 대문 안으로 들여다보았다.

"쇼가 뭔지도 모른다는 애가 쟤냐?"

"대천 극장서 나팔 부는 소리 듣고 저기서 뭐 허냐 묻더라. 극장에 쇼 들어온 거라니까 쇼가 뭐냐고 또 묻는 거야, 저 깡촌놈이."

아이들이 신기한 동물이라도 들여다보는 듯 집 안을 들여다보며 시시덕거렸다. 하긴 아이들뿐이 아니었다. 어른들도 따지고 보면 수나를 구경거리로 여겼다. 심지어 걱정해 준다는 소리로 곧 죽겠으니 잘 먹이라는 이도 있었다. 그것도 수나 앞에서 하는 말이었다. 수나가 어리다고 아무 뜻도 모르는 줄 알고 우습게 여긴 것이었다.

대문에 선 아이들 가운데 한 아이가 무람없이 마당으로 들어왔다. 영기였다. 영기가 발을 들여놓자 다른 아이들도 영기를 따라 우르르 몰려들었다. 집 안에 어른이 없는 것을 알아채자 아이들은 의기양양해서 수봉을 놀려댔다.

"야, 영기 너 수봉이헌티 쐬다마 뺏은 거 도루 내놔! 안 내

노면 니네 아부지헌티 이를텨.”

봉갑리에서는 어른한테 이른다면 아이들은 기가 죽었다. 그런데 대천 아이들은 수나의 엄포 따윈 들은 척도 안 했다. 영기는 슬금슬금 다가오더니 다짜고짜 주먹으로 수봉을 때렸다. 이미 기가 죽은 수봉은 그냥 맞고 울었다. 눈앞에서 그 일을 겪고 나니 수나는 분하고 화가 났다.

“수봉아, 마루루 올러와.”

영기가 수봉을 따라오면 그때 움켜잡고 패 줄 생각이었다. 나이가 있어서 완력은 아직 영기 또래보다 셌다. 약아터진 영기는 속셈을 눈치채고 마당에 서서 뺀질뺀질 깝죽댔다.

“키라고 쬐깐 꼽새가 지랄한다. 모가지도 없는게.”

영기는 목을 움츠려 수나를 흉내 냈다. 주위에 선 조무래기들이 배꼽을 쥐고 웃어댔다.

“너, 온젠간 나헌티 잡힐 텐디 그땐 증말루 죽을 줄 알어!”

“죽여 봐라. 죽여 봐, 이 꼽새 놈아. 죽여 보라고.”

영기는 빙글빙글 웃으며 수나에게 조금씩 다가섰다. 재빨리 수나 머리를 쥐어박고는 물러나 혀를 날름거렸다. 그것을 신호로 다른 아이들도 덩달아 수나를 한 대씩 쥐어박고 물러났다. 수나는 짐작도 못 하고 있다가 얻어맞았다.

“성아야!”

수나가 얻어맞자 수봉이 또 울어댔다.

“울지 마. 나는 괜찮으니까 울지 마.”

수나는 그냥 누워서 당하고 있자니 더 약이 오르고 분했다. 수나는 한 놈만이라도 잡을 요량으로 가만히 기회를 엿보았다. 영기가 터앝에서 흙을 한 줌 쥐어 수나에게 던졌다. 다른 아이들도 질세라 흙을 집어던졌다. 흙먼지가 마루를 뿌옇게 덮었다. 누군가 던진 흙덩이에 눈두덩을 정통으로 맞았다. 수나는 이를 닥닥 갈았다. 뭐든 주위에 던질 만한 것이 없나 찾아서 눈을 두리번거렸으나 마땅한 게 보이지 않았다. 누구든 붙잡히면 죽여 주겠노라, 수나는 아이들을 노려보았다. 수나의 마음은 사납게 날이 섰다. 당장 쫓아가 한 놈이라도 머리를 깨뜨려 버리고 싶었다. 표독스런 눈총이 겁났는지 흙을 한 줌씩 집어던진 아이들은 슬금슬금 내뺐다.

흙투성이가 된 수봉은 문지방에 앉아 울고 있었다. 수나는 오로지 분풀이할 염밖엔 아무것도 생각나지 않았다. 움직이지 못하는 다리가 원수였다. 수나는 이를 부드득 갈며 마루 끝까지 몸을 끌었다. 마루 밑을 보았지만 마루에서 내려서지도 못하는 자신이 억울하고 비참했다. 감각조차 없이 길쭉하게만 자란 발에 신을 만한 신발조차 없었다. 심장이 터질 것만 같았다. 괴로워서 머리를 감싸는데 마루 밑에 놓인 손도끼가 보였다. 도끼는 날이 조그맣고 손때 묻은 자루가 반질반질했다.

"수봉아, 울지만 말구 저기 저 도끼 즘 끄내 봐."

수봉이 훌쩍거리는 얼굴로 눈치를 보았다. 무슨 판단이 섰

는지 얼른 마루 밑으로 기어들어 손도끼를 꺼내 왔다. 수나는 영기를 죽이겠다는 생각만 머리에 가득했다. 제정신이 아닌 수나는 수봉에게 손도끼를 양손으로 겨누어 보였다.

"너 지금 영기 늠 쫓어가서 이 도끼루 대가릴 이냥 팍 찍어 버려."

수봉은 눈물에 젖어 말개진 눈을 말뚱하게 뜨고 수나를 바라보았다. 수봉은 점점 겁을 먹은 눈빛으로 변해 갔다.

"당장 가서 쐬다마 뺏어간 영기 늠 팍 찍어 버리구 오란 말여. 요롱기 잡구 팍! 머리구 어디구 아무나 찍구 와."

수나는 표독스레 이를 옥물고 도끼질하는 흉내를 내어 보였다.

"싫어! 안 돼여. 그럼 큰 나."

수봉이 단호하게 머리를 저었다.

"왜 안 돼여? 그럼 맨날 바보처럼 뺏기구 은어맞구 살겨? 만날 때마다 괴롭힐 텐디 그냥 당허메 살겨?"

그러나 수봉은 이미 마음이 풀려 분노고 억울함이고 다 잊은 듯했다.

"영기는 형 많어. 아부지만큼 큰 형두 둘이나 있는디 오티기 이겨?"

수나는 버럭 소리쳤다.

"그냥 가서 팍, 찍어 버리구 오란 말여! 그담은 내가 알어서 헐껴."

수나는 마루에서 데굴데굴 굴렀다. 미친 사람처럼 소리 지르며 막무가내 수봉을 닦달했다. 수봉은 마지못해 손도끼를 받아 들었다. 멈칫거리는 발걸음으로 마당을 가로질렀다. 그리고 대문 앞에서 고개를 돌려 수나를 바라보았다. 수나는 손짓을 해서 재촉했다.

수나는 영기네 가족이 쳐들어오면 도끼 들고 싸울 생각이었다. 맞아 죽을 때까지 혼자 싸우다가 죽더라도 분풀이를 해야 시원할 것 같았다. 방으로 기어들어 무쇠 가위를 가지고 나왔다. 이제나저제나 동생이 돌아오길 기다렸다. 수봉은 한참이 지났는데도 돌아오지 않았다. 그래도 금방 씩씩거리며 대문을 넘어설 것 같았다. 수나는 가위를 움켜쥐고 기다렸다.

수봉이 돌아오지 않자 수나는 점점 걱정되었다. 바보처럼 무얼 하고 있는지 답답했다. 그제야 수봉에게 시킨 일이 후회스러웠다. 아무 일도 없는 듯 참고 기다릴 것을 그랬다. 차라리 제 아버지를 따라 놀러 올 때를 기다렸다가 잡아서 방망이로 때리든지 목을 물어뜯든지 분풀이를 할 것을 잘못했다.

시간이 갈수록 분노가 스러지고 수봉이 걱정되었다. 수봉이 싸우다가 도리어 당한 것 같아 불안했다. 수나는 안절부절못하는 마음으로 주인 할머니라도 어서 돌아오기만 기다렸다. 꾸중을 듣더라도 솔직히 말하고 할머니를 소창 공장에 보내 봐야 할 것이다. 그날따라 정오가 넘었는데도 주인 할머니도 들어오지 않았다. 수나는 몸이 달아 어찌해야 할지 몰랐다. 몸을 팔로 떠받쳐 세우고 대문 쪽을 보다가 다시 엎드리기를 반복했다.

한 시간도 더 지나서야 수봉이 울면서 돌아왔다. 볼이 벌겋게 붓고 도끼도 빼앗겼는지 빈손이었다.

"형아, 도끼 들구 가서 영기새끼 나오라구 소리쳤는디, 쫓어 나온 사람이 공장장이랴. 도끼 빼앗구 내 귀때기를 때려서 무지 아팠다. 영기 엄마는 나를 벌세우다가 인저서 가라구 헌겨."

수나는 가엾은 수봉을 쓰다듬어 주려고 손을 잡았다. 수봉은 잔뜩 골나서 씨근대며 손을 뿌리쳤다. 어떻게 달래야 할지 몰라서 수나는 아끼던 도롱태를 주며 달래 보았다. 장구형의 둥근 실패 구멍에 고무줄을 넣어 만든 장난감이었다. 수봉은 도롱태를 쳐다보지도 않았다. 화가 풀릴 때까지 기다리는 수밖에 없었다.

그 일이 그렇게 끝나는 줄 알았다. 어머니가 집에 돌아와 저녁 밥솥을 연탄불에 앉혔을 때였다.

"숭허네, 어린놈이 숭혀. 세상에 그런 숭악헌 놈이 또 있을까? 수봉 엄니, 나 좀 봐!"

영기 어머니가 목소리를 높이며 들이닥쳤다. 영문을 모르는 어머니는 앞치마에 손을 훔치며 영기 어머니를 맞았다.

"무슨 일루 그러신대유?"

"무슨 일유? 애들을 어떻게 가르쳤간 그 모냥이랴? 지 친구를 찍어 쥑인다구 도끼 들구 설치는 건 살다 살다 첨 보네. 그런 숭악헌 게 세상천지에 어디 있댜?"

"예에? 누가유? 우리 수봉이가유? 뭔가 잘못 아신 거 아녀유?"

"허이구! 이 집 작은놈을 내가 몰러? 참내…… 애들 교육 그따위루 시키지 말어! 사람 잡는 살인자 만들라남."

영기 어머니는 핏대를 올리며 삿대질을 해댔다. 어머니는 졸지에 당하는 일이라 어안이 벙벙해 말을 못 했다.

"영기 엄니, 수봉인 그럴 아가 아닌디? 뭐 때미 그러능가? 자상히 말해 보소."

주인 할머니가 보다가 토방으로 내려서며 끼어들었다. 영기 어머니는 역성을 듣자 더 화가 나는지 가슴을 훑으며 씨근거렸다.

"아니, 이놈이 워디 숨었댜? 수봉이 이늠아 나와 봐! 생전 쌈 한 번 안 허는 우리 영기가 뭘 잘못했다구 도끼들구 쫓어왔는지 말해 봐!"

영기 어머니는 숫제 게거품을 물었다. 어머니는 도통 이 아낙이 전하는 살벌한 얘기가 믿기지 않는다는 표정이었다.

"내가 알어볼 티니께 진정허셔유."

"진정이구 뭐구 간이 촌서 마구잽이루 살다 온 모냥인디 애덜 잘·간수허야지 무서워서 오디 살겄댜?"

영기 어머니는 어머니를 큰 죄라도 지은 사람으로 몰아붙였다. 그 어미에 그 아들이라고 수나는 영기 어머니가 미웠다. 자세한 내막을 알면 오히려 야단칠 사람은 어머니였다. 수나는 분한 마음이 차올라 가슴이 답답했다. 힘껏 소리치고 싶었다.

그때 마빡 아저씨가 화난 얼굴로 찾아왔다.

"당신이 여긴 왜 와서 난리랴? 어여 가!"

마빡 아저씨는 오히려 아내를 나무랐다. 영기 어머니는 기가 차다는 듯 남편을 바라보았다. 마빡 아저씨는 아랑곳하지 않고 아내의 등을 떠밀다시피 해서 돌려보냈다.

"수봉아!"

어머니가 소리쳤다. 수봉은 주인 할아버지와 함께 뒷집에 가 있었다. 수봉이 싱글벙글 웃으며 대문으로 달려 들어왔다. 마빡 아저씨를 보고 수봉이 수꿀해졌다.

"너 증말루 도끼 들구 영기 쫓어간겨? 니가 그런겨?"

어머니는 낯빛이 하얗게 질려서 물었다. 수봉은 눈치를 보며 가만히 고개를 끄덕였다. 어머니는 대번에 수봉의 뺨을 때렸다. 놀란 수봉이 파랗게 질려서 몸을 돌려세웠다. 어머니는 재빨리 수봉이 뒷덜미를 잡아챘다. 수나는 질겁하여 마루 끝으로 기어갔다. 그사이 어머니는 악을 써대며 다시 매섭게 수봉을 닦아세웠다. 수봉의 어린 뺨이 철썩철썩 돌아갔다.

"이늠아! 오디서 그따위 흉악헌 짓거릴 배운거, 이 나쁜 늠아!"

수봉이 얼굴을 감싸고 자지러질 듯 울었다. 수나는 어머니 치맛자락을 잡아당기며 울부짖었다.

"때리지 마! 내가 시킨겨! 다 내가 시킨 거란 말여! 지발 수봉인 때리지 마."

그제야 어머니는 수봉의 목덜미를 놓았다. 수봉은 어머니를 피해 마루로 올라와 수나 뒤로 숨었다. 수나는 울먹이면서 수봉을 감쌌다.

"뭔 소리여? 니가 왜 그런 끔찍헌 일을 시켜? 동생이라두 감쌀 일을 감싸야지. 절루 비켜야."

"참말이란 말여. 참말루 내가 시킨 거여."

어머니는 수나를 노려보다가 무너지듯 마당에 털썩 주저앉았다.

"그런 무서운 짓을 왜 어린 동생헌티 시켜? 왜? 왜 그랬냐구!"

수나는 분하고 억울해 울음을 그치지 못했다. 서럽게 울면서 낮에 있었던 일을 말했다. 이야기를 들은 마빡 아저씨가 큼큼 기침을 하더니 어머니를 진정시켰다.

"그렸다구 이놈아, 그런 끔찍허구 무서운 일을 어린 동생헌티 시켜? 니놈이야 말루 병신 짓거리 했구나."

어머니는 무릎을 쓸며 통곡했다. 눈에서 눈물이 멍울멍울 떨어졌다. 수나도 억울하지만 그만 울려고 이를 악물었다. 마빡 아저씨가 어쩔 줄 몰라 마당과 마루를 오갔다.

"그려. 우리 영기가 잘못했구나. 그렇다구 사람을 도끼루 찍으면 되겠냐? 앞으루 다신 안 하겠다구 약속해라. 그럼 다 되는 거여."

수나는 마빡 아저씨를 희뜩 노려보며 소리쳤다.

"아뉴! 내가 영기 놈을 꼭 잡어서 찍어 쥑이든 뜯어 쥑이든 꼭 죽이구 말 거유! 두고 보슈! 꼭 죽이구 말 거유!"

마빡 아저씨는 얼굴이 굳어서 황망히 섰다. 어머니가 마루로 달려와 주먹으로 수나의 어깨를 갈겼다.

"뭐여? 이놈이 안적두 정신 못 채렸네. 어따 말대꾸여, 이놈아!"

수나는 몸을 웅크리며 어머니의 매운 손을 받아 냈다. 수봉이 놀라 다시 큰 소리로 울어댔다. 수나는 얼굴을 다시 치켜들고 어머니를 똑바로 보며 소리쳤다.

"두구 봐! 내가 죽기 전이 꼭 그놈을 찢어 쥑일겨!"

"이런 나쁜 노무 새끼!"

다시 어머니의 손에 뺨이 찰싹 돌아갔다. 어머니는 실성한 사람처럼 연거푸 수나의 뺨을 때렸다. 잠시 모든 소리가 죽었다. 수봉이 울음소리조차 들리지 않다가 다시 되살아났다.

"어허, 아줌니, 이러지 마슈. 애를 달래야지 어른이 그러면 쓰겠슈."

"어이구! 이런 나쁜 늠을 내가 뭐러 낳구 이 속을 썩나 물러!"

어머니는 마루에 걸터앉아 울부짖었다. 수나는 맞은 뺨이 얼얼하고 화끈거렸지만 억울한 마음에 비하면 아무것도 아니었다. 영기네 가족이 밉고, 대문 밖에 모여든 구경꾼들이 미웠다. 역성해 주던 주인 할머니도 싫었다. 큰 구경 난 듯 내다보는 셋집 사람들이 모두 밉고 싫었다. 어머니도 싫고, 불쌍한 수봉이만 빼고 다 밉고 싫었다.

"죽일 거여! 다 죽이고 말 거여! 가만히 있는 나를 왜 괴롭혀? 내가 뭘 잘못했다구? 나쁜 새끼들! 모두 도끼루 박살 낼 거여!"

수나는 악에 받쳐 보이는 게 없었다. 모두가 조용했다. 어머니는 슬프고 처연한 얼굴로 수나를 바라보았다.

"그려, 그려. 아저씨가 알았다. 영기 놈을 따끔허게 혼낼게. 아니, 죽을 만치 패 줄게. 화 풀거라, 응? 수나야, 제발 화 풀어."

마빡 아저씨는 어떻게든지 수나를 달래려고 했다. 수나는 방으로 데굴데굴 굴러 들어갔다. 울지 않고 싶은데 바보처럼 설움이 복받쳤다. 그래도 참으려고 이를 악물었지만 참아지지 않았다. 수나는 이불에 얼굴을 묻었다.

늘 그래 왔던 것처럼 아침 일찍 모두 나가고 또 수나 혼자 남았다. 이렇게 혼자일 땐 바람도 잤다. 터앞에서는 꽃들도 꼼짝하지 않았다. 가끔 찾아오던 나비도 없었다. 아침이면 부산하던 우물도 조용했다. 집밖 어디선가 들려오던 돼지 소리도 조용했다. 뒤꼍 담 너머로 도란거리는 이야기 소리도 멎었다. 처마 밑에 집 짓는 제비마저 날아갔다. 지금 이 집에는 움직이거나 소리 내는 물상은 없었다. 그럴 때는 수나조차도 맥맥한 눈길로 죽은 듯이 마루 끝에 엎드려 있었다.

　잠결인 듯 발소리가 골목에서 다가오더니 대문 여는 소리가 들렸다. 마빡 아저씨가 찾아왔다. 수나는 깜짝 놀라 팔을 세워 간신히 윗몸을 일으켰다. 이내 수나는 마주하기 싫어서 뒤돌아 방으로 기어갔다. 마빡 아저씨가 억센 손길로 허리를 덥석 안아 수나를 앉혔다. 남몰래 맞아 죽나? 하고 수나는 잔뜩 겁을 먹었다. 그러나 마빡 아저씨는 말없이 웃었다. 팔 하나로는 수나를 붙잡고 주머니를 뒤적거려 엿을 내밀었다. 종이에 싼 엿은 수나가 두 손바닥에 가득 받을 만큼 많았다. 수나가 특히 좋아하는 노란 금파가 박힌 흰 호박엿이었다.

　"우리 영기가 너헌티 많이 잘못했더라? 어젯밤에 종아리 좀 때려 줬더니 오늘은 나가 놀지두 못 헌단다. 너헌티 사과허라구 보내야 것지만 니가 그놈 보먼 더 화날 것 같어서 내가 대신 이냥 온겨."

　수나는 왠지 옭힌 마음이 스르르 풀리는 것 같았다. 풀린 마음을 영기 아버지에게 들키기 싫어서 고개를 돌렸다.

　"오늘부텀 아저씨랑 수나랑 친구 허자. 어떠니?"

　수나는 어리둥절했다. 마빡 아저씨는 아버지보다도 나이가 훨씬 많아 할아버지 같은 어른이었다.

"오티기 애랑 으른이랑 친구를 헌대유?"

"어떠? 너랑 나랑 친허게 지내민 친구지. 친구가 따루 있간?"

수나는 꿀 먹은 벙어리처럼 대답하지 않았다.

"영기 놈이 잘못헌 만큼 내가 날마다 와서 너랑 놀아 줄 거여."

수나는 마빡 아저씨를 바라보았다. 입술이 씰룩거렸다.

"이거 이따가 수봉이랑 먹어두 되나유?"

수나는 호박엿 한 쪽을 입에 넣고 우물거렸다.

"그럼. 형제끼린 노나 먹으야 옳은 거여."

수나는 한결 기분이 좋아졌다.

마빡 아저씨는 한동안 고누를 두며 수나랑 놀다가 어른들이 돌아올 시간이 되어서 돌아갔다.

마빡 아저씨는 약속대로 이튿날에도 왔다. 그런 발길이 며칠이나 계속됐다. 어떻게든 수나를 웃겨 주고 재미있게 해 주려고 애를 썼다. 서툰 대로 흥미로운 마술도 보여 주고, 장기판도 가져와서 가르쳐 주었다. 장기는 수나 성격에도 맞아 금방 좋아하게 되었다. 며칠 되지 않아 마빡 아저씨가 차와 포만 떼어도 될 만큼 실력이 늘었다.

"수나는 머리가 참 좋구나."

어느새 수나는 가슴에 맺힌 응어리가 다 풀린 자신을 발견했다.

어느 날은 영기를 직접 데려왔다. 수나는 아무 감정이 들지 않았다. 영기와 수봉이 더 친해져서 함께 놀았다.

섬마섬마

    수나는 눈이 아릿하게 아프더니 점점 심해졌다. 처음 눈이 아플 땐 눈병인 줄 알고 안약 사다 넣고 치료도 했으나 소용 없었다. 한쪽이 가라앉으면 다른 쪽이 또 아프고, 양쪽이 아플 때는 맹인이 따로 없었다. 어머니는 삼이 섰다고 삼잡이 처방을 했다. 삼잡이 방편은 벽에다가 사람 얼굴을 그려 놓고 그림과 마주서서 아픈 쪽 눈에 바늘을 꽂아 놓는 식이었다. 좀처럼 눈은 낫지 않았다. 아주까리기름을 마신 게 화근일지도 몰랐다. 수나는 사흘이 멀다 하고 안대를 착용하고 있어야 했다. 주인 할머니는 눈병 옮는다고 마루에 나오지 말라고 야단했다.

    파종한 자리는 이제 완연히 아물었다. 가끔씩 근질거릴 때가 있었지만 딱지 떨어진 자리에 새살이 돋았다. 그러나 흉터는 손가락 세 개를 모아 꽂을 정도로 깊었다. 남들 앞에서 옷 벗을 일이 없을 테니 그런 흉쯤은 아무래도 상관없었다. 의원 말로는 나이를 먹으면서 흉터도 어느 정도 메워질 거라고 했다. 어쨌든 숨통을 조이던 통증이 사라지니 당장 날아갈 듯 몸이 가벼웠다. 밥도 잘 먹고 잠도 잘 왔다. 보는 사람마다 안색이 한결 나아졌다고 말했다.

어머니는 수나에게 좋다는 것은 무엇이든지 다 해다가 먹였다. 영양을 보충하느라 먹는 추어탕도 대천에 이사하고부터 이 년째 먹고 있었다. 한동안 물려서 냄새도 맡기 싫었는데 요즘에는 오히려 입맛이 당겼다. 어머니가 시장에 나가고부터 밥상에 오르는 반찬도 나아졌다. 귀한 주꾸미 국이 사흘이 멀다 하고 밥상에 올랐다.

그러나 다리는 아직도 바람 빠진 막대풍선처럼 흐물흐물했다. 아랫도리에 힘이 없어 혼자서는 요강도 사용할 수 없었다. 오줌이라도 누려면 아버지가 곁에서 붙잡아 주어야만 했다. 혼자 있을 때면 늘 기저귀를 차고 지냈지만 그 갈이도 만만치 않았다.

아침인데 담 넘어 들어오는 햇볕이 뜨거웠다. 늘 그렇듯이 수나는 혼자 남았고 심심했다. 이럴 땐 라디오라도 켜 놓고 들었으면 하는 마음이었다. 주인집에 연속극 듣는 라디오가 있으나 수나는 손도 못 대게 했다. 라디오를 틀어 놓았다가도 수나가 듣는 것 같으면 얼른 꺼 버렸다. 아침에도 연속극 주제가 〈섬마을 선생님〉을 듣고 있었다. 구성진 노래에 저절로 흥얼흥얼 따라 부르곤 했다. 마당에 생선을 널던 주인 할머니가 손도 씻지 않고 급히 라디오를 꺼 버렸다. 라디오를 방에 들여 놓으며 "나지오 약값도 감당이 안 되야" 하고 말할 때 수나는 서글펐다. 차라리 라디오를 켤 때마다 수나의 귀에 소리가 들리지 않으면 낫겠다고 생각했다.

수나가 눈이 아픈 무렵에는 마빡 아저씨의 발길조차 뜸해졌다. 소창 공장에 일이 많다고 했다. 만약 바쁘지 않다 해도 수나는 마빡 아저씨를 이해했다. 수나는 종일 혼자 쓸쓸하게 놀 수밖에 없었다. 외로움이 사무쳐서 혼자 훌쩍거릴 때도 있었다.

오늘은 울고 싶은 마음보다 왠지 숨이 막힌 것처럼 갑갑해서 견딜 수 없었다. 갑갑할 때 할 수 있는 일이라곤 고작 마루로 기어 나가는 일이었다. 수나는 감각 없는 다리를 질질 끌며 마루로 기어 나왔다. 오전 열 시도 되지 않았는데 벌써부터 뒤꼍의 감나무에서 매미가 울었다. 왬, 왬, 하고 우는 소리가 참매미였다. 쓰르라미나 말매미도 자주 나타나 울었다. 처음에는 매미 소리가 외로운 마음을 달래 주었지만 날마다 들으니 이젠 지겨웠다.

찌르듯 아프던 눈이 잠시 가라앉았다. 먼 하늘을 보면 눈에 좋다 해서 하늘을 보았다. 담장 너머로 보이는 먼 하늘이 파랬다. 남색 빛 난초와 붉은 맨드라미가 작은 터알을 차지하고 있었다. 터알 가장자리엔 조무래기 채송화가 노랑 빨강 분홍 꽃들을 틔우고 있었다. 꽃 피고 지는 걸 벌써 삼 년째 지켜보고 있었다. 이젠 꽃밭도 지겨웠다.

골목을 오가는 행인들의 기척에도 흥미를 잃었다. 누나가 큰집에서 가져온 책 몇 권도 닳도록 읽고 또 읽어서 더는 펼치고 싶지 않았다. 하릴없이 먼 하늘만 바라보았다. 양떼구름이 지나고 있었다. 조금씩 모습이 변해 가는 구름은 수나에게 작은 위안이 되었다. 말 못 하지만 세상 구경을 마음대로 하는 구름이 부러웠다. 구름이 되어 세상 어디든 마음껏 떠다니고 싶었다. 뭉게뭉게 피어나 세상의 모든 모양으로 한 번씩 변해 보고 싶었다.

수나는 갑자기 답답해서 견딜 수가 없었다. 뭔가 무거운 더미에 짓눌려 온몸이 조여드는 것 같았다. 물이라도 마시려고 방으로 기었다. 문지방을 넘는 순간 사지가 찌르르 미칠 것처럼 괴로웠다. 이대로 엎드려 있으면 숨 막혀 죽을 것 같았다. 그러나 누구 하나 일으켜 세워 줄 사람이 없었다. 수나는 문설주에 매달렸다. 벽에 손톱을 박아 흙이 손톱 속에 끼도록 실랑이를 했다. 다리에 힘을 주며 속으로 외쳤다.

'내 다리면 몸 즘 일으켜 줴! 일으켜! 일으켜!'

수나는 얼굴에 핏기가 몰려 터질 것처럼 용을 썼다. 그 순간 놀라운 일이 일어났다. 두 다리에 미약하나마 힘이 들어가는 느낌이 들었다. 착각인가 싶었다. 분명히 뼈가 밖으로 뚫고 나올 것처럼 마른 다리가, 뼈에 눌어붙은 살갗이 경련하며 움직였다. 갓 태어난 송아지처럼 부들부들 떨며 다리는 몸을 떠받쳐 올렸다. 늘 엉덩이에 가까이 붙어 있던 발꿈치가 오랜 기억처럼 엉덩이를 멀리 밀어내고 있었다.

접혔던 두 다리가 다 펴지고 손을 뻗어 문설주를 가장 높이 잡았다. 가슴이 터질 듯 방망이질을 했다. 수나는 이를 악물고 서 있었다. 몇 초나 흘렀을까? 꿈처럼 기운이 스르르 빠지며 숨이 가빠 왔다. 이내 그 자리에 털썩 주저앉았다. 꿈이었을까? 그랬는지 모른다. 수나는 고개를 돌려 터앝을, 하늘을, 골목을 내다보았다. 바람 한 줄기가 서늘하니 이마를 훑고 가며 감각을 생생하게 일으켜 주었다.

가쁜 숨을 몰아쉬며 또 문설주를 잡았다. 몸이 점점 일으켜졌다. 수나는 이내 숨을 씩씩거리며 주저앉았다. 다시 문설주를 잡았다. 조금씩 서 있는 시간이 길어졌다.

온 얼굴이 땀에 젖어 구질구질했다. 툇마루에 떨어진 햇볕은 여전히 무더웠다. 수나는 끓는 툇마루에 드러누웠다. 가슴이 발강발강 뛰었다. 다시 몸을 돌려 문설주를 잡았다. 몸이 요령을 익힌 듯 아까보다 한결 수월하게 일어섰다. 뙤약볕 아래 쇠똥구리처럼 저녁때까지 그 일을 반복했다.

수나가 문설주를 잡고 일어서려는 순간 수봉이 대문을 밀며 뛰어들어 왔다. 수나는 순간적으로 문지방을 넘는 것처럼 자세를 고쳤다. 왜 그랬는지 모른다. 뭔가 부끄러운 것 같았고, 발설해서는 안 되는 비밀처럼 여겨졌다. 다행히 수봉은 눈치채지 못한 것 같았다. 수나는 그저 기분이 좋아 싱글벙글 웃었다. 수봉이 흘끔흘끔 눈치를 살피더니 "왜?" 하고 물었다. 자랑하고 싶었지만 꾹 참았다.

"너 흙장난 했지? 손발 씻구 방이 들와."

마을 갔던 주인 할머니가 돌아오면서 수나는 기분이 깨졌다.

"아니 저 벽대기가 왜 저 모냥인겨? 누가 긁어 뜯었구만. 수봉아, 니가 그런겨?"

바람벽은 도배지가 뜯겨 너덜거리고 손톱 자국 결로 흙이 파여 있었다. 눈매 맵고 까다로운 할머니가 놓쳤을 리 없었다. 수나는 슬그머니 제 손톱을 들여다보았다. 손톱 새에 흙이 박혀 있었다. 수봉은 잔뜩 움츠러들어서 도리질을 했다.

"아뉴, 전 안 그랬슈."

그러면서 억울하다는 듯 수나를 바라보았다.

"아니, 왜 느이 형을 쳐다봐? 벽대기 뜯으면 누가 돈 준담? 가만히 있으면 누가 벌금 내라대? 왜 늘 그 모냥으루 말썽인겨? 아이구, 저 벽을 워쩌? 느이가 도배 새루 혀 놔!"

딱따구리 쪼아대듯 해대는 꾸중을 두 형제는 찍소리 없이 들었다. 평소보다 늦은 시간에 부랴부랴 돌아온 어머니도 주인 할머니에게 소리를 듣고 형제를 꾸중했다. 주인집 기분을 거슬리는 짓만은 절대 용납 않는 어머니였다.

"인저 이런 일은 그만둘 나이도 됐잖냐? 왜 그러냐? 수나넌 철옳는 동생을 말려야지 왜 같이 그런다냐?"

수나는 겨울바람을 맞는 것처럼 마음이 시렸다. 그러면서
도 다시금 벽을 바라보며 자신의 몸에 일어난 변화를 믿을 수
없었다. 가만히 제 허벅지를 꼬집어 보았다. 꿈은 아니었다.

주인 할머니는 아무 말도 없는 수나가 밉상스런 모양이었다.

"아, 으째 그랬나 말 즘 해봐. 왜 벙어리마냥 말을 못 허는
겨? 여니 땐 잔소리쟁이가 왜 한마디도 않는겨?"

그러나 수나는 지청구가 귀에 들리지 않았다. 아직 자신에
게 일어난 변화가 좋은 일인지 잘못된 일인지 헷갈렸다. 그래
서 어른들에게 말해야 하는지 입을 다물어야 하는지도 알 수
없었다. 수나는 저녁내 주인 할머니가 장벽 너머로 고시랑대
는 소리를 가만히 들었다.

다시 날이 밝았다. 아침부터 하늘이 우중충하더니 함석지
붕을 두드리며 비가 내렸다. 또 집 안에 혼자 남은 수나는 마
루로 기어 나갔다. 나무 기둥을 잡고 일어서기를 반복했다.
벽을 뜯으면 안 되니 마루의 각기둥을 붙잡은 것이다. 기둥을
잡고 일어서다가 마루에서 떨어질 뻔도 했다. 수나는 포기하
지 않았다. 수봉이 막 걸음마를 배울 때 어른들이 주문처럼
"섬마섬마" 하며 독려했다. 수나는 누군가 등 뒤에서 "섬마섬
마" 하고 불러 주는 것 같았다. 그래서 더 힘이 생겼다. 여러
번 반복하다 보니 이제는 꽤 오래 서 있을 수 있게 되었다. 천
천히 백까지 열 번이나 세도록 서 있어도 힘들지 않았다.

빗줄기가 점점 거세지더니 장대비가 쏟아졌다. 건넛산에서 번개가 번쩍이더니 천둥소리로 하늘이 무너졌다. 수나는 기둥을 타고 주저앉아 방으로 기어들었다. 비가 쏟아지는데 수봉은 오지 않았다. 오도 가도 못하고 어느 처마 밑에라도 묶여 있는 것인지도 모른다. 오늘이 말복에다가 백중이 낀 대천 장날이라고 일찍 나간 어머니도 걱정이었다. 이렇듯 큰비가 내리면 한데 장사는 다 그르치게 마련이었다. 짐꾼 일을 나간 아버지도 걱정이었다. 하루 삼천 원을 벌려고 어느 길에서 비를 옴팡 다 맞고 있는지도 모를 일이었다.

그러더니 장대비가 멎고 이내 하늘이 해끔해졌다. 감쪽같이 날이 개는 게 정말 호랑이 장가라도 간 모양 신기했다.

다시 수나는 짐승처럼 마루로 기어 나왔다. 비는 찜통 같은 더위를 씻어 가고, 대문으로 들어오는 골목 바람도 싱그러웠다. 수나는 골목으로 걸어 보고 싶었다. 일어설 때처럼 견딜 수 없을 만큼 걷고 싶은 욕망이 점점 일어났다. 마루 기둥을 잡고 뒤로 내리면 다리를 토방에 내디딜 수 있을 것 같았다. 수나는 한참 동안 마당을 내려다보았다. 낭떠러지처럼 느껴지던 두 자 높이의 마루가 그리 높지 않았다. 수나는 주춤주춤 기둥을 붙안았다. 호흡을 가다듬고 천천히 마루 아래로 다리를 내렸다. 생각보다 쉽게 다리가 땅에 닿았다.

가슴이 두근거리고 다리가 후들거렸다. 마루 기둥을 부여잡고 다리에 힘을 주며 서 보았다. 비록 떨리는 다리지만 수

나는 땅을 딛고 설 수 있었다. 처음 문설주를 붙잡고 일어섰을 때처럼 하늘을 날 것 같았다. 벅찬 기분에 미친 듯이 소리치고 싶었다. 한참을 서 있어도 힘들지 않았다. 수나는 욕심이 더 생겼다. 마루 기둥에서 양팔을 벌리면 닿을 곳에 처마를 떠받친 쇠기둥이 있었다. 그 쇠기둥까지 자리를 옮겨 보고 싶었다. 그러나 그것은 지금까지와는 다른 차원의 시도였다. 걸음을 내딛는 일이었다. 수나는 발만 들어서 옮기면 된다고 스스로에게 소리쳤다. 하지만 그럴 용기가 나지 않았다. 실패하면 어떡하나 하는 두려움이 앞섰다. 지금껏 맛본 행복이 한순간에 배신당할 것만 같았다. 사타구니가 쫄밋거리게 수나는 발끝에 힘을 넣었다가 풀고는 했다. 마치 다리 난간에 선 느낌이었다.

망설이던 수나는 충동적으로 오른팔로 기둥을 감아 잡고 왼발을 천천히 밀 듯이 벌렸다. 두 다리가 곧 꺾일 듯 몹시 흔들렸다. 금방이라도 무너질 것만 같아 다시 처음 자세로 돌아갔다. 가쁜 숨이 가라앉을 때까지 기다렸다. 수나는 이마를 훔치고 다시 도전했다. 몸은 참으로 이상했다. 움직여 본 일에는 금방 적응했다. 처음보다 쉽게 다리가 벌려졌다. 수나는 온정신을 집중해서 기둥을 감아 잡은 팔을 조심조심 풀어 몸을 마루 기둥에서 떨어뜨렸다. 와들와들 온몸이 떨렸다. 금방 주저앉을 것 같았다. 수나는 재빨리 왼손을 뻗어 쇠기둥을 잡았다. 오른손은 나무 기둥을, 왼손은 쇠기둥을 짚은 채 한껏 손을 벌린 자세로 서 있었다. 기둥 사이에서 몸은 무슨 현처럼 마구 흔들렸다. 나무 기둥에서 오른손을 떼서 쇠기둥을 두 손으로 잡았다. 오른 무릎이 꺾이며 몸 오른쪽이 무너졌다. 수나는 쇠기둥에 힘껏 매달렸다. 오른쪽 다리를 힘껏 끌어당겼다. 몸이 쇠기둥과 함께 곧추섰다. 몇 해 동안이나 누워 지냈나? 열 살이 되어 여름을 보내고 있으니 만 이 년이 넘었다. 얼굴을 덮은 땀방울은 아무것도 아니었다. 걸음을 뗐다는 기쁨과 흥분이 벅차올랐다. 수나는 힘든 줄도 모르고 마냥 서 있었다.

모씨댁과 모찌떡

골목에 기계로 칼국수를 뽑는 공장이 생겼다. 전에는 일반 가정집이었는데 집주인이 대청마루를 개조하여 기계를 들여놓고 직접 칼국수를 뽑았다. 이웃들은 기계로 국수를 뽑을 만큼 대천 바닥에 수요가 되겠느냐고 걱정했다. 그런데 생각보다 잘돼서 아침부터 밤까지 기계가 돌아갔다. 그러다 보니 돈 벌려면 국수 공장 주인처럼 머리를 굴려야 한다는 소리를 하게 되었다.

국수 공장은 아이들에게도 눈요깃거리였다. 수봉과 민수는 매일같이 국수 공장 앞에서 노느라 집에 붙어 있지를 않았다. 국수 공장 기계 소리는 수나에게도 유혹이었다. 수나는 여전히 사람들 눈을 피해 토방으로 내려서고 있었지만 아직 걷는 일은 꿈도 꾸지 못했다. 다만, 처마 쇠기둥을 잡고 서기는 쉽게 섰다. 기둥을 놓고 스스로 서는 연습을 해보았는데 좀처럼 버티지를 못했다. 수나는 쇠기둥을 놓았다가 잡았다가 하면서 조심스럽게 마당에 서 있었다. 갑자기 요의가 느껴졌다. 기저귀를 차서 선 채로 오줌을 누어도 상관없었다. 그러나 일어선 몸은 그걸 용납하지 않았다. 수나는 골목 쪽 기척을 살피며 슬그머니 고무줄 바지를 내리고 기저귀를 풀었다. 오줌이 빗물 도랑에 떨어졌다. 두려움과 창피함이 가시고 희열이 차올랐다. 홀로 일어선 후 맛보는 최고의 성취감인지도 몰랐다.

"수봉아, 쬐금만 놀구 들와 밥 먹으안다."

갑자기 어머니의 목소리가 들려왔다. 장날이라 여느 때보다 늦을 줄 알았던 수나는 허겁지겁 바지를 추슬렀다.

어머니가 대문을 열고 들어섰다. 수나와 눈이 마주친 어머니는 깜짝 놀라서 입을 벌린 채 제자리에 붙박였다. 이윽고 어머니는 박대와 보리쌀 자루가 든 양은 함지를 머리에서 내려놓았다. 그러고도 믿어지지 않는지 몇 번이나 눈을 질끈 감았다가 떴다. 그 순간은 수나에게도 아주 긴 시간처럼 여겨졌다. 수나는 머쓱하게 웃었다.

"오매, 이게 웬일이여? 하이고! 우리 아들 일어섰네!"

어머니는 달려들어 수나를 번쩍 안았다. 그리고 동네방네 들으라고 소리쳤다.

"우리 아들이 일어섰네! 일어섰어!"

이내 어머니는 몸을 부르르 떨며 수나를 숨 막히게 껴안았다.

"요새 밥두 잘 먹구 좋아졌다구 여겼지먼 요렇기 일어설 줄은 꿈에두 생각 못했네."

어머니가 높이 들까부는 바람에 수나는 몹시 어지러웠다. 수나는 어머니 목을 꼭 부둥켜안았다. 어머니가 들뜬 기분을 가라앉히고 물었다.

"온제부터 일어섰다냐? 오늘 갑자기여?"

"음…… 열 밤두 더 지났어."

사실 수나도 며칠이나 흘렀는지 확실히 몰랐다.

"얼래? 그런 걸 내가 왜 여태 몰렀다냐?"

목멘 소리로 말하다 말고 어머니는 또 수나를 부둥켜안았다.

"어이구, 장헌 내 아들…….."

세상을 얻은 것처럼 행복해하는 어머니의 모습을 보자 수나는 콧등이 시큰해졌다. 비로소 자신이 해낸 일이 실감났다.

수나는 걷기 연습을 열심히 했다. 무릎 짚고 대문까지 걸어 나갈 정도로 좋아졌다. 후들거리는 걸음으로 대문과 마루를 오갔다.

낮에는 걷기를 하고 밤에는 한글을 익혔다. 수나의 부모는 내년에 학교에 다시 보내 주겠다고 했다. 저녁마다 아버지가 불러 주는 낱말을 받아썼다. 산수도 덧셈 뺄셈을 떼고 구구단을 외우는 중이었다. 걷기 연습을 하면서도 머릿속으로 구구단을 외웠다. 아버지는 구구단을 구단부터 거꾸로 외게 했다.

$9 \times 9 = 81$에서 시작해서 $2 \times 1 = 2$로 끝냈다. 그리고 단마다 한 절씩 줄였다. 8단은 8×8, 7단은 7×7부터 시작하는 식이었다. 단마다 한 절씩 줄이면 전체적으로 구구단의 반절만 외우면 되었다.

이제는 뒤란 구석에 있는 화장실까지 혼자 다닐 수 있게 되었다. 혼자 힘으로 우물에서 펌프질하여 씻을 수도 있었다. 시원한 샘물을 퍼 올려 마음대로 씻을 땐 참 행복했다. 방에서 자리끼와 기저귀와 요강을 치웠으니 어머니도 불편을 덜었다. 수나가 조금씩 나아질 때마다 어머니는 아들이 무슨 대단한 일이라도 이룬 듯 셋집 사람들에게 자랑했다.

"우리 수난 뭐던 혼저 잘 해내유. 두구 보먼 알 거유. 당당허게 사회생활두 해게 될뀨."

그러자니 수나도 신명이 나서 더 열심히 했다. 어머니를 기쁘게 하는 일이라면 뭐든지 해내고 싶었다.

"이런 걸 보람이라구 헌다. 뒷날 달리더라두 한 발짝씩 띠던 때를 잊지 말어라, 암 그려야지, 시상 누구두 츰부터 지 발루 걸은 줄 알구 살지먼 넌 올마나 다행여, 세상엔 거저가 읎다는 걸 알었잖여."

민수 할머니가 국수 공장 뒷방에 새로 이사 온 사람들 이야기를 전했다. 주인 할머니는 동네에 사람이 들면 누구보다 먼저 찾아갔다.

"모 씨넨 아들만 둘이구, 남자가 탄광 사장이랴. 사람덜이

신실허고 후덕해 뵈더만."

그 집 네 식구가 이사 오던 날 수나도 대문간에 서서 구경했다. 가족들이 모두 피부가 하얗고 깔끔했다. 모씨댁은 살이 찐 데다 둥실한 얼굴에 턱이 두껍지고 목이 짧았으나 화장 짙고 옷은 화사했다. 그러나 모 씨와 중학생인 두 아들은 조용하고 수수해 보였다. 모 씨가 석탄 광산 사장이라는 말을 사람들은 믿지 않았다. 광산 사장이라면 돈도 많을 텐데 단칸방에 세 들 리가 없다고 의심했다.

모 씨네는 이삿짐 정리도 하기 전에 떡부터 돌렸다. 모씨댁이 동네 집들을 일일이 방문해 인사했다. 이삿짐 정리는 두 아들과 모 씨의 몫인 것 같았다. 모씨댁은 보기보다 말투가 부드럽고 친절했으며 사교성이 좋았다. 매일 마을을 돌며 사람들과 사귀어 며칠 만에 오래 산 사람처럼 내남없이 지내게 되었다. 마을 누구도 이제는 모씨댁이 탄광 사장 부인이라는 사실을 의심하지 않았다. 자연스레 모씨댁은 '모 사장 부인'이라 불렸다.

모씨댁은 수나네도 자기네 집처럼 드나들었다. 객쩍은 수다를 떨며 주인 할머니, 어머니와 친해졌다. 모씨댁은 어머니와 동갑내기라 사흘 만에 너나들이하는 친구 사이가 되었다. 주인 할머니에게는 수양딸을 자처하며 스스럼없이 '어머니'라 불렀다. 모씨댁은 참으로 유쾌하고 재미있는 이웃이었다. 수나는 자신에게도 편견 없이 말벗해 주는 모씨댁이 좋았다.

눈은 늘 지짐거리고 기계총으로 둥글게 머리가 빠지고 염증을 앓는 귀에서는 고름이 흘러나오는 수나였다. 모씨댁은 처음부터 수나를 아무렇지도 않게 대했다. 어머니에게는 수나를 두고 조언도 아끼지 않았다.

"애가 머리가 명석해서 몸만 가누면 제몫을 충분히 하겠네."

수나는 그런 말을 가족 아닌 남에게 듣기는 처음이었다. 마빡 아저씨도 진정으로 대해 주었지만 결코 그런 기대를 말해 준 적은 없었다. 그러자니 모씨댁을 맞이하는 마음은 주인 할머니나 어머니보다 수나가 더했다. 어쩌다가 모씨댁이 오지 않는 날은 궁금하고 섭섭했다.

모 씨네가 이사 오고 한 달이 흘렀다. 수나는 무릎을 짚고 쉬엄쉬엄 걸으면 골목 끝까지 다녀올 만큼 나아졌다. 식구들이 일터로 학교로 다 나가자 수나는 길을 걸으려고 세수하고 눈에 안약을 넣었다. 모씨댁이 평소보다 좀 이르게 찾아왔다. 여느 때처럼 마루에 걸터앉아 주인 할머니를 상대로 소소한 수다를 늘어놓았다. 그녀의 출현으로 조용한 집 안에 활기가 넘치는 것 같았다. 남편 자랑을 늘어놓는데 늘 그렇듯 모씨댁의 자랑이라 귀에 거슬리지 않았다.

"우리 그이가 물려받은 재산이 좀 많았게. 전에 서울서 살던 2층집도 자그마치 오천만 원짜리였어요. 그런데 이번 광산 사업에 쏟아 붓느라고 세놓고 이곳으로 온 거라. 난 결사반대를 했지. 여편네들이 살림 매고 대처 나가 살기가 어디 그리 쉬운가요. 근데 그이 고집을 누가 꺾나. 전문가들이 붙어 석탄이 터져 나온다는데 사업하는 사람이라면 기회를 그냥 못 보내지. 아무튼 조짐이 좋은 모양이에요. 내달 안으로는 무조건 쏟아져 나온다니까. 그리 되면 넣은 돈 열 배는 더 빼고도 남는다잖아.”

주인 할머니는 놀라는 표정을 지었다. 입맛을 다시던 할머니는 이내 서운한 얼굴이 되어 물었다.

“그람, 인저 곧 도로 서울로 가는 거여?”

“에고, 어머니도…… 광산 일이 무슨 한철 장산가요, 한 번 터지면 십 년 이십 년은 노나는데? 이 사업은 계절도 없고 밤낮도 없어요. 차차 애들 교육시키자면 서울이야 오가겠지만 이제 여기가 고향이다 하고 살아야지. 남정네들 혼자 객지에 두면 못 써요.”

“고럼. 그려야 말일세.”

주인 할머니가 흡족하게 웃어 놓고 화장실로 걸으며 토를 달았다.

“암튼 잘되믄 우리 몰라라 하지나 말게. 그럴 사람도 아니다만.”

“참 별소리를 다 하시네. 어머니나 수나네나 없었다면 우리 같은 객지 것들이 여기서 누구한테 등 대고 살아요? 나야 항상 고맙지.”

수나는 모씨댁이 어머니와 친구가 된 사실이 자랑스러웠다. 수나는 마당에서 걷기 연습을 하려고 두 다리를 마루 아래로 내려뜨렸다. 뒤로 돌아 섰으니 마루 밑에 둔 헌 고무신이 잘 보이지 않았다. 수나는 맨발을 늘어뜨려 마루 밑을 더듬었다. 신발이 발끝에 걸렸으나 잘 꿰지지 않았다. 신발이 엎어져 있나 싶어서 고개를 숙일 때였다.

"어머나! 얘가 왜 이래?"

갑자기 모씨댁이 쌀쌀맞게 수나 손을 밀치고 눈을 부라렸다. 목소리는 낮았으나 아주 사나웠다. 아마도 수나가 모르고 모씨댁 치마를 짚은 모양이었다. 모씨댁이 손을 밀치며 치맛단을 빼내는 바람에 수나는 하마터면 뒤로 나자빠질 뻔했다. 그래서 넘어지지 않으려고 얼떨결에 다시 모씨댁 치맛단을 움켰다.

"에이! 어디를 자꾸 만지니? 눈병 비벼댄 손으로!"

모씨댁은 짜증스런 목소리로 치맛단을 털었다. 순식간이었지만 수나를 더러운 벌레 보는 듯이 눈살을 찌푸렸다. 수나는 당황했다. 그래서 맨발로 땅바닥에 서서 멀뚱하니 모씨댁을 쳐다보았다.

주인 할머니가 화장실에서 나왔다. 주인 할머니가 다가오자 모씨댁이 말했다. 금방 냉정을 찾았는지 목소리가 다시 간살스러워졌다.

"아유, 언제 봐도 자태가 고우셔. 그 모시 저고리 참 잘 어울리시네."

"딸 덕으로 늙은이가 입 호강이네. 모처럼 듣는 좋은 소리라 얼굴이 다 다네 그랴."

수나는 수꿀해져서 고무신을 꿰고 마당으로 내려갔다. 이내 섭섭한 마음이 차올라 눈이 뜨거워졌다. 수나는 다시 안 볼 사람들처럼 등을 보이고 비척비척 마당을 가로질렀다.

"영기네 아저씨는 바쁘신가? 요즘 통 안 오시네."

마빡 아저씨는 어제도 와서 어머니가 준 포도를 먹고 갔다. 모씨댁도 함께 수다를 떨다가 갔다. 불현듯 수나는 모씨댁이 이상해 보였다. 할 말이 없으니까 아무 말이나 막 내놓는 것 같았다.

"증말루 웃기는 모찌떡여."

수나는 시큰둥해서 이죽거렸다. 똥그란 얼굴에 분칠한 거나 찹쌀떡에 흰 콩가루 묻힌 것이나 서로 닮아서 하는 소리였다. 수나는 혼자 말해 놓고 우스워서 빙긋이 웃었다. 삐졌던 기분이 좀 풀렸다. 모씨댁도 어쩌다가 당황해서 그런 것이겠지, 수나는 그렇게 여기기로 했다. 어머니랑 그처럼 친하게 지내는 아주머니에게 잠시 섭섭한 마음을 품은 자신이 부끄러웠다.

수나가 대천 극장까지 다녀왔을 때 집은 텅 비어서 조용했다. 수나는 한동안 마당을 쉬엄쉬엄 거닐었다. 민수와 수봉이 대문을 밀치고 요란하게 들어왔다.

"성, 딱지 즘 접어 줘."

수봉이 잡지 한 권을 내밀었다. 딱지는 아버지보다 수나가 깔끔하고 단단하게 잘 접었다. 수봉이 내민 잡지는 초등학생 공책보다 훨씬 넓고 재질이 빳빳했다. 딱지 접기에 안성맞춤이었다.

"어서 났냐?"

수나는 뜯어서 딱지를 접기에는 왠지 꺼림칙해서 물었다.

"민수가 주섰댜."

수봉이 민수를 힐끔 보았다. 민수가 바닥에 쪼그려 앉으며 대답했다.

"국수 공장서 버린 거라 내가 주웠단께."

아무래도 민수 말이 믿기지 않았다. 버린 책이 아닌 것만 같아서 수나는 민수에게 책을 도로 건넸다.

"딴 거루 접어 줄게. 이 책일랑 주운 디다 도루 갖다 놔."

민수는 부루퉁해서 잡지를 들고 나가 버렸다. 수봉도 형 눈치를 보며 민수를 따라가려고 했다. 수나는 수봉을 잡아 세웠다.

"형이 딴 종이루 딱지 접어 줄게."

수나는 어머니가 봉지 접으려고 모아 둔 신문지를 꺼냈다. 신문지라도 겹으로 접으면 단단하고 좋았다. 마루에 엎드려서 신문지를 적당한 크기로 잘라 딱지를 접었다. 기왕 접는 것 많이 접어 주자고 열심히 접었다.

"민수야! 너 지금 뭐하니?"

모씨댁 목소리가 대문을 넘어 들려왔다. 수나 형제 옆에서 민수가 무엇인가 뒤로 후다닥 감추었다. 수나는 딱지 접기에 열중하느라고 민수가 옆에 와 있었는지 몰랐다.

"네가 가져갔다며? 책 어디 있니? 그거 애들 보는 책 아니야."

민수가 슬금슬금 뒤춤에 감춘 잡지를 내밀었다. 표지부터 이미 여러 장 찢어서 딱지를 접은 뒤였다. 모씨댁은 얼굴빛이 변해서 소리쳤다.

"아이고, 내가 미쳐! 벌써 다 찢어 버렸네…… 수나 너는 어린애가 책을 찢으면 못 하게 말려야지 되레 같이 논다니? 생긴 대로 논다더니 소갈머리 참 없구나."

모씨댁은 애먼 수나에게 화풀이 하며 비아냥거렸다. 수나는 벙하니 모씨댁만 쳐다보았다.

"형아가 헌 거 아뉴! 민수가 그랬슈."

수봉이 뾰로통하게 대꾸했다.

"안 하긴? 이놈아, 지금 같이 앉아 하는 짓거리가 뭔데? 참, 조막만 한 게 제 형 역성드네."

모씨댁은 기가 차다는 표정으로 팔짱을 끼었다. 수나는 수나대로 억울했지만 참을 수밖에 없었다. 왜 자꾸 오해가 생기는지 재수가 없다는 생각만 들었다.

"에고! 말썽꾸러기 녀석들."

모씨댁은 혀를 차며 돌아갔다. 어른들은 왜 아이들 일이면 무조건 자세한 이야기를 듣지 않고 오해할까? 수나는 모씨댁도 그럴 줄 몰랐다. 어머니의 친구만 아니면 나쁘게 여겼을 것이다.

수나는 두 손으로 무릎을 짚은 채 대문 밖에 섰다. 그는 그렇게 바깥 구경을 하는 일이 행복했다. 국수집 앞에서 늘 바글거리던 아이들은 모두 학교에 가고 없었다. 수나는 이렇듯 아무도 없는 거리가 더 좋았다. 누가 쳐다보거나 놀리지 않았기 때문이다.

칼국수를 줄줄이 뽑아내는 기계가 보였다. 수나는 아예 맨땅에 주저앉아 턱을 괴고 구경했다. 국수집 부부는 먼저 손으로 밀가루 반죽을 대강 했다. 그 반죽을 기계에 넣었다가 빼내길 서너 차례 반복했다. 그리고 그것을 두루마리처럼 말아 국수틀 기계에 걸었다. 두루마리 반죽을 천천히 풀어서 밀면 기계가 칼국수를 고르게 썰어 냈다. 수나는 땡볕에 비질비질 땀이 흘러도 일어날 줄 모르고 구경했다.

"수나야, 왜 거기 앉아 있어?"

모씨댁이 창문으로 내다보며 눈을 흘겼다.

"어서 들어가라. 궁상맞게 앉아 턱 들고 있는 네 꼴을 엄마가 보면 퍽이나 좋아하겠다. 꼬질꼬질 땟국 좀 봐, 시궁에 장아찌 담가도 그보다는 낫겠다. 에이그, 뻘건 눈 하고는……."

누가 들으면 걱정하는 소리로 들리겠지만 수나에게는 분명 비아냥거리는 소리로 들렸다. 칫, 수나는 빈정이 상해 고개를 돌렸다.

'내가 이냥 있던 말던 왜 자기가 야단여? 자긴 찹쌀 모찌 아니럴 깨비 남의 집만 오면 찐득찐득 죙일 눌어붙어 입방알 떡방안 줄 알구 자진방아루 찧어대면서…….'

짜증이 났지만 어른 말이니 듣자고 수나는 무릎을 짚고 천천히 일어났다. 대문으로 막 돌아설 때였다.

"에구, 저 꼴로 사니 지네 엄마 등골이나 빼지 뭐해."

모씨댁이 중얼거리는 소리가 귀에 들렸다. 수나는 마음이 몹시 상하고 서글펐다. 수나는 굽은 등을 들먹들먹하며 대문을 넘어갔다.

이제 모씨댁이라면 목소리도 듣기 싫었다. 어떻게 하면 모씨댁이 오지 못하게 할까 궁리해 보았다. 어른들이 서로 틀어져 내치면 모를까 수나로서는 뾰족한 수가 없었다. 어머니한테 말하면 들어 줄까. 오히려 혼을 내겠지.

"수봉아, 비밀 한 개 알켜 주까? 모씨댁 아줌마 별명이 뭔지 알어?"

수봉과 둘이 놀 때 수나는 은밀히 말했다.

"뭔디?"

"너만 알구 있어. 모찌떡여 모찌떡."

수봉은 왜 그런 별명인지 묻지 않고 대번에 웃었다. 그 별명이 웃긴 모양이었다.

"모찌떡! 헤헤헤. 근디 아줌마 이름은 모씨댁이야?"

수봉이는 웃다가 갑자기 생각난 얼굴로 물었다.

"어이구 바보야. 그건 그 집 아저씨 성씨가 모 씨라는 거여."

수나는 알밤 먹이는 시늉을 했다.

"암튼 재밌지?"

수봉이 다시 "모찌떡" 하고 말해 놓고 웃었다. 수봉은 한번 묻기 시작하면 끝이 없었다. 모씨댁 별명에 취해서 꼬치꼬치 캐묻지 않았다.

저녁거리를 사 들고 어머니가 돌아왔다.

"오늘은 수봉 엄마 걸음걸이가 가벼운 게 장사 잘했나 보네."

잇대어 모씨댁이 들어서며 어머니에게 말했다. 모씨댁은 어머니가 돌아오는 저녁때면 거르지 않고 들렀다. 난데없이 수봉이 모씨댁에게 오른손을 펴서 내밀었다.

"어서 오슈, 모찌떡."

모씨댁은 수봉이 귀엽다는 표정으로 웃었다.

"웬 소리야? 뭔 떡이 있다고 빈손을 내밀어?"

모씨댁이 어리둥절하니 둘러보았다. 수나는 침을 꿀꺽 삼켰다. 재밌고 두렵기도 했다. 아마 이내 약이 올라 수봉에게 화를 낼 것이다. 장난을 눈치챈 어머니가 먼저 수봉을 나무랐다.

"데끼! 으른헌티 까불면 뭇써!"

수봉이의 장난에 당황한 어머니는 엄한 표정이었다. 수봉이 머쓱해져 내민 손을 뒤로 빼냈다. 어머니가 화를 낼 정도면 모씨댁은 더 화났을 거라고 생각했다. 그러나 수나의 기대는 빗나갔다.

"아하, 나 보고 모찌떡이라고? 어른들이 모씨댁이라고 부르니 그런 별명을 붙일 만도 하구나."

모씨댁은 오히려 크게 웃으며 수봉이 머리까지 쓰다듬었다. 모씨댁이 웃고 떠들자 어머니도 함께 웃고 주인 할머니도 웃었다.

"아이들 덕에 웃고 산다니까"

모씨댁은 또 한참동안 재미있어 하며 수다스럽게 떠들었다. 모씨댁이 와서 집 안이 떠들썩할 때마다 수나는 왠지 더 혼자된 기분이었다. 그나마 어머니까지 모씨댁에게 빼앗긴 것만 같았다. 모씨댁은 주인 할머니네서 저녁까지 얻어먹고 놀다가 돌아갔다. 별명으로 모씨댁을 약 올려 주려던 계획은 완전실패였다.

도 넛 도 둑

　가을이 깊어서 터앝 백일홍 이파리도 노랗게 단풍 들었다. 수나는 추석 때 어머니가 사다 준 나일론 쫄쫄이 바지를 입고 마당을 나섰다. 값싸고 질긴 나일론 옷가지들이 대유행이었다. 내복, 양말, 셔츠, 잠바까지 모두 나일론 일색이었다. 마빡 아저씨는 나일론 바람에 공장을 닫게 생겼다고 하소연했다. 마빡 아저씨 공장에선 당목, 광목, 옥양목 같은 무명천을 주로 짰고, 때로 주문에 따라 실크나 포플린 같은 고급 천을 짜기도 했다.

　나일론이 값싸고 질기지만 면에 대면 질감이 형편없었다. 수나도 나일론 내복을 입은 뒤로 몸이 근질거렸다. 잠결에 무심코 긁어서 아침이면 허리나 장딴지 같은 곳에 피딱지가 져 있고는 했다.

수나는 국수 공장 앞에서 저절로 모씨댁 창가를 올려다보게 되었다. 왠지 그 곁을 지나자면 마음이 무거워져서 빨리 벗어나고픈 마음만 들었다. 요새 모씨댁 발길이 뜸했다. 어머니와 주인 할머니는 아침밥을 짓는 동안 모씨댁 이야기를 했다. 주인 할머니는 모씨댁이 돈을 빌리려다가 거절당하자 삐친 거라고 했다. 모 씨네 광산이 채탄을 시작해 연탄 공장에 넘기고 있다는 소문은 모씨댁이 여러 차례 한 얘기였다. 아직 연탄 공장에서 수금이 되지 않아 광부들 노임 줄 돈이 부족하다는 것인데, 모씨댁은 수백만 원이나 되는 급전을 돌리느라 여기저기 쑤석거리고 다닌다고 했다. 주인 할머니는 쌈짓돈이라도 쟁여 둔 게 있다면 빌려 주겠다며 안쓰러워했다.

"글쎄 말여유. 여기저기 댕기나 본디 그냥 큰돈을 꿔 줄 만헌 사람이 오디 그리 흔허야쥬. 올마나 구했는지 궁금허구 걱정돼유."

남 일처럼 여겨지지 않고 진심으로 걱정하는 어머니였다.

수나는 마빡 아저씨 공장 앞을 지나갔다. 이제 허벅지를 짚지 않고도 걸을 수 있었다. 몇 달 동안 직립보행에 나선 인류의 과정을 재현하듯 몸을 일으켜 걸었다. 보통 사람처럼 꼿꼿하게 걸을 수 있었다. 그러나 수나는 아직 멀리 오래 걸을 수는 없었다. 지친 길에는 수봉의 어깨를 짚고 다녔다. 수봉은 여간 귀찮아하지 않았다.

오늘은 더 멀리 걸어 봐야겠다고 마음먹고 나선 길이었다.

수봉은 아침을 먹자마자 어디로 내뺐는지 보이지 않았다. 마빡 아저씨네 공장은 이제 아주 가까운 거리가 되었다. 오늘은 아버지에게 보이고 싶어 수레꾼들이 모인 곳까지 가 볼 셈이었다. 기뻐할 아버지를 생각하니 벌써부터 마음이 설레었다.

어머니는 요즘 시장에서 하던 장사를 닷새장 서는 곳을 찾아다니는 장돌뱅이로 바꾸었다. 몸은 힘들지만 벌이는 한결 나았다. 어젯밤에도 어머니와 아버지는 잠자리에서 살림에 대해 오래도록 이야기했다. 아버지는 부족한 대로 생활비를 벌고 어머니는 집을 장만할 돈을 벌자는 얘기였다. 그렇게 이삼 년 고생하면 전세를 얻을 수 있으리라는 것인데, 수나는 이야기를 엿들으며 저도 돈을 벌어 보태고 싶었다.

골목을 벗어나 큰길로 나오자 발걸음을 천천히 뗐다. 큰길가 풍경은 수나에게 모두 새롭고 신기했다. 길가에는 장구와 북을 만들어 파는 가게도 있었다. 통나무를 높이 쌓아 놓은 제재소도 있었고, 그 옆에는 운명 철학관이라고 간판을 붙인 점집도 있었다. 건너편에 옷 수선집도 있고 이발소도 있었다. 이발소에서 조금 더 지나면, 수봉과 민수가 늘 말하는 장난감 가게가 있었다. 나팔부터 권총, 장총, 탱크, 자동차는 물론 그림 딱지, 유리구슬, 팽이, 인형 같은 장난감들이 조그만 가게를 가득 메우고 있었다. 수나는 하나만이라도 사고 싶었다.

장난감 가게 건너편에는 높고 커다란 건물이 있는데 대천 극장이었다. 가끔 쇼 공연단이 들어왔다는 광고 소리를 방에 누

126

워서 들었던 것이다. 수나는 한동안 극장을 건너다보았다. 이제 학교에 가면 단체 관람을 하러 극장에 갈 수 있을 것이다.

극장 광장 한편에는 도넛 가게가 있었다. 수나는 그 도넛 가게 앞에서 걸음을 멈추었다. 진열된 도넛들이 먹음직했다. 가운데 구멍 난 바퀴 모양의 도넛과 굵게 꼬아진 꽈배기 도넛이 맛있게 보였다. 단팥 고물을 잔뜩 넣은 공처럼 동그란 찹쌀 도넛을 끓는 기름에 튀긴 것이었다. 진한 고동색으로 튀겨진 고소한 도넛에 설탕도 듬뿍 묻어 있었다. 솔솔 코를 자극하는 도넛 냄새에 저절로 침이 꼴깍 넘어갔다. 수나는 아버지에게 돈을 달라고 해서 하나를 사 먹고 싶었다.

극장 광장을 벗어나면 백화정이라는 음식점이 있고, 그 옆에 여름에만 가동하는 아이스케이크 공장이 있었다. 팔목이 너덜거리는 아이스케이크 장사꾼 소년도 여름내 이곳에서 아이스케이크를 떼다가 팔았을 것이다. 아이스케이크 공장에서 조금 더 가면 사거리가 나왔고, 한옥으로 지은 여관이 있었다. 그 여관 담장에 수십 대의 수레들이 줄을 이어 기대고 있었다.

수나는 수레 주변을 살펴보았다. 수레꾼 여남은 명이 있었지만 아버지는 보이지 않았다. 가을볕에 모여 앉아 장기를 두거나 화투장을 쥐고 있었다. 수나가 쭈뼛거리자 수레꾼 하나가 고개를 들고 물었다. 눈이 부리부리하고 수염이 덥수룩한 사내였다.

"왜? 누굴 찾냐?"

수나는 움찔 놀라 간신히 대답했다.

"아버지를 뵐려구유."

"아버지가 누구신디?"

"윤, 민 자, 종 자셔유."

"윤 씨 아들이구먼. 좀 전이 일 가서서 한참 기다려야 오실 게다."

수나는 아버지를 기다렸다. 근처의 생선 시장을 돌고 와서는 장기 두는 사람들 틈에 서 있었다. 그사이 오정포가 울렸다. 아버지는 어디 먼 데까지 간 모양이었다. 오래 서 있었더니 다리가 아프고 허리도 아팠다. 뱃속에서는 꼬르륵, 물 빨아들이는 소리가 났다.

낙심한 수나는 그냥 집으로 발길을 돌렸다. 파근해서 주저 앉을 것만 같았다. 수나는 도넛 가게 앞에서 걸음을 멈췄다. 도넛이 아까보다 더 맛있어 보였다. 얼마나 맛있을까? 입에 침이 가득 고여 목젖을 적시며 넘어갔다. 숙이 누나 또래쯤 되어 보이는 중학생 둘이 다가와 진열장 앞에 섰다.

"도나쓰 백 원어치만 주세요."

아주머니는 금방 구워 낸 도넛을 하얀 종이에 여섯 개 넣었다. 개당 이십 원이니 한 개는 덤인 듯했다. 수나는 주머니에 손을 넣었다. 수봉의 장난감인 유리구슬 두 개가 손에 잡혔다. 몇 년 동안 모은 삼백사십 원은 뜨개실 값으로 누나에게 몽땅 빌려 주었다.

도넛 봉지를 받아들고 즐겁게 가는 두 여학생을 부럽게 바라보았다. 발이 떨어지지 않았다. 입안에선 침이 샘솟듯이 자꾸 고였다. 아무래도 도넛 귀신에게 잡힌 것만 같았다.

얼마나 서 있었을까? 도넛 굽던 아줌마가 앞치마와 두건을 벗었다. 아마 화장실에 가는 모양이었다. 그 순간 수나는 도넛을 냉큼 잡아챘다. 도넛을 남방 속에 숨겼다. 그러자 왼손이 또 간지러웠다. 몇 개인지 모르나 도넛을 한 움큼 집어서 얼른 돌아섰다. 마음은 급했지만 몸이 더디게 굼떴다. 수나는 뒤를 돌아보지 않고 앞으로만 보고 걸었다. 극장 광장만 지나가면 마음 놓아도 된다고 생각했다. 그런데 극장을 지났는데도 누군가 금방 뒷덜미를 잡아챌 것 같았다.

장난감 가게 앞에서 숨이 턱에 차서 더 걸을 수 없었다. 그래도 수나는 이를 악물고 수선집과 이발소를 지났다. 운명 철학관 앞을 지날 때였다.

"야, 꼬맹아! 너 나 즘 보구 가라!"

등 뒤에서 도넛 가게 아줌마의 목소리가 들렸다. 가슴이 두방망이질로 요동쳤다. 수나는 듣지 못한 척 부지런히 걷기만 했다. 한 걸음 내디딜 때마다 아줌마의 목소리는 점점 가까워졌다. 수나는 제재소로 들어가 쌓아 놓은 통나무 사이에 숨었다. 헐떡헐떡 가슴이 터질 것만 같았다. 손에 쥔 꽈배기와 찹쌀 도넛은 뭉개져 있었다. 숨 가쁜 입에다가 꽈배기를 우겨넣었다. 자신이 무슨 짓을 하고 있는지 생각할 겨를도 없었고 맛도 느낄 수 없었다. 수나는 가슴을 두드리며 꽈배기를 삼켰다. 다시 찹쌀 도넛을 한입에 넣었다. 도넛을 삼킨 뱃속은 또 달라고 목젖을 자꾸 잡아당겼다. 그리고 자신도 모르게 눈물이 나왔다. 온몸이 떨리고 기운이 빠져나갔다. 두려움에게 짓눌리고 부끄러움에게 벌거벗겨지는 기분이었다. 수나는 통나무 깊숙이 몸을 밀어 넣었다. 하염없이 눈물이 나더니 저절로 흐느껴졌다. 흐느낌이 점점 큰 울음으로 바뀌었다.

제재소 일꾼 하나가 수나를 발견하고 통나무 틈에서 끌어냈다. 흰 천으로 이마를 질끈 묶은 늙수그레한 사내였다.

"이 녀석아, 너 왜 거기서 울고 있냐?"

수나가 하도 슬피 울자 그는 걱정이 된 얼굴로 되물었다.

"어디 다친 게냐? 응?"

수나는 몸을 뺐다. 사내가 난처한 얼굴로 어쩌지 못하고 서 있는 사이 훌쩍거리며 제재소 뒷문으로 나왔다. 뒷문에도 넓은 도로가 잇대어 있었다. 낯익은 기계 소리를 듣고 마빡 아저씨네 공장 이면 도로인 것을 알았다. 수나는 국수 공장 옆으로 난 좁은 골목을 통해 집으로 가는 길로 나왔다.

수나는 그날부터 아버지와 어머니의 눈치를 보며 늘 불안하게 지냈다. 어머니나 아버지에게 말하고 싶어도 용기가 나지 않았다. 걸음 연습하러 나가는 것도 하고 싶지 않았다. 어쩌다 아버지에게 가야 할 땐 도넛 가게를 피해 다녔다.

모처럼 편물점이 쉬는 날에 숙이가 집에 왔다. 어른들은 일을 나가고 없었다. 숙이는 말없이 편물점에서 챙겨 온 것을 동생들 앞에 내놓았다. 캐시밀론 실로 뜬 어머니 목도리와 자투리 실을 모아 뜬 수봉이 벙어리장갑이었다. 털실은 오공오보다 덜 질기지만 캐시밀론이 더 따뜻한 것쯤은 수나도 알았다.

"누나가 밤에 혼저 연습 삼어서 편물 기계루 떠 본 거여. 아직은 기계를 미숙허게 다뤄서 시간이 많이 걸려. 수나 것허구 아부지 것은 좀 더 연습허구 숙달되면 잘 떠 줄게."

수나는 편물점에 들어간 지 몇 달 되지 않았는데 그만큼 기술을 익힌 누나가 대견했다.

숙이는 연탄아궁이에 물을 데워서 수나와 수봉을 씻겨 주었다. 그리고 습진으로 피부가 짓무른 수나의 팔다리에 연고를 발라 주었다. 수나의 습진은 더 심해져 종아리만 아니라 팔뚝에도 피고름 딱지가 눌어붙었다.

숙이가 연고를 바르다 말고 조용히 물었다.

"수나야, 너 도나쓰 먹구 싶지?"

수나는 놀래서 가슴이 쿠당, 내려앉는 것 같았다.

"응. 나 먹구 싶어."

수봉이 얼른 대답했다. 숙이는 수나 눈치를 살폈다. 수나는 혹시 도넛 훔쳐 먹은 일이 들통날까 봐 눈길을 피했다.

"먹구 싶으면 돈 주께, 수나가 사 와라. 극장 앞에서 파는 도나쓰가 제일 맛있거던. 꼭 그 집서 사 와."

누나는 눈을 휘둥그레져서 숙이를 바라보았다. 도넛 훔친 일을 알고 그러나 싶었다. 누나와 눈이 마주치자 수나는 자신도 모르게 고개가 숙여졌다.

"내가 사 올겨. 나두 잘 사 와!"

수봉이 신이 나서 손을 내밀었다.

"아녀. 수나가 운동 삼어 갔다 와라."

도넛 가게에 죽어도 갈 수 없는 수나는 어찌할지 몰라 난처했다. 차라리 도넛을 먹지 않는 게 낫겠다 싶었다.

"다른 거 사 먹으면 안 되남?"

"안 돼여. 그 집서 파는 도나쓰가 먹구 싶어. 수봉이두 그렇지? 그리구 그 집 아줌니가 고마워서 꼭 그 집 팔어 줘야 혀. 오다가다 누나헌티 올마나 잘허는 아줌닌디."

아무래도 수상했다. 골탕 먹이려는 것 같아 수나는 기분이 나빠졌다.

"거까진 뭇 가. 걷기 힘들어서 뭇 가. 난 도나쓰 안 먹구 잘래."

수나는 볼멘소리를 하고는 이불 속으로 기어들어 버렸다. 숙이의 눈초리가 싸늘해졌다.

"누나, 내가 사 올텨. 나두 잘 사 올 수 있다구!"

수봉이 재차 졸라댔다.

"안 돼여!"

수나는 옆으로 웅크린 채 죽은 듯이 누워 있었다. 숙이가 땅이 꺼져라 한숨을 내쉬었다.

"내가 아까 집으루 오다가 도나쓰를 사 갖구 올라구 했거던. 근디 도나쓰 가게 아줌마가 이상헌 말을 허더라."

수나는 갑자기 벌떡 일어나서 모로 앉았다.

"수나, 넌 절대루 그런 짓 헐 애가 아닌 것을 잘 알어."

"그려. 내가 그깟 걸 왜 훔쳐 먹어?"

수나는 퉁명스럽게 대꾸했다.

"그럼, 그 아줌니헌티 당당허게 말허야지."

"싫어. 나만 아니면 되지. 뭐 헐라구 그려? 기분 나뻐. 인저 그집서 도나쓰 사 먹나 봐라."

수나는 신경질을 내며 도로 누워 이불을 머리까지 덮어써 버렸다. 이불 속에서 곰곰 생각할수록 걱정이 커졌다. 차라리 누나에게 모든 것을 말해서 도넛 값을 내면 괜찮을까? 말했다가 아버지와 어머니께 꾸중 들으면 한집 사람들도 알게 될 것이다. 수나는 굳게 입을 닫아 버렸다.

"그럼 수나야, 혹시 도나쓰 훔친 애가 누군진 아냐?"

수나는 이불 속에서 대꾸하지 않았다.

"몰러? 증말루 누군지 몰러?"

"몰러! 내가 오티기 알어."

숙이는 무안한지 한동안 조용했다. 수나는 머쓱해서 고개를 내밀고 볼멘소리로 말했다.

"나는 몰르는 일이라구."

숙이가 바짝 다가앉아 속삭이듯이 말했다.

"알게 되면 누나헌티 말해 줘. 오티기든 그놈이 잘못을 빌구 용서받게 허야지. 어린 게 벌써부텀 감옥 가면 되겄어?"

수나는 가슴이 콕콕 찔리는 것 같았다. 감옥에 간다는 소리가 송곳처럼 느껴졌다. 숙이는 한숨을 내쉬고 슬며시 밖으로 나갔다.

숙이가 빨랫줄의 꽁꽁 언 빨래를 만지는지 버걱거리는 소리가 들렸다. 수나는 혼자 곰곰이 생각해 보았다. 누나가 이미 다 알아 버린 게 분명했다. 누나에게 털어놓자니 겁도 나고 걱정도 되어 몹시 불안하고 괴로웠다.

수나는 혼자 훌쩍훌쩍 눈물을 훔쳐 냈다. 어느새 숙이가 다가와 수나의 등에 손을 올렸다.

"괜찮여. 누나가 비밀 지켜 주구 뭐던 해결헐게."

수나는 천근만근 무겁던 입을 가까스로 열었다.

"누나가 오티게?"

"그 집 아줌니는 너헌티 되레 미안허게 생각허더라. 그냥 한 개 줄걸 그랬다구 걱정허시더라. 그런 게 먹구 싶으면 누나헌티 사 달라구 허야지."

숙이는 돈을 내밀었다. 수나는 돈을 받아들고 일어섰다. 긴 길을 힘겹게 걸어갔다. 도넛 집에 중학생들이 몇 붙어 서 있었다. 수나는 손님들이 갈 때까지 기다렸다가 도넛 가게 아주머니 앞에 섰다. 고개를 숙였다. 저절로 눈에 눈물이 맺혔다.

"도나쓰 살겨? 을마치나 살겨?"

수나는 돈을 내밀었다.

아주머니는 다른 말은 하지 않고, 도넛을 일곱 개나 종이봉투에 싸서 내밀었다. 그리고 수나 등에 손을 올리고 말했다.

"도나쓰 먹고 짚으먼 온제든 오너. 돈 읎어도 줄 텐께. 니 누나가 다 계산혀 주기로 했은게."

"죄송해유."

수나는 코를 훌쩍이며 말했다.

"그려. 제재소 나무 틈서 다치진 않었제?"

수나는 고개를 끄덕였다.

"에이구, 인저 니도 맘 놓고 발 쭉 뻗고 자야."

장돌뱅이 어머니

크리스마스가 가까운 무렵이었다. 꼬바리가 숙이를 찾아서 편물점으로 들어섰다.

"숙아!"

"이모!"

숙이는 꼬바리를 반갑게 맞았다.

"오늘 엄니허구 예산장에 가시지 않으셨어유?"

"이. 갔다가 오는 챔여."

그러더니 근심 가득한 얼굴로 덧붙였다.

"언니가 시방 예산 경찰서에 있는디. 니가 오늘은 집이 가서 식구들 저녁을 허야 되겄다."

"왜유? 무슨 일루 경찰서 가셨대유?"

숙이는 눈이 똥그래져서 물었다. 꼬바리는 장에서 일어난 일들을 숙이에게 전했다.

예산 시장은 물미역을 놓고 팔기에 마땅한 장소가 많지 않았다. 한참을 여기저기 자리를 본 뒤 꼬바리와 어머니가 따로따로 자리를 잡았다. 함께 앉을 만한 넓고 좋은 목이 없어서 할 수 없이 자리를 따로 잡게 되었다. 그나마 다행히 서로 낯이 보일 만큼은 되었다. 어머니는 플라스틱 함지에 물미역을 보기 좋게 한 묶음씩 간추려 놓았다. 함께 가져온 물김과 말도 뭉쳐서 그릇에 내놓았다. 부대에 빼곡하게 눌러 담긴 게 태깔도 좋고 싱싱했다. 모두 다 쉰 개 하고도 일곱 묶음이나 되었다. 예산에 마른 해초는 많아도 물 해초는 그리 많이 들어오지 않으니 잘하면 오전에 다 팔릴 수도 있을 것 같았다.

"자, 싸유. 싸구 싱싱헌 청정 미역 사슈!"

어머니는 추위를 이기려고 미역 한 묶음을 들어 올리며 소리쳤다. 아침 바람이 매섭고 먼 길을 걸어온 발가락이 얼어 감각이 없었다. 어머니는 여름내 신은 고무신 차림이었다. 이른 아침인데도 장꾼들 몇이 다가와 들여다보았다.

"아줌니, 값이 어쩐대유?"

"사슈, 한 묶음이 오십 원이네유."

값을 물어본 여자는 동생네 나눠 준다며 두 묶음을 사 갔다. 멀리서 꼬바리가 웃었다. 어머니도 마수를 잘했다고 손을 들어 보였다.

한 시골 아낙이 곡식으로 보이는 자루를 이고 오는 게 보였다. 어머니는 직감적으로 사 둘 만한 물건 같아서 아낙을 불러 세웠다.

"아줌니, 그거 뭐쥬?"

"참깨유. 돈 사러 왔슈."

참깨를 사 달라던 사촌 동서의 부탁이 생각났다. 어머니는 무조건 달려들어 참깨 자루를 받아 내렸다. 서 말은 족히 넘을 것 같은 양이었다. 혹시 도매상에서 촌 아낙을 고용해 내보낸 것은 아닌지 조심스러워서 물었다.

"이거 직접 지으신 것 맞쥬?"

"어이구, 우리 동네루 와 봐유. 신양면서 참깨 젤 많이 심는 집이니께. 낼모리 청양장으루다 또 내갈규."

아낙이 조금 역정을 내며 대답했다. 보아하니 깨도 괜찮아 보이고 아낙도 믿음직해 보였다. 어머니는 자신의 보따리에서 광목 자루를 꺼내 아낙의 참깨를 쏟아 받았다. 참깨 값을 치르며 어머니가 말했다.

"청양장에서 뵈먼 또 저헌티 넘기슈."

시간이 흐를수록 장은 붐볐다. 물미역도 잘 팔려서 금세 반 부대가 나갔다. 어머니는 꼬바리를 불러 먹을 것 좀 사 오라며 이십 원을 건넸다. 꼬바리는 어머니의 돈을 받지 않고 손사래를 치더니 부침개를 사 왔다. 애호박을 가늘게 썰어 넣은 부침개는 시장기와 추위를 풀어 주었다. 두 사람은 적당한 때에 한자리로 합치자고 약속했다. 꼬바리 자리를 기웃거리는 장꾼이 나타나자 꼬바리는 볼이 미어지도록 부침개를 물고 달려갔다. 꼬바리도 얼추 미역 부대가 비어 가고 있었다.

"누가 뭘 속였다구 그래욧!"

가까운 떡집 앞에서 남자 목소리가 크게 울렸다. 옷가지를 펼쳐 놓은 노점 자리였는데 가죽 잠바 사내가 소리치고 있었다. 새벽 기차에서 꼬바리가 한 무리 장사꾼들을 가리키며 '따리꾼'이라고 알려 주었는데, 가죽 잠바 사내는 따리꾼을 데리고 다니는 옷 장수였다. 따리꾼은 노점 장사꾼에 붙는 바람잡이였다. 이들은 물건 파는 이와 패를 이루어 물건을 고르고, 물건이 좋고 싸서 또 사러 왔다며 돈까지 지불하는 손님 행세를 했다. 따리꾼 농간에 넘어가 손님들은 덩달아 물건을 사게 되는 것이었다. 꼬바리는 가죽 잠바가 파는 옷들이 형편없다고 했다.

"한 번 빨어 보면 염색두 빠지구 천이 오그라든다니께. 심지어 머지는 옷두 있어. 저치들은 장사꾼이 아니라 사기꾼들이여."

"누가 뭘 속였다구 자꾸 이러시나."

가죽 잠바가 억울하다는 몸짓을 하며 큰소리를 쳤다. 그 앞에는 날씬한 아가씨가 잔뜩 화난 품으로 알록달록한 월남치마를 흔들어대고 있었다. 다방이나 술집 여자 행색이었다. 아가씨는 한 손을 허리에 척 올리고 대거리하는 품이 보통내기로 보이지 않았다. 구경꾼이 점점 몰려들고 있었다. 어머니도 저절로 발돋움을 했다.

"쓸 만한 것을 팔았어야죠! 개집 깔개도 못할 천 쪼가리를 옷이라고 팔아욧."

"난 그딴 옷 판 적 읎어! 어서 그런 물건 사구서 내게 행패랴?"

"흥, 왜 오리발이에욧! 지난 장에 저쪽 천변 복개한 데서 팔았잖아요!"

아가씨 말에 수긍하는 소리가 웅성웅성했다. 지난 장날에 옷 노점이 천변 공터에 차려진 것을 어머니도 기억했다. 천변이 너르기도 하고 장꾼들이 모여드는 곳이라 상인들에게 인기가 좋은 목인데, 이번 장에는 하천 정비 공사로 걷어 낸 오물이 가득 쌓여 전을 펴지 못했다.

"증거 있남? 내가 팔았단 증거! 있으먼 내놔 봐!"

가죽 잠바는 끝까지 자신이 판 물건이 아니라고 우겼다.

"증거요? 여기 모여 선 사람들이 다 증인 아녀요?"

여자는 구경꾼들을 둘러보았다. 가죽 잠바는 조금 흔들리는 눈치였다. 그는 모르쇠 작전으로 슬쩍 빠지려고만 했다.

"난 몰러! 그딴 옷 판 적 읎어."

가죽 잠바는 옷가지 진열대로 몸을 돌렸다.

"옳지! 그날 나랑 같이 옷 산 분이 저기 있네. 이보세요!"

여인이 부른 이는 노파였다.

"왜여? 뭔데 그래여?"

억양이 특이한 노파가 아가씨에게 다가갔다. 아가씨가 장황하게, 그리고 흥분하여 상황을 설명했다. 얘기를 다 들은 노파가 고개를 저었다.

　"난 색시를 첨 봐여. 그리고 이 아저씬 그런 옷 안 팔아여. 난 늘 아저씨 옷 사다 입어도 좋기만 하데여."

　어머니는 노파를 알아보았다. 그 노파도 따리꾼으로 가죽 잠바와 한패였다. 끝을 올리는 묘한 억양도 기차에서 귀에 익은 말투였다.

　"무슨 말씀이세요? 그날 잔뜩 사서 보따리에 싸 가셨잖아요?"

　"그날? 그날이 무슨 날이래?"

　노파는 어수룩하니 능청을 떨었다. 가죽 잠바가 이때다 싶었는지 큰소리를 치며 뛰어들었다.

　"그것 봐! 내가 온제 그딴 물건을 팔았다구 난리여? 재수없게."

　"그래! 속은 내가 잘못이지. 이 사기꾼들아, 잘 처먹고 잘 살아라."

　아가씨가 월남치마를 진열대에 내동댕이치며 몸을 돌렸다.

　"뭣이라여? 사기꾼들이라여? 어따 대구 함부로 이 입을 놀려 이!"

　노파가 아가씨에게 삿대질하며 대들었다.

　"오라, 이 아지매도 한패였어? 한패니까 발끈하고 나서는

거지? 당신이 바로 증거야. 그러면 그렇지. 못돼 처먹은 협잡
꾼들."

아가씨의 기세는 조금도 눌리지 않고 당당했다.

"협잡꾼이라이? 이년아이!"

늙은 따리꾼이 흥분해서 아가씨에게 갈퀴손을 해서 덤벼들
었다. 아가씨가 살짝 비켜서자 노파는 그대로 옷더미로 나뒹
굴었다.

"아이쿠야! 이년이 사람 잡네이!"

노파가 비명을 질렀다. 때를 놓치지 않고 따리꾼 서너 명이
우르르 몰려나와 아가씨를 에워쌌다. 아가씨는 얼굴이 하얗
게 변했다. 금방 몸싸움이 벌어질 것처럼 분위기가 험악해졌
다. 사람들이 더 몰려들었고, 구경꾼 틈에 따리꾼 패거리가
여럿 끼어 있었다. 따리꾼들은 구실만 생기면 합세해서 아가
씨에게 덤빌 기세로 눈치를 살피고 있었다.

"어디서 온 갈보인진 몰라도 젊은 것이 아주 위아래가 없네
그려."

어머니도 이참에는 현장으로 가 보지 않을 수 없었다. 그러
다가 깜짝 놀란 사람처럼 얼른 자리로 되돌아왔다. 혹여 남의
손을 타지 않았나 싶어 물미역 묶음부터 훑어보았다.

"언니! 언니! 이리 즘 와 봐!"

꼬바리가 손을 흔들었다.

"언니! 참깨!"

꼬바리가 발을 동동 구르며 소리쳤다.

"도둑이야!"

그래 놓고 꼬바리는 제 옆을 지나는 사내의 허리춤을 부여 잡았다. 참깨란 말에 정신이 번쩍 든 어머니는 참깨 자루가 없어진 것을 알아챘다. 꼬바리는 사내와 필사적으로 실랑이를 벌이고 있었다. 젊은 사내는 참깨 자루를 가슴에 안은 채 주먹으로 을렀다.

"이거 안 놔? 이년아!"

어머니는 얼른 사내에게 달려들어 참깨 자루를 빼앗으려고 했다. 그러나 사내는 참깨 자루를 싸안고 완강하게 버텼다.

"이년들이 미쳤나!"

어머니는 꼬바리를 거들어 사내의 목을 휘감았다. 사내는 얼굴이 붉어지도록 빠져나가려고 용을 썼다. 꼬바리는 씨름꾼처럼 사내의 허리춤을 붙든 채 소리쳤다.

"이 도둑놈아, 뭐 어째? 너미 걸 훔치구 지 꺼라니. 내가 멀찌감치서 다 지켜봤다 이늠아! 싸움판에 정신 판 새, 니늠이 두릿대는 것부터 수상허더라 이 도둑늠아! 할 짓이 읎어서 너미 참깨 자루를 들구 튀어?"

"어허! 이년들아! 내가 산 참깨라고!"

사내는 끝까지 자기가 산 것이라고 우겼다. 좀 모자라 보일 정도로 어리숙하기도 했다.

"모지란 척 내숭 떠네, 잔대가리에다 발동기 달구 돌려대는 것 봐. 그래 봤자다, 이늠아!"

사내를 틀어쥔 꼬바리는 의기양양했다. 저편 구경꾼들이
이쪽으로 몰려들었다.

"언니, 내가 이늠 붙잡고 있을게. 어여 경찰이나 불러와."

사내한테서 떨어져 나온 어머니는 어디로 갈지 몰라 둘레
둘레 주위를 둘러보았다. 그때 웬 남자가 불쑥 나섰다.

"경찰 부르실 필요 없슈. 지가 경찰이유. 참고인 조사 필요
하니께 아줌니들도 참깨 자루 들고 따라와유."

경찰은 신분증을 내보이지 않았지만 이미 따리꾼들 싸움판
에 나타나 수습하던 참이었다. 그는 사내의 손에 수갑을 채웠
다. 꼬바리와 어머니도 물건들을 챙겨서 경찰서로 따라갔다.
참깨를 훔친 사내는 여전히 제 참깨라고 우겨대서 조사가 쉽
게 끝나지 않았다. 경찰은 어머니에게도 참깨가 자기 소유인
것을 증명하라고 했다. 꼬바리의 증언은 효력이 없다고 했다.
증거를 대자면 참깨를 판 신양 아낙을 불러다가 대질해야 하
지만 이 저녁에 이름도 집도 모르는 사람을 찾을 수 없었다.
참 기가 막힐 노릇이었다. 꼬바리가 먼저 경찰서를 나설 때
어머니에게 말했다.

"언니, 그 참깨 자루를 언니가 만든 거면 그 자루가 증거물
되는지 물어봐. 중 안 되면 경찰 담뱃값이라두 쥐어 줘. 그래
야 빨리 보내 줄 것 같어."

꼬바리는 숙이에게 거기까지 말해 놓고 덧붙였다.

"시방은 어찌 됐는지 물르겄다. 암튼 그래서 여태 언니가 경찰서에 붙들려 있는 거여."

얘기를 다 듣고 숙이는 한시름 놓았다. 기가 막힌 일을 당했지만 애초에 놀란 마음보다 큰일이 아니어서 다행이었다.

어머니는 살을 에는 칼바람에 오돌오돌 떨며 자정 가까이에 도착하는 막차로 돌아왔다. 돌아오자마자 통금 시간을 알리는 자정포가 울렸다. 어머니가 먹은 거라곤 새벽에 찬밥 덩이와 꼬바리와 나눠 먹은 부침개 한 장이 전부였다. 숙이는 서둘러 따끈하게 데운 국을 밥상에 얹었다.

어머니는 끝내 참깨 자루를 가져오지 못한 일이 속상하고 억울했다. 참깨 자루는 증거물로 경찰서에서 당분간 압수한다고 했다. 억울했지만 참깨를 아예 잃어버린 것보다는 낫다고 생각했다.

어머니는 꼬바리를 보내 놓고 조서를 작성하는 경찰에게 자루 이야기를 했다.

"장을 돌어댕기메 곡식 받을라면 자루가 필요해유. 지가 맹긴 자루는유, 광목 잘러서 직접 바느질루 맹긴거라 특이허다니께유. 안에는 실허게 박음질루 꿰매구 다시 뒤집어서 홈질을 했시유."

경찰은 어머니의 말을 들은 척도 안 했다.

"아줌니, 참깨 주인 찾는디 자루가 뭔 증거물이래유, 참나."

경찰은 무지렁이 장꾼들 탓에 골치 아프다는 표정이 역력했다. 사람 억울한 사정에는 기적도 없어 보였다. 그 눈총 속에 어머니는 몇 시간을 보내야 했다.

밤 여덟 시 반을 훌쩍 넘기고 있을 때였다. 조서 담당 경찰관이 상사가 바꿔 주는 전화를 받고서야 어머니에게 물었다.

"아주머니, 법원에 아시는 분 있어유?"

"동생이 법원에 있기는 한다유."

"동생분요? 어느 법원 누구세요?"

"대법원 교정과장 최운찬이유."

"친동생이신가요?"

"바로 손아래 동생이쥬."

"진작 말씀허시지 그러셨슈."

어머니를 대하던 경찰의 태도가 공손해졌다.

"아주머니, 아까 뭐 자루 말씀하셨쥬? 그거 다시 말씀해 주셔유."

어머니는 다시 손수 만든 자루를 설명했다. 마침 가지고 있던 똑같은 자루가 하나 더 있어서 증거로 내놓았다. 경찰은 그것을 참깨 자루와 대조해 보고는 어머니의 주장을 인정했다.

"근디 외삼촌헌티는 누가 기별했냐?"

어머니는 물으며 아버지와 숙이 누나의 표정을 살폈다. 아버지가 못 들은 척 딴전 보았다.

어머니는 밥숟가락을 놓으며 다시 근심 가득한 얼굴이 되었다.

"참, 부끄럽네. 이런 일루다 경찰서루 즌화허는 니 외삼촌
은 올마나 낯 뜨거웠을껴."

어머니는 춥고 배고프고 고달픈 긴 하루에 진저리를 쳤다.

학교에 가다

봄이 왔다. 터앝에서는 개나리가 노란 꽃봉오리를 내밀었다. 담 너머 매화나무는 하얀 팝콘처럼 터졌다. 담 밑으로 도랑물이 소리 내며 흐르고, 개불알풀 꽃이 도랑둑을 남색으로 수놓았다.

수나는 새로 다닐 학교를 알아보고 있었지만 열한 살짜리를 1학년으로 선뜻 받아줄 학교가 없었다. 어머니는 예전에 수나가 잠시 다닌 공주 신풍의 초등학교를 찾아갔다. 입학이 안 되면 전학이라도 시켜 볼 셈이었다. 그러나 삼 년이라는 긴 공백 탓에 옛 초등학교에서는 전학 서류를 떼어 줄 수 없다고 했다. 어머니는 간곡하게 부탁했다. 교장 선생님과 면담을 갖고, 교육청에 문의한 끝에 전학 서류가 나왔다.

대천초등학교에 전학이 허락되었다. 그 후 등교하기까지

또 한 달이 걸렸다. 수나는 2학년에 편입되었다.

　수나는 수봉을 따라 학교에 등교했다. 수나 걸음으로 초등
학교까지 날마다 다니기에는 아직도 힘겨웠다. 그래도 고향
초등학교보다는 쉬운 등굣길이었다. 징검다리로 건너야 할
개울도 호젓하고 무서운 산모롱이 길도 없었다. 논두렁 밭두
렁을 돌고 돌아야 하는, 혼자 흥얼거리는 제 노래에도 지치고
마는 시골길이 아니었다.

　전파상 라디오에서는 가요 〈빨간 구두 아가씨〉가 거리로
흘러나왔다. 학교 앞 길가에는 '달고나'와 '떼기'를 팔고 있었
다. 등굣길인데도 많은 아이들이 그곳에 붙들려 있었다. 수나
는 수봉을 잡고 달고나와 떼기를 보지 않고 그냥 지나쳤다.
첫 등교인데 그런 데 한눈을 팔고 싶지 않았다.

　대천초등학교는 교실이 부족해 오전반과 오후반으로 나누
어 수업을 했다. 한 학급에 칠십 명이 넘었다. 그러다 보니 수
업 시간도 나뉘었다. 오전반일 때는 열한 시부터 마지막 두
시간을 야외에서 수업했다. 오후반일 때는 첫 시간인 아홉시
부터 열한시까지 야외 수업을 했다.

　동급생들은 수나보다 두세 살씩 어려 수봉이 같은 동생들
이었다. 수나는 교실에서 체구가 가장 작았다. 아이들은 구경
하듯이 수나를 바라보았다. 등과 가슴이 볼록 나오고 목은 자
라목이고 머리엔 기계총이 있었다. 또 오른쪽 귀는 중이염으
로 하얀 솜으로 틀어막고 있었다. 눈이 지짐거렸고 습진으로

종아리와 팔목에 진물이 흘렀다. 아이들이 좋아할 리 없었다. 모두 수나와 함께 앉기를 꺼려했다.

수나는 의자에 앉아 동생 같은 친구들에게 괴롭힘을 당할 것을 예감했다. 눈물의 학교생활을 다시 시작하게 되었지만 참고 견뎌 내리라 결심했다.

수나는 월말시험을 치르며 첫 수업을 시작했다. 한 달 동안 배운 것을 보충 점검하기 위한 월말고사였다. 달마다 성적을 견주어 반에서 5등 안에 들면 표창장을 주고 있었다. 수나는 그 첫 시험에서 꼴찌나 다름없는 성적을 받았다. 74명 중 63 등. 아무리 배우지 않은 범위를 치르는 시험이었다지만 수나는 창피했다. 아이들이 더 깔보았다. 노골적으로 업신여기는 녀석들도 있었다. 수나 이름을 제대로 불러 주는 아이가 없었다. "야, 꼽새" 하고, 만만한 심심풀이 놀잇감으로 여겨 주먹질이었다. 아무 까닭 없이 갑자기 눈에서 불나도록 뒤통수를 때리는 아이도 있었다. 자기 앞에 줄을 서지 말라고 욕하고 윽박지르는 아이도 있었다. 제 몸과 닿지 말라고 밀어 넘어뜨리는 아이도 있었다. 한 녀석이 놀리면 다른 아이들이 덩달아서 괴롭혔다. 마치 병든 병아리 하나를 다른 병아리들이 자꾸 쪼아대듯 괴롭혔다.

수나는 울컥울컥 일을 내고 싶을 때가 많았다. 한 놈이라도 물어뜯어 죽이거나 박살내고 싶었다. 영기를 도끼로 찍고 싶던 마음이나 다를 바 없었다.

그러나 어머니는 수나에게 앙갚음은커녕 눈물조차 용납하지 않았다.

"암만 분혀두 넘을 다치게 허먼 안 돼여. 니가 병신인게 놀리는 건 당연헌 거여. 놀릴 때마다 울먼 죽을 때까지 울메 살어야만 허는거. 놀려두 울지 말구 이겨 내야 놀림도 옰어지는 겨 그딴 괴롭힘쯤은 이겨 내야지."

어머니는 혹독하고도 냉정하고 단호하게 말하고는 했다.

수나를 가장 괴롭히는 아이가 깽두였다. 이름이 조경두인데 하도 거칠고 사나워서 별명이 깽두였다. 키도 크고 주먹도 세어 아무도 깽두와 맞서는 아이가 없었다.

오전반 마지막 시간에 야외 수업을 하고 있었다. 야외 수업엔 늘 자연, 체육, 음악, 미술을 공부하는 시간으로 했다. 미술 시간이라서 찰흙 만들기를 하고 있었다. 수나는 손으로 하는 것이면 뭐든 자신이 있었다. 더구나 다른 아이들보다 나이가 많아 손놀림이 더 섬세했다. 수나가 함지를 이고 가는 어머니를 찰흙으로 빚었다. 머리에 꽂은 비녀와 함지를 잡은 손과 저고리 소매가 처진 것까지 표현했다. 만들기를 마쳤을 때는 어머니의 치맛자락도 고무신도 모두 마음에 들었다. 모처럼 좋아진 기분으로 손에 굳어 가는 흙을 비벼 털었다.

"에라잇, 꼽새야."

"으앗!"

깽두가 난데없이 나타나 찰흙상을 무참히 밟았다. 납작하게 뭉개진 찰흙에는 신발 자국이 선명했다.

"꼽샌 빈대떡을 맹글어야 더 잘 어울리지, 그게 바루 빈대 떡이다 인마!"

수나는 미칠 것 같아 펄펄 뛰었다.

"히히, 지랄발광을 떤다."

깽두는 수나를 발로 툭툭 건드렸다. 아이들도 저희들이 부리고 싶었던 심술을 깽두가 대신 해 준 것처럼 좋아 죽겠다고 웃어댔다. 수나는 당장이라도 벌떡 일어나 깽두 얼굴을 찰흙 작품처럼 만들어 주고 싶었다. 그러나 힘없는 수나는 우는 것 말고는 할 게 없었다.

선생님이 나서서 깽두를 꾸중했다. 하지만 수나는 분이 풀리지 않았다. 선생님이 수나가 만든 찰흙 작품을 보았다면 수나의 마음을 이해했을 것이다. 수나는 깽두에게 사과를 받아야 분이 풀릴 것 같았다. 선생님께 꾸중 들었으니 자기가 잘못한 줄은 알 것으로 생각했다.

오히려 깽두는 수업이 끝나고 선생님께 꾸중 들은 일을 분풀이해 왔다.

"꼽새 땜이 나만 혼났네. 이 드러운 새끼, 이리 와."

수나는 집에 돌아가려고 책보를 싸고 있었다. 깽두가 달려와 수나의 머리통을 옹찬 주먹으로 갈겼다. 눈에서 불이 번쩍했다. 수나는 머리를 감싼 채 깽두를 노려보았다.

"뭘 째려. 이 꼽새 새꺄."

깽두는 주먹을 치켜들었다. 그런 그가 얼른 주먹을 내려뜨렸다. 교무실로 가다 되돌아온 선생님과 눈이 마주쳤던 것이다.

그것으로 심술이 끝나지 않았다. 깽두는 집으로 돌아오는 길목에서 기다렸다가 수나를 발길로 한 번 더 걷어챴다.

"꼼새 놈이 집이서 처박혀 있지 학교는 왜 와."

수나는 다음 날 아침을 먹는 둥 마는 둥 하고 일찍 등교했다. 깽두에게 앙갚음할 생각이었다. 자신을 괴롭히면 누구든 보복 당한다는 것을 보여주겠다고 결심했다. 아무도 자신을 건드릴 생각을 못 하게 할 생각이었다.

수나는 걸음으로 깽두를 따라잡을 수 없었다. 정면으로 싸우는 것도 이기기 어려웠다. 수나는 노 양이 가꾸는 화분에 얹어 놓은 몽돌 하나를 슬그머니 주머니에 넣었다. 노 양 가게에 있던 수족관에서 나온 동글고 반질반질한 돌이었다. 꿩 알만한 크기로 손안에 쏙 들어왔다. 깽두가 딴전을 피울 때 뒤로 가서 그 돌로 머리통을 힘껏 갈겨 버릴 작정이었다.

마침 깽두도 일찍 등교해 장난치고 노느라고 이리저리 부산하게 뛰어다니고 있었다. 수나에게 미안한 기색 따위는 조금도 없었다. 어제 일을 까맣게 잊고 있는 것 같았다.

그러던 깽두가 화장실에서 매운 눈초리로 수나에게 다가왔다. 영영 괴롭힐 꼬투리 하나를 잡았다는 듯 어제 일을 다시 들먹였다.

"비겁헌 꼼새 새끼, 선생님헌티 일러바쳐?"

깽두는 시비를 걸며 바지를 풀어 오줌을 뿌릴 기세로 다가왔다. 다른 아이들도 덩달아 히죽거리며 구경했다.

"일력쟁이 꼽새."

수나는 떨리는 손을 호주머니에 넣어 몽돌을 만지작거렸다. 생각 같아선 몽돌로 이마를 때리고 싶었지만 보는 아이들이 없을 때, 누가 그랬는지 모르게 해치우고 싶었다. 참았다. 손바닥에 땀이 고였다.

첫 수업을 끝내고 쉬는 시간이었다. 깽두는 자리에서 무엇인가를 들여다보느라고 몰두해 있었다. 다음 시간이 체육 시간이라 모두 밖으로 나가고 교실에는 수나와 깽두 둘뿐이었다.

수나는 몽돌을 쥐고 깽두 뒤로 다가갔다. 깽두는 수나가 다가간 줄도 모르고 만화책만 들여다보고 있었다. 깽두 머리통을 보니 찍어 버리고 싶은 마음이 맹렬하게 끓어올랐다. 몽돌을 꺼내어 옷깃에 닦아 내며 이를 악물었다. 오른손에 몽돌을 들고 깽두의 정수리를 향해 높이 쳐들었다. 있는 힘껏 내려치려는데 가슴이 두근거리고 손이 와들와들 떨렸다.

또 어머니의 얼굴이 떠올랐다. 어머니가 고생하여 번 돈을 몽땅 깽두 치료비로 내야 할지도 모른다. 깽두를 때리고 나면 모두 어머니 아버지가 책임져야 할 것이다. 깽두 부모에게 어머니는 손이 발 되게 빌어야 할 것이다.

수나는 마음이 스르르 가라앉았다. 얼른 손을 내렸다. 이번 한 번만 참자고 생각하며 자리에 돌아와 앉았다. 참으려니 또

분하고 억울했다. 한 번만 더 그러면 진짜로 찍어 버리자고 스스로 마음을 다졌다.

수나는 점점 아이들을 피하고 혼자 지냈다. 스스로 외톨이를 자처했다. 쉬는 시간에 소변이 급해도 아이들이 화장실을 다녀온 다음에 달려갔다. 운동장에 나갈 때나 교실로 들어올 때는 맨 뒤에서 움직였다. 그렇게 혼자 있는 것이 마음 편하고 익숙해졌다.

두 번째 월말고사를 보았다. 시험 과목을 하나씩 끝낼 때마다 기분이 좋았다. 수나가 풀기에 문제가 아주 쉬웠다. 공부 잘한다던 아이들 몇몇은 시험이 너무 어렵다고 짜증이었다.

다음 날이었다. 담임선생님이 교무실로 수나를 불렀다.

"너 어제 누구 시험지를 훔쳐봤어?"

수나는 황당한 질문에 잠시 입만 벌리고 서 있었다.

"아무것두 안 봤슈."

"정말이야? 너 지금 다시 시험 볼 텐데, 금방 탄로 나."

수나는 분하고 억울했다. 선생님에게 크게 실망했다. 그러나 다시 보면 어떻게 점수가 나올지 수나도 자신 없어 머뭇거렸다. 그래도 거짓말을 할 수는 없었다.

"정말 안 봤슈!"

"그래? 알았어. 교실에 가서 기다려."

수나는 곧장 집으로 가고 싶었다.

선생님은 반 아이들 전체에게 시험을 다시 치르게 했다. 시험을 치르는 동안 담임선생님은 수나 곁에 줄곧 서 있었다. 다시 보는 시험도 수나에게는 쉬웠다. 수업 시간에 선생님이 설명했던 것들이 다 나와 있었다. 다시 본 성적 순위는 6등이었다. 선생님은 미안하다는 말 한마디 하지 않았다.

성적이 오르자 수나를 괴롭히던 아이들이 많이 줄었다. 수나는 수업 시간에 선생님 이야기를 하나도 빼놓지 않고 들으려고 애썼다. 특히 산수는 어떤 아이보다 빨리 알아듣고 익혔다. 새로운 문제를 내면 수나가 나가서 푸는 일이 많아졌다. 선생님이 좀 더 어려운 3학년 문제까지 내 보아도 수나는 곧 잘 풀어냈다. 차츰 선생님도 수나를 인정하고 칭찬을 해 주었다. 그럴수록 괴롭히는 아이들이 줄어들었다. 학기말이 되어서는 대부분의 아이들이 수나에게 마음을 열었다. 가까워지려고 잘하는 아이들도 몇몇 생겼다.

그러나 마음의 상처가 깊은 수나는 아이들을 쉽게 받아들이지 못했다. 어느 누구의 진심도 받지 못할 만큼 가시가 돋아나 있었다.

학교가 파하고 집으로 가는 길이었다. 늘 바쁜 등굣길과 다르게 하굣길은 대천 시장을 구경하는 재미도 있었다. 그동안 다녀 보지 않았던 나무 장터를 보려고 그 쪽 골목길로 걸어가고 있었다. 나무 장터는 장작 같은 땔감을 팔고 사는 곳이었다.

"야, 꼽새. 너 일루 와 봐!"

큰 창고 옆을 지날 때 누군가 불렀다. 아이들 세 명이 서 있는데 깽두가 끼어 있었다. 나머지 두 명은 수나보다 두세 살 더 많은 중학생 같았다. 깽두를 보자 수나의 얼굴이 저절로 일그러졌다. 나무 장터 쪽으로 온 걸음이 후회되었다.

수나를 부른 아이는 키가 크고 거칠어 보였다. 그 곁에 붙어 있는 땅땅한 아이의 인상도 험하긴 마찬가지였다. 수나는 도망갈 수도 피할 수도 없었다. 겁먹은 가슴이 마구 뛰고 두 다리가 후들후들 떨렸다.

"인마, 너 돈 가진 거 있어?"

키 큰 아이가 물었다.

"읎어."

대답이 끝나기가 무섭게 땅땅한 아이가 책보를 낚아챘다. 필통에서 연필 두 자루와 지우개, 칼이 와륵 쏟아졌다. 수나는 얼른 땅바닥에 쏟아진 필기도구를 도로 주웠다. 수나가 몸을 일으키자 땅땅한 아이가 이번에는 태연하게 호주머니를 뒤졌다. 콧물 닦은 손수건만 나왔다.

"꼽새 자식, 돈두 안 갖구 왜 일루 댕겨? 재수 읎으니께 앞으로 일루 댕기지 마! 알었어?"

키 큰 아이가 째려보며 말했다. 수나는 아이들이 보는 앞에서 말없이 필기도구들을 챙기고 책보를 다시 쌌다.

"야! 너 일루 와 봐!"

땅땅한 아이가 또 지나가는 누군가에게 소리쳤다. 구두 통을 멘 아이였다. 구두닦이 나이도 수나보다는 두세 살 위로 보였다. 어디서 많이 본 것처럼 수나에게 낯이 익었다. 수나는 구두닦이가 어떻게 나올지 궁금했다.

"니들 볼 일 옰으니 꺼져라."

구두닦이는 녀석들이 가소롭다는 표정으로 대답했다. 오른손을 바지 주머니에 넣은 품이 여유만만하고 겁이 없었다.

"어라? 짜식이 겁대가리 옰네. 야 임마! 오라면 오지 웬 잔말이여!"

키 큰 아이가 침을 찍 뱉으며 구두닦이에게 성큼 다가갔다. 험악해지는 분위기에 오히려 수나가 겁을 먹었다.

"이것들이 뒈지려구 환장했나? 왜 길 가는 사람헌티 시비여, 이 새끼들아!"

구두닦이도 오른손을 바지주머니에서 꺼내며 다가왔다. 꺼낸 구두닦이의 오른손목이 잡아당기면 떼어질 것처럼 납작했다. 그 아이가 틀림없었다.

"어쭈? 쎄게 나온다야. 히히히."

땅땅한 아이가 건들거리며 비웃었다. 그 순간 구두닦이는 턱에 힘을 주며 눈을 파르르 떠는 것 같았다. 남 걱정할 때가 아닌 줄 알면서도 수나는 구두닦이가 걱정되었다. 아이들에게 얻어맞을 것이 빤한데 왜 도망가지 않는 것일까? 잘 달릴 수만 있다면 수나는 벌써 도망쳤을 것이다. 수나는 책보를 챙겨 들며 슬금슬금 뒷걸음으로 멀찍이 물러났다.

구두닦이는 키 큰 아이 앞으로 천천히 다가갔다.

"짜식아, 존 말루 헐 때……."

키 큰 아이가 주먹을 쳐들었다가 그대로 앞으로 고꾸라졌다. 구두닦이가 턱을 주먹으로 치고 불알을 무릎으로 박은 거였다. 얼마나 빠르고 정확한지 수나는 그 광경을 제대로 실감할 수 없었다.

"이 새끼가…… 헉!"

구멍 난 바지를 입은 아이가 대들다 말고 얼굴을 감싸며 주저앉았다. 깽두는 화들짝 놀라 옆으로 빼더니 도망쳤다. 구두닦이는 아직도 버르적거리는 땅땅한 아이의 엉덩이를 걷어찼다. 멀찍이 물러난 수나에게 들리진 않았지만 발길질 끝에 무슨 말인가를 내갈겼다. 그리고 그는 총총히 가던 길로 가고 있었다.

모든 일들이 순식간에 일어나서 수나는 두 눈으로 보고도 믿기지 않았다. 수나 앞으로 지나가는 구두닦이의 늘어진 손목에서 피가 흐르는 것을 보았다. 땅땅한 아이의 얼굴을 그 손으로 후려쳤다는 것을 알 수 있었다. 감각 없는 손이라서 피가 흐르는 것도 모르는 것 같았다. 수나는 구두닦이 아이를 따라갔다. 그 아이는 천천히 걸었지만 수나는 숨 가쁘게 쫓아갔다.

"팔뚝서…… 피 나!"

겨우 소리쳐 알려 줬다. 구두닦이가 걸음을 멈추었다. 가까이에서 보니 손등이 터져 피가 흘러나오고 있었다. 구두닦이

는 수나 따위는 아랑곳하지 않고 구두 통에서 하얀 무명천을
꺼내 입으로 찢어서 상처를 싸맸다. 한 손으로 하는 일이었지
만 아주 능숙하고 꼼꼼했다. 그리고 그는 다시 구두 통을 어
깨에 메고 말없이 걸어갔다. 수나는 그 아이의 뒷모습이 보이
지 않을 때까지 지켜보았다.

깽두

9월이 시작된 지 열흘밖에 안 되었는데 하늘이 높다래졌다. 고추잠자리들이 분주하게 오가고 학교 울타리의 코스모스들이 싱그럽게 피었다. 야외 학습 시간이라 선생님이 아이들을 밖으로 불러냈다. 늘 하는 야외 학습이니 새로운 맛이 없고 따가운 뙤약볕에 짜증만 났다. 아이들은 운동장에 줄도 제대로 서지 않고 떠들썩했다. 수나는 하라는 대로 줄을 서서 선생님의 설명을 열심히 듣고 있었다. 키 큰 아이들을 앞에 세운 까닭에 선생님 얼굴이 보이지 않아 답답했다. 수나는 까치발로 서서 목을 빼고 이쪽저쪽을 둘러보고 있었다.

"헉!"

수나는 갑자기 등에 강한 충격을 받았다. 온몸이 감전되는 듯 찌르르했다. 딱딱한 돌 같은 것에 맞은 것 같았다. 그대로 풀썩 주저앉았다. 두 다리에 감각이 없다. 도로 마비된 것 같아 겁났다. 선생님은 수나가 쓰러진 줄도 모르고 수업을 계속했다. 다른 아이들도 수나를 본숭만숭했다. 수나는 이를 물고 눈물을 참았다. 앉은 몸이 부들부들 떨렸다. 간신히 뒤를 돌아보았다. 역시 깽두였다.

깽두는 손에 주먹보다 크고 콜타르처럼 검은 아스팔트 뭉치를 들고 있었다. 시내 일원의 도로에 아스팔트 포장 공사가 한창이었다. 그 아스팔트를 단단하게 뭉친 덩어리였다. 뭉치고 만지면 골프공처럼 탄력 있게 단단해진다. 아이들은 그것을 곧잘 떼어다 뭉쳐서 가지고 놀았다.

깽두는 혀를 날름거리며 약을 올렸다. 수나는 다리에 감각이 없어서 잔뜩 겁이 났다. 다시 옛날 마비된 다리로 돌아간 건 아닐까 싶었다. 수나는 일어서 보려고 버둥거렸다. 깽두가 발로 걷어차며 낮게 중얼거렸다.

"빨랑 일어나 이 새꺄, 선생 보라구 엄살 떠냐? 꼽새 새꺄?"

옆에 선 아이 몇이 그 상황을 지켜보고 있었다. 그러나 모두 깽두의 눈치를 보며 수나를 돕지 않았다.

선생님이 줄을 정리하다 말고 주저앉은 수나를 보았다.

"윤수나! 어서 일어나지 못하니? 자자, 모두 줄 맞춰서 따라와."

선생님은 아이들을 이끌고 자리를 이동했다. 깽두와 아이들이 수나를 툭툭 차며 지나갔다. 한참 가다가 선생님이 뒤돌아서서 소리쳤다.

"윤수나! 뭣해? 어서 안 일어날 거냐? 엉?"

선생님은 잔뜩 화가 나서 소리쳤다. 수나는 일어나 보려고 버르적거렸다.

"조경두가 등을 때려서……."

울먹이며 변명을 했는데 목소리가 잘 나오지 않았다.

"임마! 친구한테 한 대 맞았다고 주저앉아 그 짓이 뭐냐? 어서 일어나!"

선생님은 엄살 부리는 아이는 질색이라는 듯 소리쳤다. 수나는 다시 한 번 버르적거렸다. 선생님이 콧방귀를 뀌었다.

"흥, 좋아! 쫓아오든지 말든지…… 자, 다들 어서 걸어."

선생님은 수나를 그냥 두고 아이들을 이끌며 뒷산으로 올라가 버렸다. 운동장에 혼자 남겨진 수나는 뒤로 벌렁 누웠다. 답답하고 서러워 울지 않을 수 없었다.

멀찍이 지나가던 여선생님이 수나를 한참 보고 섰더니 그냥 교무실로 가 버렸다. 수나는 몸을 움직이려고 두 손으로 다리를 끌어올려 보았다. 손으로 땅을 당기며 몸을 끌어 보았다.

방금 지나간 선생님이 교무실 창문으로 내다보았다. 그러고는 이윽고 운동장으로 달려왔다. 알이 두껍고 도수가 높은 안경을 쓰고 있었다. 안경알 너머로 눈이 몹시 작아 보였다.

"너 왜 거기 누워서 울고 있니? 어서 일어나라."

선생님이 등을 밀어서 수나를 앉혔다.

"다리가 안 움직여져유."

선생님은 수나를 안아 나무 그늘로 옮겼다. 그리고 교무실로 뛰어가더니 시원한 보리차와 물수건을 내왔다. 차를 먹이고 얼굴을 닦아 주며 수나에게 물었다.

"어쩌다가 다리가 마비된 거야?"

꽤 부드럽고 다정한 말씨였다. 수나는 무엇부터 어떻게 말해야 할지 망설여졌다. 그동안 앓아 온 이야기부터 해야 할지, 깽두에게 맞은 이야기를 해야 할지 몰랐다.

선생님이 두꺼운 안경 너머 작은 눈으로 잠자코 대답을 기다렸다.

"다리가 어릴 때부터 많이 아팠슈. 얼마 전에 다 나섰었는디 지금 갑자기 또 마비됐슈."

"이런 어쩌니……."

선생님은 안쓰럽다는 표정으로 어쩔 줄 몰라 했다. 그리고는 수봉이를 찾아 아버지에게 보냈다. 이윽고 아버지가 학교에 찾아와서 수나를 업어 집으로 옮겼다. 어머니는 크게 놀라서 낙담이 컸다.

"이게 웬일여? 인저 좀 걷는가 보다 허구 안심했는디."

어머니는 밤새 머리맡에서 눈물을 지었다. 그래도 수나는 깽두에게 맞은 이야기를 꺼내지 않았다. 어쩌면 그 얘기를 들은 부모님은 수나를 다시 학교에 보내지 않을지도 몰랐다.

이튿날에도 다리는 회복되지 않았다. 어머니는 장사도 나가지 않고 수나를 돌보았다. 수나도 억울하고 답답해서 하루 종일 울었다.

사흘이 지나도 다리는 회복되지 않았다. 수나는 전보다 상심이 컸다. 이제는 어떤 의욕도 없었다. 어머니도 마찬가지였다. 시름겨워 장사도 나가지 않았다. 수나 곁에 우두커니 앉아서 등을 쓰다듬고 다리를 주물렀다. 거의 무의식적인 행동이었는데 그 모습을 보며 수나는 더 괴로웠다.

종종 모씨댁이 찾아와 방 안에 우두커니 앉은 모자를 들여다보고는 했다.

"쯧쯧쯧. 너무 걱정하지 마. 시간 좀 지나면 다시 일어나겠지."

어머니가 그 꼴이니 모씨댁도 어쩌지 못하고 시무룩하니 돌아서곤 했다. 주인 할머니도 보기에 딱했던지 마루에 엉덩이를 걸치고 혀를 차고는 했다.

"그리 지켜 앉아서 시름만 허믄 뭐햐? 수봉 엄니마저 병 나겄네. 장사라도 나서 보소. 어매가 힘을 내야 무슨 수단이라도 생길 거 아니더라고."

어느 날 저녁에 어머니는 별안간 수나를 들쳐 업었다. 어머니가 찾아간 곳은 교회였다. 지푸라기라도 잡아 보자는 심정인 것 같았다. 어머니가 다시 움직이기 시작했다. 수나에게 미꾸라지를 구해다 고아 먹이고, 굼벵이며 지네도 구해 왔다.

수나는 보약이라는 소리에 그것들이 무엇인지 모르고 먹었다. 수나는 날이 갈수록 깽두 녀석이 원망스러웠다. 두성보다 더 미워서 꼭 앙갚음을 해 줄 것이라고 이를 갈았다.

한 파수 동안 어머니가 장사를 못 해 양식이 떨어졌다. 어머니는 마음을 추슬러 다시 장사를 나갔다.

다음 날이 대천 장날이라 어머니는 물건을 받으러 군산으로 갔다. 배로 들여온 생선을 경매로 받아 오려면 오후에나 집에 돌아올 수 있었다. 수나와 수봉이 점심을 챙겨 줄 사람이 없어서 걱정이었다. 숙이는 여름이 가까워지자 편물점에 일이 없다고 뱃마티에 나가 있었다. 뱃마티는 대천천 하류에서 대천항으로 이어진 바닷가의 작은 항구였다. 그곳에 편물점 주인댁 큰집에서 부리는 중어선 한 척이 들어와 있었다. 숙이는 어망 손질할 일손이 부족해 그 일을 도우러 갔다.

어머니는 아쉬운 대로 주인 할머니에게 수나를 부탁했다.

"죄송스런디, 즘심때 아주머님께서 우리 수나 밥 즘 내 주슈."

"걱정 마시고 대녀 오소. 차려 논 밥인디 고거야 못 내 주겠나?"

어머니가 집을 나서자 주인 할머니는 혼잣말처럼 중얼거렸다.

"참, 여럿 귀찮게 헌다. 그 지경으루 사느니……."

주인 할머니가 삼켜 버린 말을 이제는 헤아릴 수 있었다.

수나는 몸을 돌려 벽 쪽으로 누웠다. 주인 할머니는 이내 나들이 가는 눈치였다.

점심 무렵에 수봉이 돌아오고 주인 할머니가 마을에서 돌아왔다. 수나는 누워서 점심을 기다렸다. 주인 할머니는 어머니의 부탁을 깜빡했던지 민수에게만 밥을 먹이고 또 나가 버렸다. 수봉이 김치 하나만 내놓고 밥을 먹었다. 수나는 수봉이가 밥을 퍼 주겠다는 걸 마다했다. 자신의 처지가 비참하고 속상해서 밥 생각이 나지 않았다. 수봉이 김치보시기와 먹던 밥사발을 널브러뜨린 채 나갔다.

어머니는 오후 세 시가 넘어서야 갈치 담긴 나무 상자를 두 개나 이고 돌아왔다. 수나는 지쳐 잠들어 있었다. 어머니는 마루에 널브러진 밥그릇을 보았고, 수나가 아직 점심을 먹지 못한 사실을 알았다. 어머니는 수나를 흔들어 깨웠다.

"왜 여태 즘심을 안 먹었냐? 주인 할머니 오디 가셨냐?"

"몰러."

수나는 어머니를 보자 반가웠고 이내 설움이 북받쳐서 울먹였다.

어머니는 갈치 한 마리를 구워서 수나 점심부터 챙겨 먹였다. 밥상을 물릴 무렵 주인 할머니가 급히 들어왔다.

"하이고, 나 정신 즘 봐. 수나 밥 챙겨 주란 걸 깜빡했으니 미안해서 어쩐댜?"

"지금 멕였슈. 괜히 그런 부탁 디려서 맘만 쓰시게 해 드렸네유."

어머니는 서운한 속내를 감추고 말했다. 어찌 제 손자는 챙겨 먹이면서 그럴 수 있나 싶었다. 잇달아 모씨댁이 호들갑을 떨며 대문을 넘어왔다.

"갈치 구운 냄새가 골목까지 진동하네."

모씨댁은 무거운 분위기를 알아채고 주인 할머니와 어머니를 번갈아 바라보았다.

"표정이 왜들 그러서? 무슨 일 있어요?"

"일은 무슨? 갈치나 즘 사다 먹지? 아주 싱싱헌디."

어머니가 얼른 말을 돌렸다. 주인 할머니가 표정이 굳어서 말했다.

"요새 나 정신이 비앙기 타고 날아갔나벼. 늙으믄 그저 죽으야 하는디."

눈치 빠른 모씨댁이 빙긋이 웃으며 나섰다.

"낼부터는 나한테 맡겨. 내가 애들 끼니는 챙겨 줄게."

다음 날 다행스럽게 숙이가 돌아와 며칠간 집에 머무르게 되었다. 숙이가 그물 깁는 일이 서툴다고 주인댁이 편물점으로 돌려보냈다고 했다. 숙이는 여간 속상해하지 않았다.

•이모

이모가 왔다. 어머니 바로 아랫동생인 이모는 시댁이 부자라서 돈 걱정 없이 살고 있었다. 이모는 손이 커서 선물을 사도 제일 큰 것으로 사 왔다. 수나와 수봉은 이모가 가져온 과자, 과일, 고기 등속을 보고는 입이 떡 벌어졌다.

이모는 오랜만에 어머니를 만난 기쁨에 눈물을 흘렸다. 그동안 어머니 소식은 들어 알았겠지만 직접 보자니 울음을 참을 수 없었던가 보다.

"장릿방이 웬말이우? 이런 방서 어치기 다섯이 산단 말여? 학교 잘 다닌다던 수나는 또 왜 저 모넹이랴 언니."

"그런 말 마러. 한데 나앉은 것두 아니잖여. 숙이두 식모살이 면허구, 나두 장사가 그만허다."

어머니가 우는 이모를 달랬다.

"언니, 기왕 고생허는 것 나랑 함께 유구서 나오는 비단 가지구 보따리 장사나 허자. 가끔씩 공장 와서 인조 열 필씩 가져가는 여자가 있는디 수입이 괜찮네벼. 우리두 둘이 댕기면서 바람두 쐬구 세상 구경이나 허자. 언니가 이냥 사는 것보담은 몇 배 날 거여. 형부두 언니 믿구 보내 줘유."

아버지는 이모에게 면목 없는지 헛기침만 놓았다.

"이냥 살단 이런 방 영영 못 벗어나구, 수나두 못 고칠 거구면."

이모는 어머니가 용기를 낼 때까지 격려하고 설득했다. 어머니도 스스로 마음을 추스르려고 무던 애를 썼지만 쉽게 결정진 못했다. 인조견 보따리 장사를 하려면 몇 날을 떠돌아다녀야 했다. 다른 가족도 걱정이지만 수나를 돌볼 사람이 없었기에 그게 우선 마음에 걸렸다. 고민이 오간 끝에 이모가 말했다.

"중 언니 맘이 안 놓이면 수나를 업구 댕깁시다. 까이느무 것 두어 필 덜 팔 셈 치구 업구 댕기면 될 거 아녀."

"그게 될 소리여?"

어머니는 말도 안 되는 소리라고 시큰둥하게 반응했다.

"왜 안 되어? 하루맨라두 실험 삼어서 장살 해봐서 결정허여. 다섯 살 애기보다 가볍디 으른 둘이 못 맡으것남?"

수나는 속으로 대번에 환영했다. 당장 갑갑한 방에서 해방된다는 생각에 업고 다닐 어머니를 걱정할 깜냥이 없었다.

어머니는 수나를 업고 시장에서 하루를 견뎌 보았다. 할 수 있을 것 같았는지 이모의 제안을 받아들였다. 아버지 또한 어머니가 한다니 좋게 여겼다. 그동안 침울했던 어머니도 새로이 용기를 내는 것 같았다.

그 길로 어머니는 수나를 업고 이모를 따라 유구로 갔다. 유구에는 가내공업으로 하는 인조견 공장이 여러 군데 있었다. 한 마을에 운집한 인조견 공장들은 겉으로 볼 땐 일반 주택들과 다를 바 없었다. 일제 때 시작된 인조견 공장은 육이오 때도 아무 일 없이 돌아갔다고 했다. 마을이 온통 방직 기계 돌아가는 소리로 요란했다. 어머니는 이모가 이끄는 공장으로 들어갔다. 이모가 처녀 때 일했다던 인조견 공장이었다. 공장은 생각보다 꽤 넓고 깨끗했다. 마당을 가운데 두고 양쪽으로 건물이 서 있었다. 오른쪽으로 슬레이트 지붕을 한 건물이 공장인 듯했다. 규칙적으로 돌아가는 방직기 소리로 방앗간에라도 온 듯한 느낌이 들었다.

촬크랑, 촬크랑, 촬크랑, 촬크랑⋯⋯.

기계 소리가 하도 커서 곁에서 누가 불러도 알아듣지 못할 것 같았다. 대문에서 왼쪽은 식당과 직원 숙소인 모양이었다. 낡은 옷가지들이 처마 밑에 친 빨랫줄에는 물론 창틀에까지 걸려 있었다.

공장은 방직기 네 대가 돌아가는 소리로 가득했다. 방직기에서 실타래들이 실을 팽팽하게 풀어내며 돌아가고 있었다.

은실과 금실이 빛나고 청색, 홍색 실들이 화려했다. 방직기 하나에 공원이 하나씩 붙어서 들여다보고 있었다. 하얀 모자와 가운을 입고 마스크를 착용한 여자들이었다. 공원들은 실타래를 교체하고, 끊어지거나 엉키는 실을 잇고 풀어내느라 바삐 움직였다.

어머니 등에 업혀서 구경하던 수나는 이내 봉갑리에서 살던 때가 떠올랐다. 어머니는 밤낮으로 베틀에 앉아 길쌈을 했다. 길쌈은 목화, 누에고치, 모시, 삼 등으로 섬유를 뽑아내 옷감을 짜는 일이었다. 길쌈은 계절마다 달랐다. 모시와 삼베는 무명과 함께 가을에 시작해 봄까지 짰다. 무명 짜는 겨울 길쌈은 가을 목화를 딸 때부터 시작했다. 반면에 비단 짜는 여름 길쌈은 누에를 받아 양잠을 시작하는 5월부터 했다. 신나무를 당겼다 놓았다 하며 잉아를 오르내리는 소리와, 바디를 치는 소리가 박자를 맞추어 일정하게 울리는 가락이 있는 밤은 자장가가 따로 필요 없었다. 그 소리에 엄마의 존재감을 느끼며 잠들고는 했다. 어머니가 졸림, 결림, 저림을 모두 참고 견디며 짠 화려한 천을 보면 경이로웠다.

수나는 어머니의 등에서 고개를 기웃이 내밀고 방직기를 바라보았다. 날실 사이를 북이 좌우로 번갈아 오가며 씨실을 풀어내고, 그 씨실을 바디로 쳐서 짜는 방직기의 원리가 베틀과 같았다. 어머니는 발로 잉아를 당겼다 놓으며 손으로 북과 바디를 쳤는데, 방직기는 그 일을 전기 힘으로 번개처럼 빠르게 하고 있었다.

공장 주인은 여러 가지 화려하고 신비한 인조견을 펼쳐 놓았다. 그는 화학섬유 레이온으로 짠 인조견과 자연산 명주실로 짠 본견을 비교해 보여 주었다. 어머니는 천을 만질 때 그 보드라운 끝 한 자락을 등 뒤의 수나에게도 만져 보게 했다. 인조견은 본견이 지닌 은은하고 깊은 태는 없으나 선명한 빛깔에 무늬가 다양하고 화려했다. 갈치 비늘처럼 하얀 바탕에 무늬 없는 민인조, 같은 바탕에 하얀 무늬가 있는 순인조, 무늬는 없지만 윤기가 도는 고급 견사로 짠 두꺼운 공단, 은실이나 색실로 아름답게 수를 놓고 겹으로 두껍게 짠 양단. 색색 채단들이 세상 물건이 아닌 듯 화려했다.

어머니와 이모는 물건들을 골랐다.

"언닌 몇 필이나 가져갈려?"

이모가 큰 소리로 외쳤다. 시끄러운 방직기 때문이었다.

"수나를 업었으니 많이는 못 가져가."

어머니도 크게 대답했다.

"애를 업고 장사를 다닌단 말유?"

공장 주인이 고개를 저었다.

"우선 잘나가는 걸로 챙겨 줄 테니 팔아 보오."

"재고를 처분헐 생각일랑 말어유."

이모가 웃음 띤 얼굴로 주인에게 말했다.

"참 나, 내가 명옥이헌테 그럴까?"

어머니와 이모는 공장 주인이 권하는 대로 골고루 두 필씩 모두 스무 필을 골랐다. 공장 주인은 한 필에 삼십 마 규격의 대자 한 필씩을 필목에 담아 주었다. 천마다 가격이 제각각이라 공장 주인은 여러 차례 가격을 알려 주었다.

공장을 나서던 이모가 다시 공장으로 달려갔다. 이모는 편지지 한 장과 볼펜을 가져와 수나에게 내밀었다. 어머니와 이모는 글씨를 읽을 줄만 알고 쓸 줄은 몰랐다. 수나가 편지지를 반으로 찢어서 이모가 부르는 대로 가격을 적어 어머니와 이모에게 한 장씩 주었다.

"거봐, 언니. 요 녀석두 쓸모가 있다니께. 인저 니가 경리여."

이모가 수나의 볼을 당기며 말했다. 어머니도 흡족한 표정이었다.

어머니가 일곱 필을 이고, 나머지 열세 필은 이모가 이었다. 어머니와 이모는 그 길로 버스에 올라 충청도 논산 쪽으로 갔다. 포목점이 가까운 시내는 피하고 되도록 깊숙한 시골 마을로 들어갔다. 무거운 인조견을 머리에 인 채 수 킬로미터 비포장 길을 걸었다. 어머니가 힘들어서 여러 번 쉬었다. 그때마다 수나는 자신이 더 작아져 인형처럼 가벼우면 좋겠다고 생각했다. 밥을 조금만 먹자고 다짐했다.

정자가 선 갈림길에서 어머니는 위뜸으로 가고 이모는 아래뜸으로 내려갔다. 잘하고 오라고 서로 격려했다. 어머니가 먼저 몸을 돌렸지만 늦게 걸음을 뗴었다. 한숨을 내쉰 어머니는 수나를 한 번 까불러서 끌어올리고 발걸음을 뗴었다.

골짜기를 따라 집들이 층층이 올라선 마을이었다. 어머니는 이 집 저 집 기웃거리다 아낙들이 모여서 떠들썩한 집으로 들어갔다.

"혼수 이불 한복감 비단이유. 구경들 허셔유."

비단 필을 대청마루에 내려놓고 포대기를 풀어 수나를 마루 한편에 앉혔다. 사람들이 나와 말없이 구경했다. 수나 역시 어머니처럼 장사꾼 심정이어서 마을 사람들이 어떤 마음으로 대할지 가슴이 두근거렸다. 주인 아낙이 부엌에서 냉수를 한 대접 가져다주었다. 어머니는 우선 수나 목을 축이고 자신도 마셨다. 냉수 한 사발이 어머니에게 용기를 북돋운 게 분명했다.

"안 사두 좋으니께 구경이라두 하세유."

어머니는 보자기를 풀어서 펼쳐 보였다.

"하이고, 곱기도 혀라. 으쩌면 이냥 빛깔 좋으까?"

아낙들이 모여들어서 옷감을 만지며 감탄했다.

"오디서 오신규?"

"저는 대천서 왔구 비단은 유구서 나왔슈."

"애까지 업구 댕기시니라고 고생 많소."

아낙들은 한참 동안 비단을 쑤석거렸다. 한 아낙이 먼저 인조견 다섯 마를 끊었다. 그러자 전염되듯 여기저기서 구매를

했다. 다섯 마가 가장 적었고, 큰딸 결혼을 앞둔 아낙은 두 필이나 샀다.

어머니는 그 집에 오래 머물렀다. 첫 장사에서 생각보다 쉽게 많은 옷감을 팔아 기쁜 눈치였다. 옷감 살 아낙들이 대부분 그 집에 모여 있어서 붉은 양철집에서 늙은 부부에게 공단 다섯 마를 팔고는 더 팔지 못했다. 골짜기 끝에 이르렀을 때는 점심 먹을 때가 되었다.

마지막 집이었다. 제일 꼭대기에 앉은 집이지만 외양간에 송아지도 두 마리나 있어 살림이 넉넉해 보였다. 아기를 업은 아낙이 부엌에서 나왔는데 어머니와 나이가 비슷해 보였다. 마당에서 소리가 나자 이내 안방 문이 열리고 그 집 할머니가 대청마루로 나왔다.

며느리보다 시어머니가 장사꾼을 더 반겼다.

"오랜만에 옷감 장사가 왔네. 지난 갈에 한 번 다녀갔지, 아마."

그러고 나서 노인네는 어디서 왔느냐 구색이 어떠냐고 물어 왔다.

마루에 앉자 어머니는 비단을 펼쳐 보였다. 비단을 펼쳐 놓고 주인의 눈치를 보며 말을 꺼냈다.

"혹시 남은 밥 있으시걸랑 좀 주실래유? 즘심을 안 먹어서 얘라두 좀 멕여야겠어서유."

다행히 인심 좋은 노인네는 며느리를 불러 밥상 낼 때 한 그

룻 더 올리라고 말했다.

어머니와 수나는 따듯한 밥을 잘 얻어먹었다. 밥을 다 먹었을 무렵 볼에 커다란 혹 달린 바깥남자가 들에서 돌아왔다. 그 집에서는 민인조 다섯 마와 공단 한 필을 끊었다. 어머니는 공단 한 마 가격을 빼 주었다.

"마을이 여서 끝인가유?"

어머니가 짐을 싸며 물었다.

"왜여. 조리 돌아들믄 여우골이라고 여남은 집이 더 있어라. 인삼 허는 사람들이라서 손들이 클 건디. 가 보기여."

바깥남자가 집 곁 호두나무 아래로 난 길을 가리켰다. 남자가 가리켜 준 곳에서도 많이 팔아 어머니의 인조 보따리는 절반도 안 남았다.

이리저리 다니며 팔다 보니 저녁이 되어 나가는 막차를 놓치는 줄도 몰랐다. 이모는 약속한 정자에 더 늦게 나타났다. 보따리가 보이지 않았다.

"점심은 요기라두 했냐?"

"응. 은어먹었어. 언니는?"

"나두 먹었어. 근디, 저녁은 오서 먹지? 촌이라서 식당두 읎구."

"걱정 마. 내가 저녁두 은어먹구 잠잘 집을 맡어 놨어."

이모가 대견한지 어머니는 피식 웃었다. 하루 고생이 다 풀리는 눈치였다. 이모는 어머니의 보따리를 받아 이고 자기가 보따리 맡겨 놓은 집으로 앞장섰다. 이모가 맡아 놓은 집은 마을에서 가장 큰 집이었다. 이모에게 비단도 많이 팔아 준 집이라고 했다. 마당 천 원짜리 민인조견 두 마를 주고 아침 식사까지 약속한 집이었다. 별채에 있는 방은 아늑했다. 주인이 기장이 조금 섞인 밥을 내왔다. 입 절은 수나는 몇 술 뜨다 말고 수저를 내려놓았다.

"저두 힘들었나벼. 더 먹어라. 아무거나 잘 먹으야 다리두 빨리 낫지."

이모가 다시 수저를 쥐어 주었다. 수나는 마지못해 다시 수저를 받아들었다. 천천히 밥사발을 다 비웠다.

눕기 전에 어머니와 이모는 하루 장사를 결산했다. 어머니는 속치맛감으로 순인조견을 다 팔았고 다른 것들도 꽤 많이 팔았다. 이모는 오히려 채단을 필로 두 가지나 팔았고 순인조는 그대로 있었다.

"이냥만 장사가 된다면 무슨 고갯길이든 마다 허겄냐."

어머니가 기분이 좋아서 말했다. 이모도 맞장구쳤다.

"그려! 그렇다구."

어머니와 이모는 무엇은 얼마씩 팔아야 되고, 어떤 것은 누가 잘 사더란 정보도 나누었다.

다음 날부터는 인삼으로 유명한 금산군 쪽을 돌았다. 이틀을 돈 끝에 어머니는 공단 세 필만 남기고 다 팔았다. 이모는 아직 여덟 필이나 남아서 이고 다니느라고 고생이 많았다. 어머니가 이모 몫을 한 필만 더 이겠다고 했지만 이모가 한사코 마다했다. 아닌 게 아니라 어머니는 수나까지 업어서 눈이 푹 꺼져 있었다.

어머니와 이모는 남은 비단을 이고 산동네로 깊숙이 들어 갔다. 금산 시내와는 동쪽으로 멀리 떨어진 산골이었다. 어느 곳인지는 모르나 길을 잘못 든 것처럼 산세가 험했다. 가도 가도 집이 한두 채씩만 앉아 있는 외딴 곳이었다. 어머니와 이모도 당황한 기색이었다. 날은 가물어 흙먼지와 땀이 얼굴 에 범벅되었다.

"언니, 지금 몇 시여? 배고픈 게 점심땐 지난 거 같지?"

"인전 집두 통 안 보여."

수나도 배가 고팠지만 어머니가 걱정할까 봐 아무 말도 안 했다. 굽이굽이 산 고개 하나를 넘자니 내리는 길에서는 대화 도 사라질 만큼 지쳤다. 오른편 언덕에 외딴집 한 채가 보였 다. 외딴집 치고 지붕이 기와로 된 넓고 큰 집이었다. 마침 툇 마루에 앉아서 주인 부부가 점심을 먹는 중이었다.

"안녕허셔유?"

손님이 들어도 본체만체하고 부부는 밥만 먹었다. 어머니와 고모가 무거운 보따리를 마루 한쪽에 내려놓으려 할 때였다.

"안 사요. 짐 내리지 말고 가소."

사내가 귀찮다는 듯 경상도 억양이 섞인 말투로 차갑게 말 했다. 어머니는 억양 탓에 잘못 들었나 싶어서인지 사정을 이야기했다.

"저희들이 고개를 넘어 왔더니 너무 지쳐서 그래요. 잠시
만⋯⋯."

"잠시고 뭐고 그냥 가소!"

말본새가 무례하기 짝이 없었다. 이모는 밥 한술이라도 얻
어먹고 길을 나서야 할 처지라 공손함을 잃지 않고 말했다.

"아저씨, 고개 넘어 왔더니 너무 힘드네유. 조금만 쉬었다
갈게유. 그러잖으면 가다가 쓰러지구 말겠슈."

이모는 넉살좋게 비단을 마루에 털썩 내려놓고 앉아 버렸
다. 어머니도 따라서 보따리를 내려놓고 부진부진 수나를 두
른 포대기를 풀었다.

"와 가라는데 이러요? 여가 쉼턴 줄 압니꺼? 퍼떡 가소!"

이번에는 그 집 안댁이 버럭 역정을 내며 소리쳤다. 밥은커
녕 매라도 얻어맞을까 겁날 지경이었다.

"하이고 인심 참 사납네. 가자! 예서 뭐가 나오겠니?"

어머니는 이모를 일으켰다. 그 집을 나올 때 수나는 두 사
람을 하얗게 흘겨 주었다.

"어이구! 인정머리 읊는 사람들!"

사립을 나오자 이모가 뇌까렸다. 이모는 열세 살에 부모를
한꺼번에 여의고 큰언니 밑에서 자라다가 굶주림을 벗어나려
고 유구로 갔다. 인조견 공장에서 시집갈 때까지 고생했다.
그런 내력 탓에 어머니는 이모의 뒷모습을 훔쳐보며 몰래 눈

물을 지었다.

한참 더 걸어서 산모롱이를 돌자 길갓집 한 채가 나타났다. 어머니가 먼저 들어갔다.

"기셔유?"

방문이 덜컥 열리더니 젊은 여자가 얼굴을 내밀었다. 이 집도 밥상을 놓고 늦은 점심을 먹고 있었다. 마루에 짐을 부려 놓으며 어머니가 말했다.

"아줌마, 찬밥이라두 남은 거 있걸랑 은어먹게 허셔유."

"읎소."

"내 사례는 헐께유."

"없다는데 와 이러요?"

먼저 집처럼 여자도 대뜸 핀잔부터 주었다. 어머니는 말문이 막혔지만, 마지막이라 생각하고 한 번 더 청을 넣었다.

"그럼 고구마 같은 요깃거리라두 있으면 좀 주셔유."

"없다잖요! 빨랑 가쇼."

이모가 마당으로 성큼 들어서며 큰 목소리로 말했다.

"그럼 물이라두 좀 은어 마십시다!"

"하따! 기양 가쇼. 가라는데 와 안 가고 사람 지깁게 그러요!"

동냥은 못 주더라도 쪽박은 깨지 말라 했는데 인심이 이토록 사나운 동네는 처음이었다. 일진이 사나워도 범 아가리보다 사나운 날이었다.

다시 길에 올랐을 때 이모가 푸념처럼 말했다.

"우리 수나 배고퍼서 어쩐다니?"

수나는 수꿀해져 있었다. 배고픔보다도 못 볼 것을 본 허탈감이 어린 마음에도 차올랐다. 행상을 따라나설 때 길고생은 예상했지만 이런 마음고생을 할 줄은 몰랐다. 수나는 어머니가 너무 불쌍했다. 자신 때문에 더 마음 졸이는 어머니에게 미안하기도 했다. 수나는 다시는 따라나서지 않겠다고 결심을 하고 또 했다.

고개 하나 더 넘어 기진해서 한 발짝도 더 뗄 수 없을 무렵에 제법 규모가 잡힌 마을에 닿았다. 정류소도 있고 식당도 있는 면 소재지였다. 일단 밥집을 찾아 들어갔다. 우거지 내장국을 먹었다. 시장이 반찬이니 허겁지겁 숟가락을 들었는데 마음 탓인지 별 맛이 없었다.

시장기를 끄고 나서 어머니와 이모는 사나운 동네 인심을 얘기했다. 식당 아주머니가 끼어들었다.

"원래 안 그랬소. 작년 갈에 굴비 장수 하나가 지나간 뒤 빈 집마다 도둑맞지 않은 집이 없었소. 심지어 굴비 장수가 하룻밤 묵어 간 집에서는 손자 돌반지에 할미 비녀까지 싸그리 털어 갔으니까네. 신고라? 못 잡지. 뭔 수로 잡아요. 거 굴비라고 두고 간 것도 붕어 절인 가짜라. 그러니 외지에서 오는 장사꾼은 마마보다 더 무섭게 보이지 않겠소?"

식당 아주머니의 얘기를 듣고 어머니와 이모는 유별난 인심을 이해했다. 이모가 궁금한지 한마디 덧붙여 물었다.

"그래두 장사꾼 읎이 오티게 먹구 살어유? 하루이틀두 아니구?"

"불편해도 행상은 집에 들이지도 말자꼬 주민끼리 약속했지요. 생필품은 마을 공동으로 당번을 정해가꼬 읍내로 다니고요."

식당 아줌마가 민박집을 소개해 주어 그곳에서 하룻밤을 묵고 이튿날 수나네는 다시 길을 나섰다. 뙤약볕이지만 맑은 날이라서 좋았다. 어머니가 이모한테서 공단 한 필을 더 받아 네 필을 이었다. 길은 남쪽으로 잡았다. 역시 산간 마을이었다. 무주라는 이정표가 있는 한길을 걷다가 달구지 길이 나와 그 길로 빠졌다. 골짜기에 큰 마을이 걸려 있었다.

어머니와 이모는 동구에서 양편으로 갈라졌다. 수나는 뙤약볕을 피해 어머니 등에서 뒤치었다.

"기신가유?"

개들이 왁자그르르 짖어댔다. 수나는 얼굴을 들고 집을 살펴보았다. 담 너머로 사람 소리가 여럿이었다. 문이 열리며 늙수그레한 아낙이 얼굴을 내밀었다.

"비단 좀 구경허셔유. 아주 고운 고급 비단인디유, 나 좀 쉬었다 가게 구경이나 해보셔유."

방을 들여다보니 늙거나 젊은 동네 아낙들이 너덧이 앉아 있었다.

"하따, 아줌니 딱하시네. 더운 날에 애기까지 업고 어찌 다니쇼?"

손 맞는 응대가 환대라서 어머니는 수나까지 마루에 내려 놓았다. 주인 아낙이 옷감을 만지며 방에 대고 말했다.

"이리들 나와 구경 좀 해봐. 참말 곱네."

방에서 아낙들이 나왔다. 어머니는 비단을 보기 좋게 펼쳐 놓았다.

"으쩌면 이리도 고울까나?"

펼쳐 놓은 비단을 쓰다듬고 손가락 끝으로 비벼 보며 저마다 한마디씩 했다. 어머니는 이때다 싶어 물건 설명을 곁들였다.

"이 양단에다 요 공단으루 혼수 이불감 허면 백년해로 금침이구유. 저 꽃무늬 비단으루 옷 해 입구 선보면 모과도 장가 가고 메주도 시집간대유. 여기 이 순인조나 민인조루 속치마 맹길어서 입으먼 호박두 사랑받구유."

"아줌니 말솜씨가 고춘자 뺨치네."

수나도 알아듣고 킥킥거렸다.

모두 인조견 고운 빛깔에 끌려 바짝 조여 앉았다.

"아줌니, 나 물 한 모금만 주슈. 처음 나선 장사라 멋모르구 너무 멀리 들와서 죽겠슈."

"아가! 여기 숭늉 즘 내와라!"

주인 아낙은 부엌에 대고 며느리를 불렀다.

"증말 싼가?"

"시장 나가시면 포목점 들러서 알아보세유. 유구 순인조견은 싸도 마당 이천 원은 받을꺼유."

"저 양단은 을마씩이요?"

"마당 삼천오백 원인디 이천오백 원씩만 주서유. 그게 제일 무거워서 본전에라두 부려 놓구 갈게유."

"그 양단으루 열두 마 줘요."

"열다섯 마가 반 필인디 기왕이먼 반 필루 끊어유. 반 필루 사면 삼만 삼천 원에 디릴게유."

"나는 순인조견으루 열 마만 주쇼."

"난 메누리들두 나눠주게 순인조루 한 필 하까?"

"아랫집두 밭에서 왔능가 불러 봐."

주인 아낙이 며느리를 아랫집으로 보냈다. 얼른 순인조견 열두 마를 더 끊어서 며느리 몰래 두기 위해서였다. 한 사람이 사자 너도나도 경쟁하듯이 샀다. 금방 비단이 동났다.

어머니는 이모를 찾아 남은 비단을 함께 팔아야겠다고 나섰다. 이모가 간 쪽으로 물어물어 몇 집 들어가자 이모를 만났다. 이모는 부잣집에서 사랑채 앞 누각처럼 달린 마루에 펼쳐 놓고 있었다. 이모가 있는 곳엔 집주인 여자 혼자만 비단을 구경하고 있었다.

"언니. 벌써 다 팔구 온겨? 나는 여기 마님이 좀 팔어 주셔야만 마수걸이를 헐 텐디."

주인 여자는 인상이 쫀쫀하니 까다롭게 생겼다.

"저쪽 아래뜸서는 두 집두 아니구 한 집이서 다 팔었어."

어머니는 집주인이 들으라고 말했다. 그래도 주인 여자는 한동안 만지작거리기만 했다. 여자는 겨우 이불감으로 공단 한 필과 순인조견 열두 마를 끊었다.

어머니와 이모는 다른 마을로 옮겨서 함께 다녔다. 그 마을에서 순인조견이 동났다. 아직 해가 많이 남았는데 짐이 작고 가벼워졌다. 어머니는 수나만 업고 남은 비단을 이모가 이었다. 두 부락을 돌자 구색이 빠지고 자투리만 남아서 더 팔 수 없게 되었다. 그것으로 나흘거리 행상이 끝났다.

유구 공장으로 돌아와 입금하고 보니 이익이 꽤 남았다. 속치마 감인 순인조견이 가장 인기 좋았고, 무늬 없는 민인조견도 그런 대로 나가는 물품이었다. 공단이나 양단 같은 비싼 것은 임자를 만나야 팔렸다. 남는다고 버리는 물건이 아니니 재고를 걱정할 일은 없었다. 그래도 길에서 길로 나서는 장사였다. 머리에 무거운 피륙을 이는 노동이니 그리 쉬울 리 없었다. 어머니는 이모에게 첫 행상을 마친 소감을 말했다.

"첫날은 머리부터 짓눌려서 숨두 답답허더라. 입안의 침두 삼키기 어렵구, 나흘간 발아래는 한 번두 못 보구 걸었구먼."

그래도 어머니는 집을 장만할 때까지 이모와 함께 다니기로 작정했다. 다음 행선지는 남해 섬 지방이었다. 수나는 따라나서지 않겠노라고 말했다.

"집이서 혼저 있기 괜찮어?"

"밥은 수봉이도 챙길 수 있슈. 그리구 나 공부할규."

수나는 행상을 다녀온 뒤로 어머니에게 존댓말을 쓰겠다고 결심했다. 나흘간 어머니 등에서 지냈지만 네 살은 더 먹어서 돌아온 느낌이었다. 고생만 하고 온 것 같은데 왠지 모르게 마음속 깊은 곳에서 열기가 차올랐다.

선생님

장사를 따라갔다 온 뒤로 수나는 다시 일어서는 연습을 했다. 처음 일어설 때보다 더 힘겨웠지만 자신을 믿고 열심히 연습했다. 하루라도 빨리 나아 부모님의 근심을 덜어 주고 싶었다. 일어서다 쓰러지고 다시 일어서다 쓰러져서 무릎에 멍이 들었다. 문고리를 잡고 늘어지다가 엄지손가락을 삐어 퉁퉁 부었다. 연습 이틀 만에 바들바들 떨던 다리에 조금씩 힘이 들어갔다.

이레째 되는 날 수나는 무릎을 짚고 걸을 수 있게 되었다. 남들이 보거나 말거나, 아이들이 따라다니며 놀리거나 말거나 연습했다. 수나는 무릎을 짚고 무조건 골목으로 나섰다. 행상 길 다녀온 덕인지 세상이 하나도 무섭지 않았다.

수나는 보름 만에 예전처럼 걸었다.

한 달 만에 다시 학교에 나갔을 때는 가을 운동회가 다가와 있었다. 운동회를 연습하면서 수업이 많이 줄었다. 수업 없이 연습만 하는 날도 있었다. 첫날 달리기 연습을 할 때 선생님이 수나를 불렀다.

"수나는 연습 안 해도 된다. 운동회 동안에 교실에서 못 한 공부나 해."

선생님은 예전 같지 않게 수나에게 다정했다. 그동안 하지 못했던 진도를 맞추라고 반장에게 공책을 빌려 주라 당부해 주었다. 수나는 아이들이 운동회 연습을 하는 동안 밀린 공부를 했다. 선생님이 수나 뒤를 봐주자 제아무리 심술 맞은 깽두도 어쩌지 못했다.

수나는 교실에 혼자 남아 공부를 하다 말고 생각했다. 어머니와 이모는 어느 섬으로 갔을까? 그곳 사람들은 또 어떻게 사는 사람들일까? 어디서 또 인조견을 내려놓지도 못하고 쫓겨나지는 않을까? 수나는 고생하는 어머니를 위해서라도 돈을 벌고 싶었다. 무엇을 어떻게 하면 돈을 벌 수 있을까?

교실 문이 조용히 열렸다. 예전에 운동장에서 수나를 도와 준 여선생님이 다가왔다.

"혼자 심심하면 이 책 읽어 봐라. 동시집인데 한번 읽어 봐."

수나는 당황해서 인사도 제대로 못하고 책을 받아 들었다. 뒤늦게 인사하려는데 선생님은 이미 등을 돌려 교실을 빠져

나가고 없었다. 수나는 책을 들고 살펴보았다. 교과서 외에 다른 책을 오랜만에 만져 보았다. 어른 손바닥 넓이의 작고 예쁜 책이었다. 『푸른 교실』. 표지는 빨강, 노랑, 초록, 덩굴꽃 그림이 테를 두르고 있었다. 「봄 편지」나 「반달」 같은 잘 아는 동시도 있고 처음 보는 동시도 있었다.

수나는 이내 책 읽기에 빠졌다. 시에서 아름다움을 느낄 때마다 새로운 세상으로 옮겨 간 느낌이 들었다. 한 편 한 편 읽을 때마다 다른 세상을 만났다. 별나라로, 꽃마을로, 남쪽 나라로, 하늘 바다로, 다리 불편해서 가지 못하는, 아니 성한 다리로도 갈 수 없는 꿈과 상상의 나라로 마음껏 쏘다녔다. 나흘거리 행상 길 같은 낯선 길들이 책에도 있었다.

수나는 동시집을 다 읽고 여선생님을 찾아 교무실로 갔다. 수나는 얼굴을 붉히며 선생님에게 책을 내밀었다.

"어땠어?"

수나는 머뭇거리다가 볼록한 제 가슴에 손을 얹었다.

"여가 막 뛰었어유."

"그랬어? 그럼 이거도 한번 읽어 봐."

선생님은 책꽂이에서 동화책 한 권을 빼서 수나 손에 들려 주었다. 두껍고 붉은 표지에는 『소공녀』라는 제목이 붙어 있었다. 교실로 돌아온 수나는 하교할 시간이 된 줄도 모르고 읽었다. 책을 덮었을 때는 저녁 어스름이 내려 운동장은 텅 비어 있었다.

교문 앞에서 아버지를 만났다. 늦게까지 돌아오지 않는 수나를 찾아온 길이었다. 책을 읽다가 늦었다고 얘기하자 아버지는 수나의 머리를 가만히 쓰다듬었다. 책보를 받아 든 아버지는 등을 보이고 앉았다.

"업혀라."

아버지의 등은 따뜻했다.

다음 날 아침 수나는 교무실로 여선생님을 찾아갔다.

"벌써 읽었어? 어렵지 않았니?"

"세라가 무척 불쌍허구 분했어유."

"네가 좋은 느낌을 많이 받은 모양이구나. 그 느낀 점을 원고지에 써 줄래? 느낀 대로만 쓰면 돼. 대신 내가 다른 책을 빌려 줄게."

한 번도 글을 써 보지 않은 수나는 큰 숙제를 안은 듯 부담스러웠다. 그러나 다른 책도 빌려 준다는 말은 솔깃했다. 선생님은 붉은 줄로 된 원고지를 내밀었다.

지우개로 지워 가며 책 읽은 느낌을 쓰다 보니 원고지 일곱 장이 금방 채워졌다. 그리고 부끄러웠다. 선생님에게 보일까 말까 망설이다가 교무실로 갔다.

수나의 글을 받아서 읽은 선생님은 미소 띤 잔잔한 얼굴로 고개를 끄덕였다.

"그래. 잘 썼구나. 이 책은 네가 가져도 된다. 대신 이것도 읽고 느낀 점 써 와라."

선생님은 『걸리버 여행기』를 꺼내 주었다. 교무실을 나온 수나는 좋아서 뛰어 오르고 싶었다.

이틀 만에 원고지를 들고 가자 선생님이 책 세 권을 한꺼번에 빌려 주었다.

기말고사가 끝난 다음 날 교무실에서 방송으로 수나를 찾았다. 교무실에 들어서자 여러 선생님들이 수나를 바라보았다. 부끄러워서 고개를 숙였는데 여선생님이 싱글싱글 웃으며 손을 끌었다.

"이번 군내 독후감 공모에서 네가 쓴 글이 장원을 했어. 내 마음대로 응모해서 미안하다. 그리고 축하해, 윤수나."

교감 선생님이 수나에게 상장과 상품을 주었다. 선생님 몇 명이 웃으며 박수를 쳤다. 수나는 얼떨떨해서 눈만 끔벅거렸다.

"수나, 너는 글짓기에 소질이 있어. 열심히 읽고 글도 많이 써 보아라."

수나는 상장과 상품을 품에 안고 성큼성큼 교실로 뛰었다. 복도에서 깽두를 만났다.

"빙신 꼴값허네."

깽두가 비웃으며 수나가 뛰는 모습을 흉내 냈다. 허리를 구부려 굽은 등을 만들고 자라처럼 목을 움츠려 흔들어댔다. 수나가 보기에도 꼴불견이었다. 좋았던 기분이 잡쳐 수나는 고개를 떨어뜨렸다. 조용히 자리로 돌아와 상장과 상품을 책보 속에 감추었다. 상품이 무엇인지 포장을 뜯어 보고 싶은 마음도 사라졌다.

동시집과 동화집이 상품으로 포장되어 있었다. 수나는 동시집을 읽으며 동시를 처음 써 보았다.

개미 한 마리

어디로 가야나,
얼마나 가야나.

더듬어도 모르는 길,
가고 가도 낯선 마을.

진종일 굶주려 배고픈 허리,
땡볕에 그을려 새까만 얼굴.

바삐 걸어도 못 다다른 길,
여태 왔어도 못 찾은 고향.

겨울방학이 시작되는 날이었다. 여선생님은 방학 동안 읽을 책을 독서실에서 골라 가라고 했다. 수나는 『프란더스의 개』, 『레미제라블』, 『톰소오여의 모험』을 골랐다.

겨울방학이 가고 수나는 3학년이 되었다. 책을 선물한 여선생님이 담임선생님이 되었다. 그제야 선생님의 이름이 장안선 이라는 것을 알게 되었다. 수나는 무척 기뻤다. 장안선 선생님 은 특별히 수나를 자상하고도 따뜻하게 살펴 주었다. 급식을 나눌 때도 수나 몫은 특별났다. 학교는 미국의 원조를 받은 옥 수수 가루로 죽이나 빵을 급식하고 있었다. 선생님은 수나에 게 죽이라도 한 술 더 먹이려고 애를 썼다. 빵으로 줬을 땐 가 장 큰 조각을 골라 따로 놓았다가 수나에게 내 주었다. 담임선 생님 덕인지 수나는 날로 건강해졌다. 걸음도 오래 걷고 눈병 도 나았다. 머리에 있던 기계총도 사라지고 습진도 없어졌다. 귓구멍에서 냄새 나던 고름도 흐르지 않았다. 피부도 뽀얗고 깨끗해져 아기 볼처럼 통통하고 맑았다. 신경질적이고 표독했 던 성격도 곧잘 웃고 장난도 치는 아이로 바뀌었다.

선생님은 여전히 수나에게 책을 읽혔다.

"넌 무엇보다, 누구보다 책을 많이 읽어야 해."

어느 날 선생님이 곱게 포장한 선물을 코앞에 내밀었다.

"이거 선물이다. 돌려주지 않아도 돼."

수나는 선생님을 바라보았다.

"책 많이 읽고 씩씩한 사람이 돼야 해."

선생님은 수나의 머리를 쓰다듬고 어깨를 도닥거렸다. 왠 지 이상한 예감이 들었다. 도수 높은 안경 탓에 표정을 제대 로 읽을 수 없었다. 선생님은 수나의 어깨를 잡아 강제로 돌 려서 교문 쪽으로 밀었다. 수나는 밀어 준 대로 걸으면서도 몇 번이고 뒤돌아보았다. 교문을 나올 때까지 선생님은 그 자리에 서서 수나를 바라보고 있었다.

수나는 교문 밖으로 나와 땅바닥에 쪼그려서 선물을 뜯었다. 『어머님이 계신 그 나라에는』이라는 동시집이었다. 수나는 다시 고개를 돌려 울타리 틈으로 선생님을 바라보았다. 서 있던 자리가 비어 있었다. 수나는 그것이 장안선 선생님과의 마지막 만남이 될 줄 꿈에도 몰랐다.

아침 안개

시끄러운 까치 소리에 창밖을 보니
누군가가 온누리를 모두 지웠다

산도 들도 마을도 때가 묻어서
하늘도 강도 바다도 색이 바래서

세상 모두 새롭게 바꿔 보려고
지우개로 깨끗이 지워 논 거다

지우다 반쯤 남긴 미루나무는
까치둥지 때문에 그냥 둔 거다.

배신

    담임선생님이 바뀌는 바람에 수나는 3학년을 기가 죽어서 지냈다. 장안선 선생님이 떠나고 교감 선생님이 남은 기간에 수나네 반 담임을 맡았다.

    장안선 선생님에 대한 이야기는 개학하고 한 달쯤 뒤에 들었다. 당숙네 큰딸 육촌 누나에게 들은 소문은 수나를 안타깝게 했다. 장안선 선생님은 다른 학교로 전근한 것이 아니었다.

    "니네 담임이 장안선 선생님이지? 그 선생님 다시는 선생님을 못 헌다."

    "왜? 뭣 때미?"

    "고정간첩과 내통한 죄루 교사직을 박탈당한 거라. 그런디 진실은 그게 아닌개벼, 교장 선생님 말을 듣지 않다가 쫓겨난 거라구 소문났더라."

장안선 선생님이 낙도 분교에 있을 때였다고 한다. 섬에 들어왔다가 태풍으로 발이 묶인 사람을, 여느 관광객으로 알고 선생님이 며칠간 도운 일이 있었다. 그 사람이 고정간첩으로 밝혀져 잡혀가고, 그때 그를 도운 일이 간첩과 내통한 죄가 되어 해직되었다고 했다. 그러나 진실에 대한 소문은 그게 아니었다.

　교장 선생님은 아이들에게 자주 시험을 치르게 했다. 월말고사도 철저히 거르지 않고 실시하도록 했다. 그런데 장안선 선생님은 그런 교장 선생님의 말을 듣지 않았다. 자기네 반 아이들에겐 분기별 기말고사와 연말고사만 보게 했다. 그리고 나머지는 각자가 알아서 하고 싶은 대로 하도록 했다. 장안선 선생님은 단 한 번도 숙제를 내지 않았다. 선생님은 그런 문제로 교장 선생님과 심히 다투게 되었고 서로 미워하는 사이가 되었다.

　낙도 분교의 일을 알게 된 교장 선생님이 교육계에 선생님을 모함했을 거라는 소문이었다. 그 소문대로라면 교장 선생님은 장안선 선생님을 강제로 해직시킨 것이었다. 쉬운 말로 다시는 교단에 서지 못하도록 제명했다는 말이다.

　장안선 선생님은 구십 세가 다 된 할머니를 혼자 돌보는 처지였다. 다른 가족이 없는 선생님은 할머니 손에 자랐다. 교단을 떠나게 되자 선생님은 할머니를 모시고 캐나다로 이민할 준비를 하더라고 했다.

엄하고 무서운 교감 선생님은 아이들 숨통을 조였다. 받아쓰기부터 과목별 열 문제씩 날마다 시험을 치렀다. 시험 성적을 꼬투리로 삼아 툭하면 종아리를 때리고 여차하면 벌을 세웠다. 반 분위기가 지옥 같았다.

4학년이 되면서 수나는 숨통이 트였다. 새 담임선생님은 꼭 중학생처럼 앳돼 보이는 남자 선생님이었다. 유행가요 〈노란 샤쓰의 사나이〉처럼 노란 셔츠를 즐겨 입은 멋쟁이었다. 예쁘장하고 뽀얀 얼굴에 수염도 나지 않고 키도 자그마했다. 선생님이라기보다 형 같은 느낌이었다.

그러나 담임선생님은 수나에게 관심이 없었다. 어떤 땐 일부러 무시하는 것 같기도 했다. 수나는 간섭받지 않으니 좋은 거라고 생각하며 서운한 마음을 달랬다. 그럴 때마다 장안선 선생님이 그리웠다. 특히 책을 읽고 싶을 때는 더 생각났다. '정말 캐나다로 가셨을까? 거기서 무슨 일을 하실까?'

어머니도 돈벌이가 괜찮아 집안에 여유가 생겼다. 어머니는 조금만 더 돈을 모으면 집을 지을 수 있겠다고 좋아했다. 진작 전세를 얻어 이사할 수 있었으나 수나를 배려하여 참았다. 새로 세 들면 낯선 사람들과 적응하느라 수나가 괴로울 것이었다. 그래서 어머니는 누구의 눈치도 볼 필요 없이 살 수 있는 집 마련의 꿈을 키웠다. 곧 집 지을 땅을 알아본다고 했다. 시내 외곽에 삼십 평 안팎 정도의 땅을 사고 집도 지을 만큼 돈을 마련했다. 마땅한 땅을 찾기만 하면 될 일이었다.

모 씨네가 이사 온 지도 일 년 반이 지났다. 그동안 동네에서 가장 잘 먹고 잘 입고 잘 쓰는 집으로 알려졌다. 모씨댁은 남편의 탄광이 잘되어 돈 걱정 안 한다며 여유 있는 생활을 했다. 그러나 소문은 달랐다. 모 씨가 투자한 탄광에서 석탄이 나오지 않아 빚만 늘고 있다고 했다. 이젠 빚 갚을 여력도 없는 빈털터리 신세가 되었다는 것이었다. 수나 부모님이나 주인 할머니는 그 소문을 믿지 않았다. 모씨댁은 여전히 씀씀이가 컸다. 더구나 수나네로 가져다 나르는 음식이나 군것질거리가 푸짐했다. 특히 세 들어 사는 노 양에게 선뜻 목돈까지 꾸어 줄 만큼 여유가 있었다. 주인 할머니가 뭘 믿고 꿔 주느냐고 꾸지람을 해도 모씨댁은 상관하지 않았다. 한 달 전부터 모 씨가 광산을 하나 더 맡게 되었노라 모씨댁은 자랑했다. 지금 탄광보다 새 탄광은 매장량이 굉장하다고 했다. 종종 모씨댁이 급전을 구하러 종종거리고 다니면 어머니는 큰 사업에는 늘 큰돈이 필요하고 때로는 돈이 마르기도 하는 법이라고 안타까워했다.

수나는 모씨댁이 자꾸 어머니에게 광산 자랑을 늘어놓는 것이 싫었다. 고생하는 사람에게 돈 많이 번다고 자랑하는 일이 좋아 보이지 않았다. 그런데도 어머니는 모씨댁의 그런 점까지 좋게 보았다. 사람이 좋아서 상대를 믿고 속까지 드러내는 것이라고 여겼다.

이른 아침부터 모씨댁이 어머니를 찾아왔다. 부엌에 엎드린 어머니에게 무슨 긴한 이야기를 하는지 목소리가 낮았다.
수나는 지난밤에 숙제를 다 못하고 잠들어서 부랴부랴 공책
을 펴 놓고 있었다. 어머니와 모씨댁이 나누는 대화가 귀에
저절로 들어왔다.

"수봉 엄마, 이번 곗돈은 거기가 탈 차례인 건 알지?"

어머니는 그동안 순번을 정해 태워 주는 곗돈을 부어 왔다.
모씨댁이 권해서 들게 된 계였다. 계주는 어머니도 오래전부
터 알고 지내 온 여자였다. 어머니는 순번이 마지막에 가까워
서 곗돈을 원금인 삼십만 원보다 싸게 부어 왔다. 곗돈을 타
면 집짓는 데 보태서 이사할 계획이었다.

"왜 몰르겄어? 깃날만 손꼽어 기다리구 있는디? 꼭 닷새
남었구먼."

어머니는 행주로 솥을 훔쳐 내다가 일어섰다. 모씨댁 목소
리가 잠시 끊겼다가 더 소곤거리는 목소리로 변했다.

"그래서 말인데 급히 쓸 돈 아니면 내가 한 달만 돌려쓰고
갚으면 안 될까? 안 되면 보름, 아니 열흘만이라도."

목소리는 간곡하게 졸랐다. 어머니는 바로 대꾸를 하지 않
았다. 아마 돈거래라 몹시 갈등이 되는 모양이었다. 이윽고
어머니가 대꾸했다.

"왜? 또 급전으루 돌려 막어야 되남?"

모씨댁은 여전히 낮지만 생글거리는 목소리로 말했다.

"거 왜 새로 인수한 탄광 있잖아. 거기서 나온 석탄을 연탄

공장 여기저기로 매출했는데 아직 입금이 안 되네. 인부들 노임 줄 때가 돌아오니까 남편이 속이 타나 봐. 나야 노상 노임 한두 달 밀리는 것 일도 아니라고 하지만 우리 그 양반이 어디 그런 사람이야. 노임 체불 안 하기로 소문났잖아. 나도 답답해 죽겠어. 사업 하는 사람이 융통성이 그렇게도 없다니까. 그래서 이렇게 염치없이 부탁하는 거야. 수봉 엄마가 고생하며 어렵게 부은 곗돈인데 함부로 빌려 줄 수 있나? 정 안 되면 할 수 없고.”

그래도 어머니는 선뜻 대답하지 못했다. 옛말에 사람 마음을 돈으로만 사려 하면 돈 떼이고 사람도 잃게 된다고 했다. 어머니는 그런 생각을 하는 모양이었다. 어머니는 부탁을 거절할 수 없을 거였다. 수나는 괜히 자신이 안달이 났다. 모씨 댁이 용돈 타 내는 아이처럼 코맹맹이 소리가 되어 말했다.

“열흘만 빌려 줘도 내가 한 달 쓴 거로 하고 오부 이자로 갚을게. 그렇게 해 주라, 응?”

이내 어머니의 목소리가 들려왔다.

“무슨 이자여? 친구끼리, 돌 수 있으면 도우야지. 어쨌건 애덜 아버지허구 의논허야 허니께 기둘러 봐.”

“그려. 아저씨께 말씀 잘 드려 봐. 나는 다른 데 좀 더 알아보고 안 되면 저녁에 다시 올게.”

“그려. 오디 알어볼 디 있으면 더 알어보구 중 힘들먼 다시 와.”

어머니는 반은 허락한 말투였다. 수나는 자신도 모르게 공책에 '안 돼! 뭉개진 모찌떡!'이라고 크게 썼다. 너무 진하게 써서 지우개로도 다 지울 수 없을 것 같았다.

아침을 먹으며 어머니는 아버지에게 모씨댁 사정을 전했다. 수나는 아버지가 완강하게 안 된다고 할 줄 알았다.

"큰 사업가두 맨날 돈 타령일세. 달이 멀다 허구 돈 꾸러 댕기니 오디 헐 짓여?"

"이자를 오 부 쳐 준다던디 돌리쥬?"

"이잘 어티게 받는댜?"

"왜 못 받어유? 읎는 집 구제 돈두 아닌디. 그리구 모씨댁은 한 열흘만 돌리자구 허는디 아예 한 달 돌리구 오 부 받지유 뭐."

"그래두 이웃인디, 읎는 돈 빌려다 주는 것두 아니구 가진 돈 돌리메 이자를 받을라는 생각은 그렇찮어."

"당신은 그저 모른 척허슈."

수나는 책가방을 메고 수봉과 함께 집을 나섰다. 숙제 검사 시간에 수나는 공책을 폈다가 낙서를 발견하고 가슴이 조마조마했다. 선생님께 들킬까 봐 손바닥으로 낙서 부분을 살그머니 가렸다. 그런데 선생님이 다가왔을 때 짝꿍 녀석이 일부러 수나 팔꿈치를 툭 쳤다.

"이게 뭐냐? 뭉개진 모찌떡?"

반 아이들의 웃음이 한꺼번에 터져 나왔다. 선생님이 든 대나무 뿌리가 수나의 머리를 콩 때렸다. 이 일로 아이들이 또 놀려댈 것을 생각하니 죽을 맛이었다. 선생님은 손바닥 두 대를 때리고 반성문을 쓰라고 했다. 숙제 안 했어도 손바닥 두 대면 끝인데 반성문까지 써야 했다.

수나는 쉬는 시간에 반성문을 썼다. 선생님이 준 갱지에 '반성문' 하고 제목을 달아 놓고 글을 써 내려갔다. 수나는 공책에 낙서한 잘못을 반성하는 글보다 모씨댁이 아침부터 어머니에게 찾아온 얘기며 아주머니가 왜 미운지 그 이유를 길게 썼다. 반성문을 다 쓰고 보니 제목이 마음에 들지 않았다. 수나는 '반성문'을 지우고, 새카매진 자리에 '뭉개진 모찌떡이라고 낙서한 이유'라고 고쳐 썼다. 반성문을 받아 본 선생님이 말했다.

"이 녀석아, 이게 반성문이냐? 반성 없는 반성문은 필요 없어. 반성문을 다시 쓸래? 꿀밤을 맞을래?"

오늘은 모찌떡인지 가래떡인지 덕에 이래저래 재수 없는 날이었다. 수나는 다시 반성문을 쓸 생각이 없었다. 선생님은 가운뎃손가락 마디가 불거지게 주먹을 쥐고 호호 불었다. 여자처럼 여린 손이지만 그래도 어른 주먹이라 질끈 눈이 감겼다. 하지만 꿀밤은 날아오지 않았다. 담임선생님은 수나 머리를 쓰다듬고 살짝 웃으며 끝냈다. 수나는 괜히 얼굴이 붉어졌다. 담임선생님을 좋게 생각해야 할지 아리송했다.

모씨댁은 짐작대로 저녁에 또 찾아왔다.

"한 달만 쓰구 갚어. 우리두 내달에 집 지으려구 땅을 계약 해 놨구먼."

"집을 짓는다고? 어디? 땅 얼마짜린데?"

모씨댁은 귀가 번쩍 뜨지는지 어머니의 코앞에 누런 호박 같은 얼굴을 댔다.

"옛 장터여. 애들 아버지랑 의형제 맺은 양반이 땅 판다구 자기네 옆으루 오랴. 한 오십 평 남짓 되네벼. 말집을 짓더라 두 내 집을 가져야지. 허름헌 집이라두 아예 짓구서 이사헐라 구."

어머니는 숙제하는 수나를 힐끔 보았다. 땅 이야기는 수나 도 처음 듣는 얘기였다. 옛 장터에 아버지와 친한 아저씨가 있는 건 알았지만 그새 그런 얘기가 오갔는지는 몰랐다.

"정말 고마워. 이 돈이 안 되면 인천 오빠한테 가려고 했더 니, 다행이야. 돈 얘기는 남보다 형제간에 더 말 내기가 어렵 잖아. 고마워, 수나 엄마."

모씨댁은 어머니의 두 손을 잡고 쓰다듬었다.

"친구끼리 뭔 소리랴? 나 급헐 때 거기두 도왔잖어."

어머니와 모씨댁은 밤늦도록 붙어 앉아 이야기했다. 장지 너머로 누워서 말을 섞던 주인 할머니가 말했다.

"아니, 수봉이넨 낼 장사 안 갈겨?"

모씨댁을 보내 놓고 어머니는 바느질 방구리를 끌어다 놓 고 흥얼흥얼 콧노래를 했다. 누군가를 힘껏 도운 사람의 표정이었고, 객지로 이사 와 저만한 친구를 두었다는 게 흐뭇한 눈치였다.

곗날 저녁 계주가 돈을 가져오자마자 모씨댁이 찾아왔다. 아이들 주라고 큰 무리떡 덩이를 들고 왔다. 떡은 금방 시루에서 꺼냈는지 따끈따끈하니 맛있었다.

"형식적으로라도 장부는 해 놔야지. 돈을 꾸었다는 차용증 주려고."

모씨댁은 볼펜으로 쓰고 도장을 박은 차용증을 내놓았다.

"친구끼리 별걸 다 허려구 허네. 아직 돈두 가지 않었는디."

어머니는 차용증을 받고 곗돈을 봉투째 내밀었다. 돈은 손에서 손으로 가지 않고, 방바닥으로 밀려 전해졌다.

"고마워, 그리고 이건 선 이자. 육부만 따져서 만 팔천 원이야. 너무 이자가 적다고 서운해하지 마."

모씨댁은 한 달 선이자를 담은 하얀 봉투에 방바닥에 놓인 차용증까지 넣어서 어머니에게 밀었다. 어머니는 못이기는 척 받았다. 진심으로 미안한 표정이었다.

"근데 친구야, 혹시 더 얻어 줄 데 없어? 우선 이것으로 월 말 마감은 하겠는데 내달 초이틀에 또 돌려막을 일이 생겼거든. 그때까지 수금이 안 되면 우선 또 한 이십만 원이 필요하게 생겼어…… 이자는 지금 준 수준으로 줄 테니까 친구가 장사꾼들 좀 아니까 알아봐 줘."

술 주니까 안주 달란다고 삼십만 원 꾼 자리에서 이십만 원

을 더 얘기하자 어머니는 당황한 기색이 역력했다. 그것도 제
돈 달라는 게 아니라 한 다리 건너 남의 돈을 빌려 달라니 어
머니로서는 막막해서 눈 둘 데를 못 찾았다.

"내 주변에 그만헌 돈 가진 사람이 있간? 내가 집 질 때 쓸
라구 둔 돈이 오만 원 있는디 그거라두 가져갈라남?"

"아이고, 나야 고맙지."

어머니는 장사해서 모은 돈을 몽땅 털어 내놓았다. 모씨댁
은 또 앉은 자리에서 선이자로 삼천 원을 계산해 주었다.

"고마워 친구. 아무튼 주위에 누구 돈 가진 사람 있으면 소
개 좀 해 줘. 은행에 넣어 두었다 셈 치면 섭섭지 않을 거야."

오만 원으로 끝난 줄 알았더니 모씨댁이 다시 그런 얘기를
달자 어머니는 손사래를 쳤다.

"미안허지먼 난 아직 그런 돈 심부름은 헌 적 읇어서."

"거 큰댁이 좀 산다고 했잖아?"

"거긴 말두 끄내지 마러. 내가 대천 나와서 이를 악물구 사
는 것두 그이들헌티 아쉰 소리 안 헐라는 거여, 자네두 내 맘
을 알아주먼 좋겠어."

"그래. 내가 왜 몰라. 그저 난 다리 좀 놔 보라고 한 소리야.
맘에 담아 두지 마. 아무튼 십만 원이라도 좋으니 주변에 융
통할 사람 좀 알아봐 줘. 안 되면 어쩔 수 없지만. 같이 대처
에 나와 사는 입장에서 나도 참 친구한테 면목 없다."

모씨댁은 내일 오겠다며 자리를 털고 일어났다. 어머니는

모씨댁에게 빌려 줄 돈에 대해서는 더 신경 쓰지 않았다.

그로부터 닷새 후, 모씨댁이 여기저기 돈을 더 빌리고 다닌다는 소리가 어머니의 귀에도 들어왔다. 모씨댁은 소창 공장 마빡 아저씨에게는 오십만 원, 뒷집 중학교 교장네서도 이십만 원을 빌렸다는 소문이었다. 어머니는 불안해져서 저녁에 놀러온 모씨댁을 떠보았다.

"어티기 돈은 다 마련됐남? 내 더 구해 볼라구 몇 군디 알어봐두 오디 있냔 말여."

"다 마련했으니 염려 마. 친구 고마운 마음을 내 너무 잘 알아."

모씨댁이 다시 어머니의 손을 끌어 잡았다.

"내 요새사 겪은 바지만 정말 거기는 내 친동기간보다 나아. 얼마나 어려운 마음으로 돈을 내났을까 생각하면 눈물이 나네."

모씨댁은 코맹맹이 소리를 했다. 이윽고 그녀는 눈물을 쏟았는데, 아마도 며칠 새 친척들한테 마음을 시달렸는가 보았다.

모씨댁을 본 건 그날 저녁이 마지막이었다. 어머니는 이틀간 모씨댁이 보이지 않아도 전혀 의심하지 않았다. 마빡 아저씨가 몸져누웠다는 소리를 듣고서야 깜짝 놀라 뛰어나갔다. 한참 만에 힘없이 돌아온 어머니는 마당에 털썩 주저앉아 이젠 망했다고 통곡했다. 주인 할머니도 어머니의 이야기를 듣고서야 모씨댁이 도주했다는 사실을 알았다. 도무지 못 믿겠다는 표정이 역력했다. 그러다가 얼굴이 하얗게 질린 주인 할머니는 중얼거리듯 탄식했다.

"아이고, 내 돈! 아이고오, 내 돈 이십만 원!"

어머니는 영문을 몰라 울음을 멈추고 대청마루에 널브러진 주인 할머니를 바라보았다.

"그 여시 같은 년을 믿은 내가 바보천치다, 바보천치여!"

주인 할머니에게 이십만 원이면 수나네 사글세가 사십 개월분이었다. 그것도 최근 꾸어 준 돈이 아니라 반 년 전에 준 돈이었다. 그간 이자 돌리는 재미로 할아버지에게도 말하지 않고 지냈다.

"인저 돈 떼긴 게 억울해도 영감한테 말 못한다. 이 억울한 사정을 누한테 하소연 할껴."

그래 놓고 주인 할머니는 또 통곡했다. 그래도 이미 육 개월 사이 받은 이자만 해도 칠만 이천 원이었다. 수나네에 비하면 아무것도 아니었다.

워낙 많은 사람들이 엮여서 모씨댁 사기 행각은 속속 전모가 드러났다. 모씨댁 내외는 어머니를 만났던 그 밤에 야반도주한 거였다. 이미 쓸 만한 살림살이는 내다 팔거나 내돌린 뒤였다. 광산은 애초부터 탄이 나오지도 않는 폐광이었다. 모씨는 남이 운영하는 탄전만 오가며 광주 행세를 했던 것이다. 완전히 사기 칠 계획을 하고 이 골목으로 들어온 거였다.

수나네 가족은 회복하기 어려운 치명상을 입었다. 어머니는 밤에 잠을 자다가도 벌떡 일어났다.

"이년을 오디 가먼 잡을 수 있다? 어이구, 내 돈!"

"개갈 안 나는 소릴랑 그만 집어쳐! 그냥 탄식허면 그년을 잡나? 돈을 받나? 어이구! 어리석지. 그런 불여수 년을 친구라구 사겼남?"

화를 못 참은 아버지가 한소리 하자 어머니는 더 흐느꼈다.

어머니는 무슨 일을 하다가도 멍하니 생각에 잠겼다. 때론 헛소리처럼 혼자 중얼거리기도 하고 갑자기 울부짖기도 했다. 곁에서 지켜보기에 어머니가 미친 것 같았다.

"엄마, 이러지 마아! 엄마!"

수나는 어머니를 잡고 흔들다가 기어이 울고 말았다.

어찌 알았는지 당숙과 당숙모가 찾아와 위로하고 갔다. 꼬바리도 다녀갔다. 어머니가 다니는 교회에서도 왔다 갔다. 모두 어머니에겐 전혀 위로가 되지 않았다. 그저 피하고 싶고 부끄러운 대면일 뿐이었다.

어머니는 모씨댁을 찾는 일을 포기하지 않았다. 인천에 산다던 그의 오빠를 찾아보려고 무작정 인천으로 갔다가 헛걸음을 하고 돌아오기도 했다. 평택에서 모 씨를 보았다는 소릴 듣고 평택으로 달려갔다. 그렇게 반은 실성하여 돌아다니다가 그냥 내려왔다. 결국에는 돌아와서 몸져누웠다. 아버지도 담배만 늘고 한숨으로 땅을 꺼뜨릴 기세였다.

먼저 정신을 차린 사람은 아버지였다.

"이냥 이대루 주저앉구 말라구? 즘부터 우리헌티 있던 돈이 아니잖어? 나는 돈보담은 당신 근강 상헐까 봐 더 걱정돼여. 당신이 이냥 쓰러지면 도둑년이 코앞에 나타나두 잡지 못허잖어. 기왕 이냥 된 거 어여 잊구 힘내 주면 좋겠네. 내가 더 열심히 뛰어 이내 복구헐 테니께. 허망해두 즘부터 다시 시작허자구. 어린 저것들 그냥 놔둘라남?"

아버지의 위로가 힘이 되었는지 어머니는 다시 장사를 나섰다. 그러나 장사도 의욕이 떨어져 물건을 잘못 받아 손해 보는 일이 잦았다. 엎친 데 덮친다고 누나가 일하는 편물점마저 문을 닫았다. 편물점 주인이 도시로 이사 갔다. 초상집 같은 집으로 숙이가 돌아왔다. 우울한 날들이었다.

모씨댁이 떠나고 보름 만에 어머니 앞으로 보내는 자의 주소 없는 편지 한 통이 배달되었다.

죽을죄를 지고 떠났네. 언제가 될지 모르지만 친구 돈만은 꼭 갚을게. 너무 속상해하지 말고 기다려 줘. 한 가지 친구에게만 알려줄게. 성주면 먹방골에 공 씨라는 이가 사는데 우리 그이가 그 공 씨한테 받을 돈이 좀 있어. 여기 그 차용증하고 위임장하고 동봉하니까 그 돈이라도 이자라 생각하고 친구가 꼭 받아서 써. 그 고랑에 공 씨가 하나밖에 없으니까 쉽게 찾을 거야. 정말 미안해. 나 같은 나쁜 년은 평생 가도 친구처럼 좋은 사람 만나지 못할 텐데, 천벌을 받고도 남겠지. 이렇게 떠났어도 친구 생각날 때마다 괴로워서 견디기 어려울 거야. 건강 챙기란 말도 할 자격 없는 나 같은 년은 어서 잊어줘.

"나쁜 년아! 병 주구서 이걸 약이라구 주냐, 이 나쁜 년아!"

어머니는 모씨댁의 편지를 박박 구겨 던져 버리며 또 울었다. 그날 어머니는 하루 종일 아무것도 먹지 못했다. 숙이가 마당에 구르는 편지를 어머니 몰래 집어 들고 밖으로 나갔다. 숙이는 그 편지를 읽어 보고 아버지에게 전했다. 차용증 액수는 십팔만 이천 원이나 되었다. 아버지는 구겨진 차용증과 위임장을 손에 들고 길을 나섰다.

수나가 대문까지 따라와 말했다.

"아버지 나두 같이 가유. 냥중이라두 내가 심부름 갈 수두 있잖유."

수나를 조용히 내려 보던 아버지는 고개를 끄덕였다.

"그려, 가 보자."

몸이 성치 않은 아들을 데리고 낯선 길을 가기란 아버지에게 부담일 거였다. 그래도 어린 아들에게 동행을 허락한 것은 작은 희망이나마 자식에게 주고 싶은 심정에서였는지 모른다.

성주면 먹방골은 탄광촌이었다. 먹방골행 완행버스가 하루 두 번 있었다. 아침 차로 들어가면 오후에 그 버스로 다시 나올 수 있는 골짜기였다. 수나는 아버지와 한 시간 이상 버스를 기다려 탔다. 버스는 승객을 내려 주고 태우며 성주산 골짜기 마을들을 지나갔다. 고불고불한 고개를 넘어 한 시간 남짓 만에 먹방골 초입에 닿았다. 종점이었다.

석탄 싣는 트럭이 다닐 만한 검은 길이 마을 안으로 나 있었다. 검은 길에서는 검은 먼지가 날렸다. 아마도 버스가 더 들지 않고 그곳을 종점으로 삼은 것도 그 먼지 때문인 듯싶었다.

산자락에 집들이 서너 채 혹은 한두 채씩 늘어앉아서 마을은 깊었다. 아버지는 길을 물어물어 공 씨를 찾아갔다. 비탈길 함석집을 찾으라고 했다. 성큼성큼 가는 아버지의 걸음을 따르느라 수나는 숨이 턱까지 찼다.

비탈길에 닿자 아버지는 등을 내밀어 수나를 업었다. 아버지의 목에도 땀이 흥건했다. 공 씨네 함석집은 산비탈 위에 겨우 얹혀 있었다. 그 집 사는 꼴을 보니 기가 막혔다. 집이라기엔 폐가에 가깝고 바람막이 비닐이 걸레처럼 너덜거렸다. 십팔만 원이라는 돈이 나올 구석이라곤 눈곱만치도 보이지 않는 집이었다. 주인은 외출했는지 집에 아무도 없었다. 묶어놓은 똥개 한 마리만 사납게 짖어댔다.

"누구슈?"

아랫집에서 늙은 노파 한 사람이 내다보며 물어 왔다.

"공 씨 좀 만나러 왔슈. 오디 출타헌 모냥이유?"

노파가 비탈길 너머를 가리켰다.

"즈 아래 담뱃집이 있을뀨."

아버지는 수나를 업고 고개 너머로 내려갔다. 고개 너머에

집 세 채가 나왔다. 그중 담배 표지판을 내붙인 대문이 보였다. 안으로 들어가니 과자를 진열해 놓고 파는 점방이었다. 가게에 딸린 방에 삼십대로 보이는 사내와 늙은 노인이 앉아서 바깥 기척에도 눈을 주지 않았다. 두 사람은 멸치 몇 마리를 고추장에 찍으며 소주를 비우는 중이었다.

"공 씨라는 양반이 누구슈?"

아버지가 말을 걸었다. 그제야 두 사람은 가게를 내다보았다.

"왜 그러슈?"

젊은 사내가 문을 열었다.

"모진구 씨 아시쥬?"

사내는 낯빛이 싸늘해졌다. 아버지는 차용증과 모 씨가 써보낸 위임장을 내보였다.

"시방은 갚을 돈 읎슈. 저놈의 탄광이 늘 달째나 노임을 안주니 저두 참 폭폭허네유."

공 씨는 미안한 기색 하나 없이 귀찮은 목소리로 대꾸했다.

"그래두 여까장 품 메 왔는디 다먼 올마라두 꺼야 되잖유?"

아버지는 낮은 목소리로 그러나 따지듯 물었다.

"어이구, 있으면 당장 드려야 당연허지유. 요샌 돈이란 씨알두 못 보구 산다니께유. 이 집서 외상진 담뱃값두 을만지 물르겄슈."

"그럼 온제 다시 오까유?"

아버지는 조금 짜증이 섞인 목소리로 바짝 다가섰다.

"노임 나와야 돼유. 모 씨헌티 갚을 돈이 석 달 노임두 안 되니께 노임을 일부만 받어두 드릴 수 있슈. 꼭 드릴튜."

"그게 대체 온제난 말유? 여까지 한욿이 오갈 수는 욿으니께 오디서 융통이라두 해서 주시구 그 돈을 노임 받으면 갚으시던가."

"어이구, 저 같은 가난뱅이 광산쟁이헌티 돈 꿔 줄 사람이 어디 있슈. 모 씨 돈두 광산 장비 값이지 돈 빌린 게 아녀유. 이놈의 광주가 노임을 원제 주려는지, 채탄두 많이 쌓였구, 팔려나간 것두 많은디 왜 노임을 안 주구 지랄허나 물르겠슈."

공 씨가 남 얘기하듯이 지친 목소리로 말했다. 안방에서 가만히 듣고 앉았던 노인이 내다보며 말했다.

"아, 그 진가 늠이 돈 돌려 처먹느라구 그러는겨. 진가 그놈이 가진 일곱 광산 열여섯 갱구서 탄 안 나오는 디가 욿다는디 왜 돈이 욿겠어? 거기서 일허는 노무자들 노임 안 주구 한 달만 은행이다 느놔 봐. 붙는 이자가 을만가? 그 이자만 갖구두 호의호식허지 암, 그런 득이 있으니께 보통 서너 달씩 체불허는 거여."

그쯤 해서 아버지도 할 말을 잃은 눈치였다.

"주소 놓구 갈게 노임 나오면 꼭 전허슈. 그러면 내 다시 오리다."

아버지와 수나는 담배 가게를 나왔다. 나오는 길에 공 씨가

수나에게 과자 한 봉지를 안겼다. 먹방골을 나올 땐 내리막길
이라서 들어갈 때보다 어렵지 않았다. 그러나 말없이 수나의
손을 잡은 아버지의 발걸음은 천근만근 무겁게 느껴졌다.

어머니는 전보다 더 많은 인조견을 받아서 더 멀리 장사를
다녔다. 멜빵에 지고 머리에 이고 방방곡곡을 돌았다. 짧게는
열흘, 길게는 스무날 만에 돌아올 때도 있었다. 고생하는 어
머니를 위해 수나도 돈을 벌고 싶었다. 학교를 결석하더라도
돈벌이만 있으면 나서겠다고 생각했다. 몸도 이젠 제법 튼튼
해졌다. 약도 끊었다. 걸음도 보통 사람들과 별 차이 없이 걸
었다. 종일 쏘다닐 만큼 다리에 힘도 생겼다. 언제 두 다리가
마비되어 앉지도 못했나 싶었다. 숨이 가빠 힘든 일 하거나
무거운 것 들 때 말고는 별다른 불편이 없었다. 교회 아이들
과 새벽마다 산에 오르면서도 학교에 다니는 데 별 탈이 없었
다. 수나는 무슨 일이든 해서 돈을 벌 자신이 있었다.

마침 대천 장날이었다. 수나는 오전반이라 학교에서 일찍

돌아왔다. 책보를 방구석으로 던지며 이내 시장으로 향했다. 너무 서둘렀던지 숨이 가빠 대천 극장을 지나기 전에 헉헉거리며 쉬었다. 서두르지 말자고 마음을 다독였다. 대천 극장 앞 도넛 가게가 이사하고 없어졌다. 그래도 수나는 그곳을 지나려면 발걸음이 얼어붙고는 했다.

5월인데 땡볕이 한여름처럼 뜨겁게 내리 쬐었다. 모 심는 농번기 때라 장날인데도 사람이 그리 많이 나오지는 않았다. 새로 나온 노래 〈갑돌이와 갑순이〉가 전파사에서 흥겹게 흘러나왔다. 슬프고 고달픈 사람들이 많아서 그립고 슬픈 노래가 어울리는 거리였다. 〈갑돌이와 갑순이〉도 노랫말 내용은 그렇지만 곡과 분위기는 웃음을 자아냈다. 저자에 나오면 이런 새로운 노래를 듣는 재미가 좋았다. 혼자 말없이 시장 골목골목을 누비고 돌아다니며 이것저것 살폈다. 장날 시장 골목은 무싯날과 다르게 볼거리가 많았다. 곡식, 채소, 과일, 버섯, 고사리, 산나물, 해물, 닭과 병아리, 염소 같은 가축들, 옷가지, 신발류, 잡화, 만두, 찐빵, 순대, 부침개, 떡, 과자, 장난감, 그릇, 옹기, 농기구와 연장들…… . 노점 장사꾼부터 크고 작은 가게까지 물건도 사람도 넘쳤다. 골목 구석구석까지 장사꾼이 진을 치고 있었다.

점심때가 되었는지 한참 구경하며 다니다 보니 배가 고팠다. 골목에 자리를 편 떡 장수가 눈에 띄었다. 어머니보다 나이 많아 보이는 아주머니가 인절미를 만들고 있었다. 노란 콩

고물을 복닥복닥하게 묻힌 따끈따끈한 인절미는 다른 떡집보다 넓적하니 크게 만들어 먹음직했다. 시골 할머니 둘이 앉아 고물을 흘리지 않게 꾹꾹 찍어 덥석덥석 입에 넣으며 맛있게 먹고 있었다. 인절미 장사를 해볼까. 수나는 자리를 뜨지 않고 떡 장수를 지켜보았다. 수나는 저도 모르게 침이 꼴깍 넘어갔다. 인절미를 딱 한 개만이라도 먹어 보고 싶었다.

"인절미 한 개 얼마래유?"

떡 장수는 꼬질꼬질한 수나가 인절미 값을 묻자 귀찮은 듯 대답했다.

"한 갠 안 판다."

그래 놓고 장사꾼은 할머니들 앞이라서 눈치 보였는지, "인절미 먹구 싶냐? 삼 원 내라. 특별히 한 개를 파는거" 하고 떡고물을 듬뿍 묻혀 인절미 하나를 내밀었다. 봉갑리에서는 삼 원이면 가락엿을 팔뚝 길이만큼 살 수 있었다. 호박엿도 한 주먹은 살 수 있었다. 수나는 고개를 젓고 물러났다.

"싱건 늠일세."

떡 장수는 손에 든 인절미를 떡판에 내던졌다.

수나는 대천 극장 앞으로 아버지를 찾아갔다. 수레꾼들 여러 명이 장기판을 두고 머리를 맞대고 있었다. 그 틈에 앉은 아버지가 보였다. 수나는 바짝 다가가 조용히 불렀다.

"아부지."

아버지가 대답이 없자 수나는 아버지의 바지를 잡아당겼다.

"응? 어, 너 무슨 일루 왔냐?"

아버지는 갑자기 나타난 아들을 보고 긴장하여 물었다. 아버지는 수나의 손을 끌어 그늘에 앉혔다. 아버지는 담배를 한대 빼어 물었다. 수나는 모기 소리만 하게 아버지를 불렀다.

"왜? 무슨 말인데 그러냐?"

인절미를 사 먹겠다고 삼 원만 달라는 소리가 나오지 않았다. 그래도 김이 모락모락 나는 인절미가 눈에서 지워지지 않았다.

"저…… 돈 삼 원만 주셔유."

수나는 기어드는 소리로 겨우 말했다.

"그 말 하기가 그렇게 어려워?"

아버지는 남방 앞주머니에서 일 원짜리 지폐를 세어 손에 쥐어 주었다.

"근데 뭣에 쓰려고 그러냐?"

"인절미 사 먹을라구유."

"그려?"

아버지는 수나의 손을 잡고 일어났다.

"내가 사 줄 티니 가자."

수나는 먹방길에서 손잡고 걸을 때는 아버지의 손이 이렇게 거친 줄 몰랐다. 굳은살 박인 손은 소나무껍질처럼 까슬까슬했다.

성큼성큼 걷던 아버지는 저번처럼 등을 내밀었다. 수나가 가리키는 대로 아버지는 시장 골목으로 들어갔다.

"한 개 값 묻고 내빼더니 아부지를 모셔 왔구면."

떡 장수가 성끗 웃으며 말했다.

"열 개만 담아 주슈."

수나는 인절미 열 개가 담긴 종이봉투를 들고 입이 벌어졌다. 따끈하고 구수한 인절미를 빼앗기기라도 할 것처럼 허겁지겁 먹었다. 떡 장수가 김칫국을 내 주었다.

"체할라. 천천히 먹거라."

"아버지두 드셔유."

"난 배부르다."

아버지는 잔잔히 웃으며 수나가 먹는 것을 지켜볼 뿐이었다. 인절미가 어찌나 큰지 다섯 개를 넘기자 더 들어갈 데가 없었다. 수나는 김칫국을 들이켜고 트림을 했다. 아버지는 남은 떡을 싸 주며 말했다.

"남은 걸랑 누나랑 수봉이 갖다 줘라. 담에 또 먹구 싶으면 아부지헌티 말허여."

아버지의 주름살

신문으로
방송으로
세상 소리 듣던

어저께는 거칠었지만,

아기 재롱을 보며
내 이야기를 들으며
오늘은 잔잔하다.

아버지의 마음은 바다.

날마다
이마에 물결이 인다.

수나는 이튿날도 학교에서 돌아오자마자 책보를 던져 놓고
아버지에게 달려갔다. 무엇을 사 달라고 조르러 가는 길이 아
니고 그냥 아버지가 좋아서 함께 있고 싶었다. 어제와 달리
대천 극장 앞은 수레꾼들이 빠져나가고 한산했다. 아버지와
키 작은 사내와 노인밖에 없었다. 아버지와 사내가 장기를 두
고 노인은 곁에서 훈수를 두었다.
"또 나왔냐? 집이서 공부나 허지."
"운동 삼어 나왔어유. 쬐금만 있다 갈게유."
수나는 장기 두는 자리에 끼어 앉았다. 마빡 아저씨에게 장
기를 배운 수나도 재미있게 구경할 수 있어서 좋았다. 상대
아저씨는 실력이 아버지만 못했다. 큰아버지 장기 실력이 서

울에서도 알아준다는 이야기는 들었다. 그러나 아버지도 장기를 잘 두는 줄은 몰랐다. 아버지는 차와 포를 하나씩 떼 놓고 상과 마를 현란하게 사용하며 아저씨를 거뜬히 이겼다. 훈수꾼은 약자 편이라고 노인이 상대 아저씨에게 훈수했지만 어림없었다. 수나는 덩달아 신이 나서 아버지가 상대 장기를 따먹을 때마다 깔깔대며 좋아했다. 아버지가 문득 수나를 돌아보았다.

"니가 장기를 아냐?"

수나는 고개를 끄덕였다.

"그래두 넘 장기 둘 때 그냥 웃구 좋아라 허면 안 돼여."

아버지는 상대에게 미안하다는 눈짓을 보냈다.

"지네 아버지 응원허는 건디 무슨 탓을 헐 수 있대유?"

그러면서 상대 아저씨도 인상 좋은 얼굴로 수나에게 웃어주었다.

한참 장기 삼매경에 빠져 있을 때였다.

"여기 다른 아저씨들은 다 어디 갔나요?"

청년 하나가 다가와 아버지에게 물었다. 자전거 짐받이에 시멘트가 부옇게 묻은 흙손을 꽂은 사람이었다.

"죄들 날일루 하역 헌다구 기차역 갔수다."

아버지는 무슨 일 있느냐는 듯 무뚝뚝하게 대답했다. 아마도 젊은 일꾼들부터 찾는 손님이 못마땅한 눈치였다.

"근디 일꾼들을 무슨 일로 찾으슈?"

"벽돌을 실어 나르는 일인데 해 주실 분 계슈?"

"일허자는 일꾼인디, 뭔 일이던 마다허겠수? 몇이나 필요
허우?"

키 작은 아저씨가 장기판을 접고 일어났다. 그를 따라 노인
과 아버지가 일어났고, 막 수레를 끌고 들어온 사내가 합류했
다. 청년은 역시 떨떠름한 표정이었다. 그는 하는 수 없다는
듯 말했다.

"이냥 네 분이 허시면 돼유."

아버지와 동료들은 대천 극장 벽에 세워 둔 수레를 내렸다.

"수나 너는 어여 집으루 가라."

아버지가 자전거를 탄 청년을 따라나서며 말했다. 수나는
아버지의 말을 듣지 않고 뒤를 따라갔다. 청년은 뱃마티에 있
는 벽돌 공장으로 자전거를 몰았다. 대천 강어귀에 있는 뱃마
티는 짐배들이 닿는 작은 항구였다. 강 하구에 모래가 쌓였
고, 그 모래로 벽돌을 찍는 공장 몇이 터를 잡고 있었다. 일거
리는 샛터의 주택 공사장에 벽돌을 실어다 주는 거였다.

아버지는 수레에 벽돌을 실었다. 수나에게 집으로 돌아가
라고 몇 번 말했지만 수나는 수레 손잡이를 잡고 움직이지 않
았다. 벽돌을 가득 실으니 수레 타이어가 바람 빠진 것처럼
납작하게 눌렸다. 아버지가 수레 앞으로 오자 수나는 저만큼
물어났다. 동료 수레꾼들이 다가와 언덕까지 밀어 올려 주었
다. 다른 수레가 언덕을 다 오를 때까지 수레꾼들은 그것을

반복했다.

아버지가 맨 앞에서 수레 손잡이를 들어 올렸다. 처음에 수레는 좀처럼 움직이지 않았다. 아버지의 얼굴이 벌겋게 달아올랐다. 수나는 냉큼 수레 뒤로 돌아가서 밀었다. 수나가 거들어서인지 수레가 꿈틀하고 움직이더니 묵직하게 굴러갔다. 울퉁불퉁한 흙먼지 길로 수레 네 대가 나란히 움직였다.

수나는 숨을 헐떡거리면서도 아버지의 수레 뒤에 끝까지 붙어서 따라갔다.

언덕진 곳에 이르러 수레가 앞으로 한껏 기울었다. 뒤따르는 수레를 보자니 수레꾼들이 몸을 엎어질 듯이 앞으로 기울이고 수레를 끌었다. 수나는 저 혼자 걷기도 숨이 찬데 수레를 힘껏 밀었다.

"수나야! 너 왜 집이 가라는디 안 가? 저만치 떨어져! 벽돌 쏟아지면 클 나 이놈아!"

앞에서 아버지가 수나에게 야단을 쳤다.

깜짝 놀란 수나는 뒤로 물러나서 수레를 따라갔다. 울퉁불퉁한 길도 힘겨운데 수레가 겨우 빠져나갈 구불구불한 골목길이 나왔다. 수레꾼들은 아주 천천히 수레를 끌고 좁은 골목길을 들어갔다. 군데군데 파인 도랑을 건널 때가 가장 힘들었다.

집 짓는 공사장은 언덕진 곳에 있었다. 아버지와 수레꾼들은 수레 하나씩을 밀어 올려 벽돌을 차례로 내려 놓고서야 허리에 차고 있던 수건으로 땀을 닦았다.

"더운데 수고들 허셨어유."

짓고 있는 집 주인이 수레꾼들에게 품삯을 나누어 주었다. 한 사람당 이백오십 원씩 이었다. 수나는 주인이 천 원을 건넬 때는 한 사람 앞에 천 원씩 돌아가는 줄 알고 놀랐다. 그런데 겨우 이백오십 원이라니 고생한 것에 비하면 너무 적었다. 수나는 뒤를 돌아보았다. 뱃마티에서 대천 읍내를 가로질러 도심 북쪽까지 왔다. 보통 걸어서도 삼십 분이나 걸리는 먼 거리였다. 그렇게 땀을 쏟으며 운반한 비용이 겨우 이백오십 원이라니 너무했다.

아버지는 빈 수레를 끌고 언덕을 내려가면서도 비틀거렸다. 수나는 아버지가 딱해 보였다. 언덕을 내려서서 아버지가 수레를 세우고 말했다.

"수나야, 예 타라."

여느 때면 얼른 수레에 탔을 것이다. 제자리에 선 채 고개를 저었다.

"그냥 집이 갈래유."

"그러면 가다 떡이라두 사 먹을래?"

아버지는 돈을 꺼내려고 주머니를 더듬었다. 수나는 얼른 고개 숙여 인사하고 돌아서서 바삐 길을 걸었다.

"허허, 저 녀석……."

아버지가 혀를 차는 소리가 들렸지만 수나는 돌아보지 않았다. 수나는 우울하고도 안타깝고 괴로웠다. 까닭 없이 가슴이 막막하고 뭉클하고 허망했다. 아버지가 인절미를 사 주던 일이 떠올라 눈물이 났다.

수나는 당숙네 약국 앞에서 서성거렸다. 한 번도 찾지 않던 곳을 불쑥 들어가려니 용기가 나지 않았다. 한참을 망설이다가 약국 문을 밀었다.

"네가 어쩐 일이냐? 너 요즘 건강해졌다고 좋아하던데 어디 또 아프냐?"

당숙은 명절 때만 보는 수나를 금방 알아보았다. 수나가 또 아파서 약을 타러 온 줄 알고 걱정스레 쳐다보았다.

"아퍼서 온 게 아니라유, 뭐 즘 여쭐라구 왔슈."

"그래? 저기 좀 앉거라."

당숙은 수나를 약국 한쪽에 놓인 나무 의자로 데려갔다.

"뭘 물어볼 건데? 말해 봐."

턱이 접힐 만큼 둥글고 퉁퉁한 얼굴로 당숙이 빙긋이 웃으며 물었다. 수나는 조금 머뭇거리다가 입을 열었다.

"돈을 벌구 싶은디유, 오티게 허먼 저두 돈 벌 수 있는지 즘 알켜 주서유."

"뭐? 돈을 벌고 싶다고?"

당숙은 몸을 뒤로 젖히며 웃었다. 수나는 흉을 잡힌 것 같아 부끄러웠다. 얼굴이 벌게졌다.

"네가 이젠 완전히 살아났구나. 돈 벌 궁리를 하게…… 돈을 번다. 글쎄 어떻게 해야 너 같은 꼬마가 돈을 번다니? 우선 공부하는 것도 돈을 버는 거야. 아니, 저축하는 거야. 진짜로 돈을 벌려면 먹고 싶은 것을 덜 먹고, 자구 싶은 잠 덜 자야. 돈이 손에 들어오면 절대 나가지 않게 꼭꼭 쥐고 가둬야지. 내 손이 돈 감옥이다 하고 말이지. 그리고 중요한 건 가둔 돈이 있다는 걸 아무에게도 알리면 안 돼. 자기 것이든 남의 것이든 갖고 싶은 게 돈이란다. 아무튼 그런 걸 잘 지키다 보면 어느 날 큰돈이 손에 쥐어져 있지. 그럼 그 돈으로 땅을 사는 거야. 땅을 많이 모으면 부자야. 땅은 불이 나도 타지 않고 썩지도 않고, 깨지거나 녹지도 않으니 그만한 재산이 없다. 알겠냐?"

당숙은 빙긋이 웃었다. 놀리는 재미, 자기 이야기에 빠진 사람의 표정이었다. 수나는 지금 당장 얼마라도 벌어 볼까 하고 물은 말인데 당숙은 김빠진 소리만 했다.

"알었시유. 고마워유."

수나는 공손히 인사하고 약국을 나왔다. 당숙이 쫓아 나와 어깨가 축 처진 수나를 붙잡았다. 수나에게 갑에 든 약병 하나를 들려 주었다.

"영양제야. 수봉이하고 아침저녁으로 먹어라. 그리고 내가 한 말 잊지 말아. 공부하는 게 다 저축하는 거니까."

수나는 약병을 옆구리에 끼고 다시 저자를 돌며 돈벌이를 찾았다.

지만태

　다시 대천 장날이었다. 어머니는 이틀간만 집에 머무르다 수나가 잠든 새벽에 인조견을 받으러 유구로 떠났다. 수나는 장터로 나섰다. 순댓국 집 앞 골목으로 들었을 때 구두닦이 소년이 보였다. 수나는 반가워서 다가갔다. 소년은 이번엔 구두 통 대신 아이스케이크 상자를 메고 있었다.

　"아이스께끼이! 어름과자아!"

　소년은 다친 팔목이 더 납작해지고 검붉게 변해 있었다. 수나가 바짝 다가가도 아랑곳없이 호객 소리만 했다. 소년이 가는 대로 수나는 따라붙었다. 눈치를 못 챈 것인지 무시하는 것인지 수나에게 눈길 한번 주지 않았다.

　벼루 공장에서 불러들여 소년이 공장으로 들어가자 수나는 밖에서 기다렸다. 한참 기다려도 소년은 나오지 않았다. 수나는 벼루 공장 안을 살펴보았다. 소년은 보이지 않았다. 수나를 따돌리려고 뒤쪽으로 나간 것 같았다. 뒷골목으로 뛰어갔다. 인파 속에서 "아이스께끼" 외치는 소리가 들려왔다. 이번엔 놓치지 않으려고 더 바짝 소년을 따라붙었다. 쇠전에 가면 쇠고삐 맨 말뚝을 잡고, 싸전에 가면 쌀가마 옆에서, 가축 전에선 강아지를 쓰다듬고. 과일 전에선 땅바닥에 하릴없이 뒤꿈치를 돌리며 멀찍이서 소년을 따랐다.

소년이 생선 시장 골목으로 들어갔다. 갑자기 소년이 또 사라졌다. 귀를 기울여 보아도 "아이스께끼" 소리는 들리지 않았다. 수나는 헉헉대며 부지런히 골목을 뛰어갔다. 공중 화장실 옆을 지날 때였다.

"야!"

소년이 갑자기 나타나 앞을 가로막았다. 수나는 놀라 나자빠질 뻔했다.

"너 왜 나만 따러댕겨? 잉?"

소년은 신경질을 내며 금방이라도 때릴 기세였다. 수나가 몸이 성한 아이였다면 이미 꿀밤을 맞았을지도 모른다.

"장사 즘 배울라구 그려, 나 장사 즘 갈켜 줘."

수나는 생글거리며 부탁했다. 소년은 어이없는지 눈을 내리깔더니 다시 소리쳤다.

"장살 왜 나한테 배우냐? 남의 장사 방해허지 말구 좋게 말헐 때 꺼져라."

"나두 돈 벌으야 돼여, 그러지 말구 즘 가리쳐 줘. 방해 안 헐께."

"인마, 너랑 나랑 다니면 병신들 육갑헌다는 소리 들어. 너는 꼭 그런 취급을 받어야만 속이 시원허냐?"

소년은 눈을 하얗게 흘겼다. 수나는 무안했지만 참을 수 없어서 따졌다.

"장사 즘 가리쳐 달라니게 무슨 병신 타령이랴?"

"짜식이 웃기네. 너랑 나랑 병신 아니먼 뭐냐?"

수나는 불쾌해서 더 말하고 싶지 않았지만 한마디만 더 따졌다.

"그럼 병신들이 따루 있으먼 들 병신이구 같이 있으면 더 병신이란 말여? 너무 그러지 마러!"

얼굴과 목이 벌게지도록 열을 내어 말을 하면서도 서글펐다. 다른 사람이 해도 싫은데 같은 처지끼리 병신이란 말을 꼭 해야만 하나? 그런 소년을 상대하는 자신도 싫어서 눈이 뜨거워졌다. 소년이 머쓱해져서 수나를 쳐다봤다. 수나는 눈물을 보이기 싫어 돌아섰다.

"어디 가? 이 통이나 좀 지켜. 오줌 싸구 올게."

소년은 아이스케이크 상자를 바닥에 쿵 내려놓고 화장실로 뛰어갔다. 수나는 아이스케이크 상자를 깔고 앉아서 소년을 기다렸다. 그제야 공중 화장실에서 역한 냄새가 나와 코를 찌르고 있는 것을 느꼈다. 수나는 아이스케이크 상자를 들어 몇 발짝 뒤로 물러났다.

소년이 불편한 손으로 허리끈을 누르고 다른 손으로 매느라고 꿈지럭거리며 화장실에서 나왔다.

"통 지키라고 했으면 소리 질러 팔으야지! 장사 배우겠단 애가 뭐허냐?"

수나는 당황해서 얼른 소리를 질렀다.

"아이스께끼…… 어름과자……."

생각만큼 목소리가 나오지 않았다.

"책 읽냐? 이냥 나처럼 즘 해봐. 아이스으께에끼이! 어르음 과아자아!"

소년은 목청 높여 구성지게 외쳤다.

"아이스께끼! 어름과자!"

목소리는 조금 높아졌으나 역시 되다 만 소리가 나왔다.

"아무래두 넌 안 되겠다. 그 배짱으루 돈 벌겠다구? 흥! 시비 거는 깡패들헌티 매나 벌기 딱이다. 난 이거 녹기 전에 팔어야 허니께 너는 집에 가서 연습 즘 해 와. 잘헐 수 있으면 내일 아침 께끼 공장으로 오구."

소년은 뒤도 돌아보지 않고 호객 소리를 하면서 멀어졌다. 수나는 집으로 돌아오며 생각했다. 아이스케이크 파는 일도 수나에게 맞지 않는 것 같았다. 그래도 사람 없는 골목에서 몇 번을 소리쳐 보았다. 안방에 들어서 수나는 망연히 앉았다가 소년 흉내를 내어 소리쳐 보았다. 역시 소리가 잘 나오지

않고 대신 장지 너머에서 주인 할머니 목소리가 넘어왔다.

"즈그 엄니는 먹고 살겠다고 외지 나가 고생하는디, 저는 집이 앉아서 께끼 타령이나 허다니, 참 너도 철딱서니 읎다."

이튿날 수나는 소년을 찾아 아이스케이크 공장으로 갔다. 소년은 장사 나갈 채비를 하고 있었다. 공장 주인은 수나를 보자 손을 내둘렀다.

"아저씨, 저두 헐 수 있슈. 한 번만 해볼게유."

"안 돼여! 키가 요만해서 통은 오디루 멜텨? 끌고 다닐텨? 그리구 너 같은 애헌틴 누가 사 먹지두 않어. 만태두 우리 공장에서 장사 제일 뭇허는 애여. 큰소리루 혼내기 전에 어여 가라."

주인은 손을 내저었다. 소년이 장사 잘되는 기차역이나 해수욕장 쪽으로 가지 않고 맨날 시장이나 골목으로 나대는 이유를 알 것 같았다. 주인과 이야기하는 동안 만태라는 소년은 이미 상자를 메고 공장을 빠져 나가고 없었다. 수나는 소년을 놓칠세라 뒤쫓아 나갔다.

소년은 구성지게 소리치며 새터 쪽으로 향했다. 새터는 학교 앞 동네였다. 학교 운동장에서 놀다 사 먹는 아이들이 있을 거였다. 수나는 숨이 가빠서 몇 번이고 무릎을 짚고 서서 헐떡거렸다. 어제처럼 똑같이 소년을 따라 걸었다. 소년이 아이스케이크 팔 때 수나는 저만치 떨어져 잠시 쉬었다. 뙤약볕이 정수리와 뒷목과 얼굴을 뜨겁게 달궜다.

"어이, 께끼 장사! 이리 즘 오너!"

할머니 하나가 대문에 서서 불렀다. 마당에 들어서자 조무래기들이 소년에게로 우루루 몰려들었다. 다른 때라면 꼽추인 수나를 더 쳐다볼 텐데 소년에게만 몰려들었다.

"이런 것두 받는댜?"

노인은 빈병 두 개, 어른 주먹만 한 구리철사 뭉치, 신주 조각들을 내놓았다.

"많이는 못 쳐 드려유."

"그래두 얘덜 손이다 한 개씩은 쥐어 주야지."

몰려들어 구경하는 조무래기들 넷하고도 방에 수나 또래 아이들이 둘이나 더 있었다.

소년은 아이스케이크 일곱 개를 내주었다. 노인은 활짝 웃으며 받았다. 소년은 자신의 바지 호주머니를 뒤적거려 때 절은 광목 자루를 꺼내 노인이 내놓은 것들을 주섬주섬 담았다. 꽤 무거워 보였다. 대문을 나서며 소년이 수나를 향해 퉁명스레 말했다.

"너 나 따러다닐라먼 이거 들어."

수나는 자루를 받아 들었다. 꽤 무거워서 수나 힘으로는 들 수 없었다.

"너무 무건디."

수나는 자루를 땅에 내려놓았다. 소년이 수나를 흘겨보더니 자루를 도로 들어서 어깨에 멨다.

"이렇게 어깨다 메야 들 무겁지. 이런 것두 뭇 들메 무슨 돈을 벌려구? 진작 관둬라."

소년은 아이스케이크 상자를 오른쪽 어깨에, 자루를 왼쪽 어깨에 메고 앞장서서 걸었다. 소년은 대천 냇가를 따라 걷다가 다리를 건너 천변의 고물상으로 들어갔다. 병 값은 케이크 한 개 값도 못 되는데 구리와 신주가 제법 값이 나갔다. 모두 팔백사십 원을 받았다. 수나가 보기에도 꽤 이문이 남아 보였다. 소년의 표정도 아주 밝아졌다.

소년은 아이스케이크를 꺼내 입에 물고 수나에게도 건넸다. 그들은 나란히 냇가로 내려갔다.

"장사 안 혀?"

"그려, 오늘은 그만할터."

아이스케이크 한 상자에 사십 개를 담았으니 아직 절반도 더 남았을 거였다. 소년은 버들개지 그늘에 앉아 냇물에 발을 담갔다. 맑고 깨끗한 냇물 속에서 놀다 놀란 물고기들이 재빨리 사라졌다. 수나도 소년 옆에 앉아 얼굴을 씻고 발을 담그니 시원했다.

"넌 이름이 뭐구, 몇 살여?"

소년이 물었다.

"이름은 윤수나, 열세 살."

"뭐? 열세 살? 왜 여태 4학년이야? 그리구 키가 왜 그냥 작어?"

수나는 키 작은 까닭과 삼 년간 학교에 다니지 못한 일을 말했다.

"처음엔 1학년도 못 되는 아인 줄 알았다. 나 열다섯 살이니께 형이라구 불러라."

"형이라구?"

"왜? 못 믿어? 짜식이 보자보자 하니까……."

소년은 발을 차서 수나에게 물을 끼얹었다. 차가운 물이 수나 얼굴에 쏟아졌다.

"우씨!"

수나도 물을 끼얹었다. 발에 힘이 없어서 물을 높이 올리지 못했지만 소년의 가슴팍이 흠씬 젖었다. 소년은 손으로 옷을 털어 냈다.

"근데 이름이 안서나가 뭐냐? 뭐가 안 서?"

"서나가 아니구 수나여! 윤수나! 성 이름은 뭔디?"

"나? 난 그 이름두 찬란헌 지만태다."

"쥐만 허다구? 뭐가 쥐만칸?"

"이 짜식이 사람 놀리네."

다시 소년이 물을 끼얹었다. 둘은 시간 가는 줄 모르고 냇가에 앉아 장난하며 놀았다. 수나와 만태는 아주 오래 사귄 사이처럼 친해졌다. 아이스케이크를 또 두 개 꺼내어 하나씩 나누어 먹었다. 수나가 먹은 것만도 벌써 다섯 개째였다. 입안이 얼어서 양 볼이 입안으로 빨려 든 것 같았다.

"성네 집은 오디구? 아버지랑 엄만 뭐허서?"

괜히 물었나 보았다. 만태는 얼굴이 굳어서 입을 닫았다. 잠시 후 만태가 입을 열었다.

"부모? 가족? 내겐 그딴 거 읎다."

그런 만태는 조용히 설명하듯이 말했다. 그는 고아나 다름 없었다. 그가 다섯 살 때 어머니가 집을 나갔다. 며칠 안에 돌아올 것으로 생각했지만 영영 오지 않았다. 어머니를 찾아 나섰던 아버지마저 여관에서 심장마비로 세상을 뜨고 말았다. 만태는 할머니 손에 자랐다. 일곱 살 때 기차 철로에서 장난하다가 선로반 기차 바퀴에 손목이 갈리는 사고를 당했다. 모두들 그가 죽지 않은 것만도 기적이라고 했다. 불행은 이어져 그를 돌보던 할머니마저 그가 열한 살 때 세상을 떠났다. 그 후 만태는 혼자 벌어서 살아왔다.

만태는 부자들이 사는 고급 주택가 쪽에는 절대로 다니지 않는다고 했다. 처음에는 많이 팔 것 같아서 제일 먼저 찾아간 곳이 부촌이었다. 첫날 어떤 아이가 사겠다고 불러 놓고 사지 않을 때도 이상히 여기지 않았다. 간혹 아이들은 돈이 없는데도 먹고 싶은 마음에 그럴 수도 있으니까. 어느 날 중학교 교복을 입은 여학생이 소년을 불러서 찹쌀떡을 샀다. 거스름돈을 셈해 주고 돌아서는데 여학생이 중얼거렸다.

"에이 뭐야? 저런 더러운 손으로 떡을 파나."

만태는 귀를 의심하며 돌아보았다. 귀뿐만이 아니라 눈까

지 의심스러웠어. 여학생은 보란 듯이 떡을 쓰레기 더미에 던
져 버리고 사라졌다. 그때 충격을 받은 만태는 다시는 그 주
택가로 가지 않았다. 해수욕장이나 기차역, 버스 터미널에서
아이스케이크를 팔지 않는 까닭과 같았다. 소년은 판자촌 골
목이나, 옛 장터, 나무 장터와 같은 소박한 거리로 다녔다.

　수나는 자신보다 만태가 더 불행하다고 생각했다. 그는 눈
길을 고쳐서 만태를 바라보았다. 이젠 정말 형처럼 여겨지고
대견했다.

　"근데 내 꿈이 뭔지 아냐? 너한테만 첨 말하는 거야. 엄마
를 꼭 찾고 싶어. 어디선가 날 기다리고 있을 게 분명해. 이
가슴으로 느낄 수 있어."

　만태는 검붉고 납작하게 죽은 손을 가슴에 얹고 성긋 웃었다.

새집

봄방학이 끝나고 5학년 새 학기가 시작되었다. 곰곰이 생각해 보면 4학년 담임선생님은 수나를 냉정하게 대해서 수나가 스스로 해결하도록 힘을 길러 준 분이었다. 덕분에 수나는 남에게 의지하려는 습성이 사라지고 자립심이 길러졌다. 선생님의 무관심 정도로는 수나도 상처를 받지 않았다. 선생님이 내심 수나에게 특별한 관심을 갖고 있었다는 사실은 뒤늦게 알았다. 집으로 보낸 가정통신문을 읽고서였다. 일 년 동안 수나가 어떻게 변해 왔는지 자세히 설명하고 있었다.

윤수나 부모님께

윤수나는 장안선 선생께 듣던 때와 달리 많이 좋아졌습니다. 이젠 특별히 돌봐야 할 학생이 아니라고 판단됩니다.

수나에게 문제였던 급우들과의 거리도 많이 가까워졌고, 몸의 불편함과 나이 차이도, 전학생에 대한 텃세도, 모두 잘 극복해 냈습니다.

무조건 예뻐하고 잘해 준다고 수나에게 좋은 것만은 아니기에, 수나에게 사회성과 독립성을 심어 주려고 노력했습니다. 의지하려던 정신을 스스로 해결하는 정신으로 바꿔 주려고 했습니다.

담임을 맡고 먼저 조경두라는 아이를 불러서 수나를 특별히 보살피라고 명했습니다. 장안선 선생께 수나와 경두가 앙숙이라고 들었기 때문입니다.

그 뒤로는 한 번도 조경두가 수나를 괴롭힌 일이 없습니다. 수나도 요즘은 표정이 밝아지고 날카롭던 성격도 꽤 부드러워졌습니다.

부모님께서는 이제 수나에 대한 염려를 안 하셔도 되겠습니다.

대천국민학교 4학년 1반 담임 최걸수

수나는 겨울방학 동안 마른 김 포장용 발을 짜서 돈을 벌었다. 김 여러 톳을 함께 포장할 때 밑에 깔고 위에 덮는 도구였다. 우연히 옆집에 들렀다가 발을 짜는 것을 보게 되었다. 가늘게 쪼갠 대나무나 부들, 풀대 따위를 돗틀에 대고 고드랫돌로 엮었다. 왕골로 커다란 발을 짜는 돗틀은 수나도 고향에서 여러 번 보았다. 그렇듯 작은 발을 짜는 앙증맞은 돗틀은 처음 보았다.

수나는 김발을 짜 보고 싶다고 했다. 마침 주인 할아버지가 사용하던 돗틀을 광에서 꺼내다 주었다. 고드랫돌도 박달나무를 깎아 만들어서 손으로 넘기기가 수월했다. 고드랫돌에 노끈을 감아 돗틀에 매달아 놓고 발을 짰다. 부들 가닥을 하나씩 얹어 고드랫돌을 돗틀 앞뒤로 넘기며 엮는 방식이었다. 이때 고드랫돌에 노끈을 감는 방법이 따로 있었다. 한꺼번에 풀어져서도 안 되고 잘 풀리지 않아도 문제였다. 당기는 만큼만 풀어지고 고드랫돌 무게에도 풀리지 않고 매달릴 수 있게 감아야 했다.

발은 한 장당 십 원씩 쳐 주었다. 어른들이 종일 열심히 발을 엮으면 사십 장 넘게 엮어 낸다고 했다. 능숙한 사람은 고드랫돌 넘기는 손길이 보이지 않을 정도였고 십오 분이면 한 장을 엮어 냈다. 처음에 수나는 하루에 열 장도 못 엮을 정도로 더뎠다. 날이 갈수록 빨라져서 지금은 서른 장까지 엮어 낼 수 있었다. 발 엮기는 밑천을 들이지 않고 집에서 할 수 있는 일이라서 좋았다. 방학 동안 만 천 원이나 벌었다. 그렇게 돈을 벌어 놓고 나니 뿌듯하니 부러울 게 없었다. 그중 천 원만 지니고 만 원은 어머니에게 맡겼다.

수나네는 이사할 집을 짓고 있었다. 간석지를 막아 아무것도 없는 허허벌판인 땅을 도지로 얻었다. 비록 대문도 담장도 없는 방 하나, 부엌 하나인 말집이지만 수나는 신이 나지 않

을 수 없었다. 수봉과 마음껏 떠들며 뛰어 놀아도 되고, 친구
들을 불러와도 되는 집이었다. 어머니는 사기를 당하고도 일
년간 인조견 행상으로 이십만 원을 모았다. 그 돈으로는 살만
한 집을 전세 얻는 것도 부족했지만 새 집을 짓기로 결심했
다. 겨우 이십만 원으로 무슨 집을 짓겠느냐는 아버지의 반대
에도 어머니는 밀어붙였다.

그동안 어머니는 쉬는 날이면 성주 먹방골의 공 씨를 몇 차
례나 찾아갔다. 아버지는 돈을 받아 내긴 다 틀렸다고 일찌감
치 포기했지만 어머니는 차용증과 위임장을 몸에 품고 살았
다. 광산에서 노임 나오는 날마다 찾아가 몇천 원씩이라도 찔
끔찔끔 받아 냈다. 그래도 아직 받을 돈이 많이 남아 있었다.

어머니는 공 씨에게 빚쟁이처럼 닦달하지 않았다. 말 한마
디라도 공손히 하고, 그의 딱한 사정을 오히려 위로하고 오는
날도 있었다. 공 씨도 양심이 있어서 자기가 그동안 부어 왔던
계를 타는 날을 알려 주며 그때 남은 빚을 청산하겠다고 약조
했다. 그렇게만 된다면 집 짓는 데도 큰 보탬이 될 거였다.

공 씨가 계를 타는 날이 돌아왔다. 토요일이라 수나는 어머
니를 따라나섰다.

"엄마, 꿈이 좋지 않어유. 나두 데리구 가유."

어린 게 꿈 핑계를 대자 어머니가 가소롭다는 듯 웃었다.
그러나 수나의 청을 마다하지 않았다. 소풍 가는 길도 아닌데
수나는 철없이 좋아하며 앞장섰다. 아직 이른 봄이라서 아침

저녁으로는 날씨가 몹시 추웠다.

운전사는 버스에 시동을 걸어 놓고 보이지 않았다. 버스에 올라가자 우락부락한 사내들 셋이 뒷좌석에 앉아 있었다. 그들이 수나를 신기한 눈길로 바라보았다. 어머니는 먹방골 가는 버스 맞나 싶어 버스에서 다시 내려서 행선지를 확인하고 올라왔다.

운전사가 나타났는데도 손님은 더 타지 않았다. 어머니는 사내들이 무척 신경 쓰이는 눈치였다. 어머니는 운전석 바로 뒷좌석에 자리를 잡았다.

버스가 막 움직이려 할 때 뒤쪽에서 사내 하나가 소리쳤다.

"기사 양반! 좀 기다려! 아직 안 탄 사람이 있다고!"

불량기 가득한 말투였다. 버스가 멈추었다.

"야! 저기 누님 오신다!"

이윽고 또 다른 사내의 목소리가 들리더니 그들이 우르르 버스에서 내렸다. 요란하게 양장을 한 여자 하나가 터미널에서 급히 걸어 나왔다. 놀라운 것은 사내들이 차렷 자세로 여자를 기다리고 있는 것이었다.

"어서 오십시오, 누님!"

사내들은 여자가 다가오자 허리를 기역 자로 꺾으며 큰 소리로 인사했다. 여자가 버스로 올라왔다. 어딘지 낯이 익었다. 어머니가 먼저 여자를 알아보았다.

"자네가 웬일여?"

수나도 이내 여자를 알아봤다. 노 양을 따라 가끔 놀러오던 성 양이라는 아가씨였다. 시내 여관 골목에서 술집도 하고 일수놀이 하는 성 양은 별명이 '성냥불'일 만큼 사납기로 소문나 있었다.

"언니는 웬일이우?"

성 양은 어머니에게 반가운 기색을 비쳤다.

"먹방에 누굴 좀 만나러 가네."

"나도 거기 공가네로 돈 받으러 가. 언니는 먹방에 누가 있간?"

어머니는 입을 벌렸다. 공 씨가 빚이 많다더니 성 양에게도 걸렸나 보다.

"나두 그 집으루 돈 받으러 가는 길이여."

어머니도 그렇겠지만 수나도 은근히 걱정이었다.

"언니도 그 집구석에 돈 놨어? 얼마나?"

"십사만 원이나 돼여."

"아이고오, 언니. 큰일 났다. 그 돈 못 받겠네."

성 양은 어머니의 사정을 잘 아는 사람처럼 걱정스럽게 말했다. 어머니로서는 성 양과 그 일행 때문에 더 걱정이었다. 공 씨를 먼저 만나면 모를까 성 양을 제쳐 놓고 그 돈을 받아 낼 방도가 없을 성싶었다.

"그 공가 놈이 얼마나 질긴지 내가 술값 받으려구 자그만치 삼 년을 쫓아다녔어. 그래도 못 받고서 오늘은 기왕에 못 받는 것 분풀이나 해 주자고 저 동생들을 데려가는 길이야."

성 양은 열을 올리다 얼굴이 벌게졌다. 다행히 공 씨가 계
타는 건 모르는 눈치였다.

"분풀이를 허면 무엇 허여? 돈을 받어 내야지."

어머니가 타이르듯 말했다.

"언니! 그 인간헌티 돈을 받어 내? 내가 오죽허면 그런 맘
먹겄수."

"대체 올마나 주구 뭇 받는 거여?"

"말도 마요. 공가 놈이 지 배지에다 처부은 술값만 자그마
치 십육만 원이나 돼! 지 친구 일수 얻어 주고 안 갚는 게 삼
십만 원이나 돼."

성 양이 이를 부드득 갈았다. 성 양은 분풀이를 안 하고는
그냥 넘어가지 않을 것 같았다. 어머니가 절박한지 두 손을
모으고 기도를 했다. 수나도 어머니를 돕는 마음으로 눈을 감
았다. 성 양은 뭔 짓이냐는 눈으로 두 모자를 흘겨보았다.

먹방골에서 내리자 성 양 일행은 어머니에게 먼저 올라가
라 했다. 저희끼리 작전을 짜려는 것이었다. 성 양 일행보다
먼저 공 씨를 만나게 되어 다행이었다. 하늘이 돈 받을 기회
를 준 것이었다. 어머니는 두말할 것 없이 잰 걸음으로 올라
갔다. 어머니는 걸음이 더딘 수나를 아예 업고 걸었다.

공 씨는 없고 공 씨 부인만 있었다.

"애기 엄마, 어서 피허야겠네. 성 양인지 성냥불인지 허는

여자가 깡패를 셋이나 끼구 조 아래 오구 있어."

"그래유? 어이구, 미친년! 깡패 데려온다구 없는 돈이 생기나? 내가 아줌니 돈이나 드리구 그년 것은 미워서두 떼먹을 겨. 너미 서방 꼬셔서 외상술 퍼멕인 괘씸헌 년이 글쎄, 오떤 놈팽이헌티 못 받을 외상 술값을 받어 낼라구 어리숙헌 그이헌티 보증 스게 해서 일수루 받어 갔슈 그년이, 아주 도둑년 이유. 나쁜 년 내가 그 돈 한 푼이나 줄 줄 아남? 아줌니헌티 우리가 드릴 게 올마나 남었쥬?"

공 씨 부인은 표독스러운 눈으로 언덕배기 아래를 쏘아보았다.

"십팔만 이천 원서 만원 한 번허구, 오천 원씩 네 번이다가, 삼천 원씩 세 번 갚었지? 그럼 십사만 삼천 원 남었네."

어머니는 조심스럽게, 그러나 아주 셈 빠르게 대답했다.

"아줌니야 뭐든지 워낙 정확허시니 계산허신 것두 믿어져유."

공 씨 부인은 얼른 치마를 걷어 올렸다. 속바지 주머니에서 돈 다발을 꺼내어 셈해 주었다.

"고마워. 근디 어서 피허야지."

"내비 둬유. 올라면 오라쥬. 내 호랭이나 무서우까 인간 종자덜은 아직 한 번두 무서워헌 적 없슈."

공 씨 부인은 오히려 노기등등한 얼굴로 사립을 노려보았다. 수나는 큰 싸움이라도 날 것 같아서 어머니의 치맛자락을 끌었다. 그러나 어머니는 무슨 속셈인지 샘에서 물을 한 모금 떠 마시는 여유를 부렸다.

성 양 일행이 들이닥쳤다. 수나는 잔뜩 겁먹고 어머니 뒤에 바짝 붙어 섰다. 어머니는 아직도 돈을 받지 못한 사람처럼 심각한 얼굴로 마당에 앉아 있었다.

"공 씨 어디 갔어? 오늘은 돈 좀 주겠지?"

예상대로 성 양이 대차게 공 씨 부인에게 시비를 걸었다.

"뭔 돈? 누가 우리헌티 돈 맽겼간?"

공 씨 부인도 지지 않고 너스레를 떨었다.

"이거 왜 이래? 어따 대구 이따위 짓이야? 내가 없는 빚 받으러 왔나?"

성 양은 공 씨 부인의 코앞에 삿대질 하며 목소리를 한껏 높여 쏘아댔다.

"허, 옳는 비잇? 야, 니가 어떤 늠헌티 못 받는 외상값 받어 낼라구 우리 그이헌티 덤태기 씨운 거 내가 모를 줄 알어?"

공 씨 부인도 전혀 기죽지 않고 맞서 대거리를 했다.

"뭐 어째? 이년 말하는 것 좀 봐. 아주 떼 처먹을 작정이네. 예이 도둑년아! 내가 네 서방한테 보증 서 주라고 한마디나 했으면 개딸년이다!"

어머니는 수나의 귀를 막으며 슬그머니 데리고 일어났다. 성 양 일행에게는 포기하고 돌아가는 시늉을 하며 공 씨네를 내려왔다.

"그거야 니 양심이 알잖어. 내가 베고 죽을 돈은 있어두 니년헌테 갚을 돈은 읎으니께 니 맘대루 혀!"

싸우는 소리가 어머니와 수나의 뒷덜미를 잡는 것 같았다. 깡패들이 살림을 두들겨 부수는 소리가 비탈길 아래까지 들려왔다.

수나네는 새집으로 이사를 했다. 생각해 볼수록 주인집 할머니나 할아버지는 세상에 다시 없이 좋은 분들이었다. 이사 오던 날은 할머니가 서운하다고 눈물을 쏟으며 소리 내어 울었다. 그동안 먹새 좋은 수봉을 친손자처럼 거둔 정이 깊었다.

건축비만 삼십오만 원을 들여 지은 집은 전기도 달지 못해 양초로 불을 밝혔다. 땅 도지세도 열 달에 오만 원이었다. 다행인 것은 차차 땅을 인수하게 해 준다는 주인의 확약을 받아 놓은 것이었다. 화장실 겸 연탄 들여 놓을 헛간 하나 만드는 데도 칠만 원이나 들었다. 마루도 없고 담장도 없이 일자로 된 슬레이트 지붕이었다. 마치 널찍한 운동장 가운데 창고 하나 서 있는 것처럼 썰렁하고 허전했다. 간석지 막은 곳이라 샘을 파도 짠물이 나오는 바람에 샘도 없었다. 날마다 한참 먼 이웃까지 물 길러 다녀야 했다.

그래도 수나네 가족은 행복했다. 내 집이라서 누구 눈치 볼 사람이 없이 마음껏 뛰어놀 수 있었다. 밤중에 새로 산 신발이 없어져 신발까지 방에 들여 놓고 자야 되는 집이지만, 폭우가 쏟아지는 날은 빗물이 방까지 들이쳐 비닐로 막아야 하는 집이지만, 내 집이라서 좋았다.

　간석지에 수나네가 집을 짓고 나자 하나둘 집을 지어 찾아오는 가난한 이웃들이 늘어났다. 일 년도 채 안 되어 작은 마을이 만들어졌다.

　어머니는 이모와 함께 여전히 인조견 행상을 다녔다. 어머니는 돈을 벌어서 집에 부족한 살림을 한 가지씩 늘려 나갔다. 이듬해 봄에는 전기와 수도를 놓았다. 처마에 차양을 달고 담도 쌓았다. 가을에는 방 하나에 부엌 하나 달린 행랑채를 지어 세를 놓았다.

•이별

 긴 겨울이 가고 따뜻한 봄이 왔다. 간석지 천변에는 버들개
지가 꽃을 피웠다. 보릿고개 철이 다가왔지만 대처로 나와 양
식 떨어진 일은 없어서 다행이었다.

 수나는 이사 후 오랜만에 만태를 만나러 장터로 나갔다. 장
사를 포기하고서는 만태를 만날 일이 없었다. 장터를 이리저
리 돌아다녀 보아도 만태는 보이지 않았다. 늘 어느 거리에서
소리쳐 장사하던 목소리가 귓결에 들리는 것 같았다. 만태가
노상 다니던 생선 시장 아주머니에게 물었다.

 "글쎄다, 한 이틀 안 보이던데?"

 무슨 일이 있는 것일까? 은근히 걱정되었다. 집이라도 알
아 두었으면 찾아가 보기라도 할걸 후회도 되었다.

 "무슨 생각을 그리 허냐?"

어디서 불쑥 나타났는지 돌아보니 만태가 서 있었다. 장난질을 하느라 아까부터 수나 뒤를 조용히 따라다닌 것도 몰랐다. 만태는 어깨에 아무것도 걸지 않고 빈 몸이었다.

"장사 안 허는 날이여?"

"나 오늘 대천 떠난다."

뜬금없는 말에 수나는 농담으로 듣고 코웃음을 쳤다.

"흥, 떠나가는 연락선이 고로키 부럽담?"

수나는 인기 가요 〈가슴 아프게〉를 부르는 가수처럼 폼을 잡으며 농을 걸었다.

"엄니를 부산에서 누가 봤댜. 가서 찾을라구…….”

만태의 진지한 태도에 수나도 웃음을 거두었다.

"온제 가는디?"

"지금 버스 타러 가야 돼여. 떠나기 전에 혹시 너를 만날까 싶어서 한번 와 본 거여."

만태는 말하다 말고 시계방을 들여다보더니 돌아섰다.

"엄마 찾으면 올게, 잘 있어라."

이내 만태는 시장 골목에서 사라졌다. 수나는 꿈인가 싶어서 한참 동안 멍청하니 서 있었다. 이 이별이 조금은 어처구니가 없었다.

만태는 정말로 대천을 떠났다. 만태가 떠난 뒤 수나는 며칠간 왠지 허전하고도 외로웠다. 시장 곳곳에서 그가 나올 것 같아 혼자 두리번거릴 때도 있었다. 친했나 생각해 보면 꼭 그렇지도 않았다. 그런데 이 쓸쓸함이 어디에서 연유한 것인지 알 길이 없었다.

찹쌀떡과 메밀묵

찹싸아알떠어억!
처음 들어 보는 서투른 소리,

메미이일무우욱!
아빠는 많이 들었다는 소리.

얼마나 외쳤기에
찹쌀떡이 늘어지나?
얼마나 팔았기에
메밀묵이 힘이 없나?

멀리 갔어도
귓가를 안 떠나는 또렷한 소리.

지만태가 사라진 빈자리에 하영주라는 아이가 찾아왔다.
영주는 섬 학교에서 전학 온 같은 학년 아이였다. 텃세가 심한 대천 아이들은 섬에서 온 영주를 얕잡아 보았다. 영주에게 괜한 트집을 잡아 싸움을 걸고, 싸움이 붙으면 우루루 나서서 영주를 괴롭혔다.

체육 시간에 분단별 축구 시합을 했다. 영주네 분단에선 영주가 가장 공 차는 실력이 좋았다. 그런데도 영주네 분단 아이들은 영주에게 공을 보내지 않았다. 영주는 이리 뛰고 저리 달려 좋은 위치를 잡으며 공이 오기를 기다렸다. 그러나 분단 아이들은 상대 팀에게 빼앗기더라도 영주에게 공을 보내지 않았다. 영주는 제대로 공 한 번 차 보지도 못했다. 영주네 분단은 상대 팀에게 세 골이나 내주고 졌다. 분단 아이들은 영주 때문에 진 것처럼 영주 탓을 했다.

"저 습닭이 수비를 안 해서 진겨. 저늠만 빠졌어두 이겼을 텐디."

"맞아! 저 젓갈통 냄새 땜에 졌어."

'습닭', '젓갈통' 등은 섬에서 왔다고 아이들이 붙인 영주의 별명이었다. 수나는 영주를 한 번도 그 별명으로 부르지 않았다.

분단장이 신경질을 내며 냅다 공을 걷어찼다. 하필 공이 교실 쪽으로 날아가 유리창을 박살 냈다. 분명히 분단장이 공을 차는 것을 수나도 보았다. 그러나 아이들은 모두 선생님께 영주가 찬 공이 유리창에 맞았다고 말했다. 수나는 여럿이 영주 하나를 억울하게 하는 꼴을 모르는 척할 수 없었다. 선생님께 분단장이 찬 것을 밝혔다. 선생님은 수나의 말을 믿어 주었다. 그때부터 수나와 영주는 가까워지게 되었다.

　수나는 영주와 만태가 하나로 겹쳐졌다. 영주를 보노라면 자꾸 만태가 생각났다. 외톨이끼리 만났기 때문에 수나와 영주는 이내 단짝이 되었다. 서로가 양쪽 집을 번갈아 오가며 함께 먹고 잘 정도로 가까워졌다. 영주는 수나보다 두 살 아래인데도 어른스럽고 듬직했다. 조급하고 표독한 수나의 성격을 잘 받아 주었다.

　식목일 아침 일찍 영주가 주전자를 들고 찾아왔다.

　"능쟁이 잡으러 가자."

　능쟁이는 갯벌에 사는 칠게를 말한다. 산골에서 자란 수나는 갯벌에 대해 잘 몰랐다. 갯벌에는 칠게 말고도 농게, 달랑게, 밤게 같은 작은 게들이 수많았다. 수나는 빨래 광주리에 벗어 놓은 옷을 도로 꺼내 입었다. 쭈그러진 주전자를 들었다가 영주 것이 새것인 것을 보고 도로 내려놓았다. 왠지 영주에게 꿀리는 것 같았다. 수나는 어머니가 새로 사다가 방 안 선반에 올려 둔 새 주전자를 꺼내 왔다.

　섬에서 살았던 영주는 갯벌에 익숙했다. 갯벌에 처음 발을 들인 수나는 영주가 하자는 대로 따라했다. 영주는 갯가 마른 풀 위에 윗옷과 신발을 벗어 놓았다. 그리고 주전자 뚜껑을 벗겨 그 옆에 놓았다.

　"게를 잡아넣다가 뚜껑을 챙기지 못할 때가 많거든."

　수나는 신발만 벗고 옷은 벗지 않았다. 영주는 윗몸을 드러

낸 채 주전자를 들고 갯벌로 성큼성큼 들어갔다. 수나도 따라 들어갔다. 가장자리에서 멀어질수록 발이 푹푹 빠졌다. 영주는 작은 게들을 쫓으며 갯벌로 나아갔다. 갯벌에서 영주처럼 재게 걷는 일은 쉽지 않았다. 그러나 수나도 영주도 농게, 칠게, 달랑게를 쫓느라 금세 진흙투성이가 되었다.

"영주야, 이거 많이 잡으면 팔아서 돈도 벌 수 있겠다."

영주는 수나의 말을 못 들었는지 대답 없이 게 잡는 일에 몰두했다. 수나에겐 게가 잘 잡혀 주지 않았다. 주전자를 들여다보았다. 하루 종일 잡아도 주전자를 채우진 못할 것 같았다. 수나는 갯벌에 발을 딛고, 갯벌에서 돈을 벌 생각을 하며, 게 잡는 재미에 빠졌다. 이내 새롭고 흥미로운 놀이들이 자꾸 생겼고 수나는 갯벌의 매력에 반했다. 개흙을 뭉쳐 게를 향해 포환 던지기를 하고, 얼굴에 개흙을 발라 분장도 해보았다. 그러다가 수나는 풀밭으로 나와 옷을 벗었다. 갯벌엔 다른 아이들이 없어서 좋았다. 영주는 수나의 굽은 등과 등창의 흉터를 아무렇지도 않게 여겼다. 수나가 밝게 웃으며 마음껏 뛰어논 것은 꼽추 된 뒤로 처음이었다. 모처럼 영주 덕에 거리낌 없이 즐겁게 놀았다. 그 즐거움에 빠져서 해 가는 줄 모르고 놀았다. 밀물이 밀려 들어와서야 수나와 영주는 옷을 벗어 놓은 풀밭으로 나왔다.

영주는 주전자 가득 게를 잡아서 주전자 전으로 게들이 기어 올라왔다. 수나는 반 주전자도 채우지 못했다. 수나와 영주는 몸에 묻은 개흙을 갯물에 대강 씻고 옷을 입었다.

"어라, 주전자 뚜껑?"

영주가 갑자기 정신 깨는 소리를 했다. 그러고 보니 두 사람 다 주전자 뚜껑이 없었다. 주위 풀숲 부근을 샅샅이 뒤져도 보이지 않았다. 누군가가 엿 바꿔 먹으려고 훔쳐 간 게 틀림없었다. 가끔 들에 가는 농부나 낙지를 잡는 여자들이 지나다녔다. 갯둑을 오가며 마라톤 연습을 하는 아이들도 있었다.

밀물이 갯벌을 모두 덮은 뒤에야 둘은 터덜터덜 집으로 돌아왔다. 어머니는 헌 주전자 두고 새 주전자 갖고 나갔다고 몹시 꾸중했다. 영주도 끝까지 어머니의 꾸중을 함께 들어 주었다. 둘이 함께 꾸중을 고스란히 듣고 영주네로 갔다.

"그만 돌아가."

"아녀. 오늘은 니네 집꺼정 같이 가 줄겨."

영주 어머니도 영주에게 똑같은 꾸중을 했다. 수나도 끝까지 꾸중을 함께 들어 주었다. 수나가 영주네 집에서 나올 때 영주가 또 배웅을 하고 나섰다. 간석지가 저만치 보일 때까지 영주가 따라왔다.

"그만 돌아가."

"니네 집 앞까지 갈게."

"이냥 왔다갔다만 허다간 둘 다 집이 못 들어가겠다. 여서 헤어지자."

영주가 돌아가는 뒷모습을 수나는 서서 지켜보았다. 영주는 자꾸 몸을 돌려 손을 흔들었다.

이튿날 하굣길에 영주가 수나를 불러 세웠다. 수나는 서서 기다렸다.

"수나야, 터미널 앞에 새로 생긴 유명 상표 옷 파는 매장에서 광고지 돌리면 돈 준다더라. 너 할래?"

영주는 집이 넉넉해서 그런 일에 흥미를 가질 아이는 아니었다. 수나가 노상 돈벌이 얘기를 해서 그런 생각을 해낸 모양이었다.

"그래?"

수나와 영주는 매장을 찾아갔다. 매장 홍보용 전단을 시내에 돌리는 일이었다. 영주와 수나 말고도 여러 아이들이 전단지 묶음을 받고 있었다. 한 사람이 이천 장을 가져가서 집집마다 돌리고 천 원을 받는 아르바이트였다. 행인들에게 나눠 줘서는 안 되고 꼭 집에다가만 돌려야 했다. 영주와 수나는 이천 장씩 받았다.

"같이 다닐래? 떨어져 다닐래?"

영주가 물었다. 수나는 잠시 생각해 보았다.

"빨리 끝내구 만날라면 떨어져서 돌려야지."

먼저 돌리는 사람이 기다리기로 하고 만날 장소를 약속하고 헤어졌다.

이천 장이나 되는 광고지의 부피와 무게가 만만치 않았다. 아무리 돌려도 줄지 않았다. 사나운 개가 짖으며 쫓아오는 바람에 한 골목을 그냥 건너뛰기도 했다. 아무도 없는 집을 왜 얼쩡거리느냐고 도둑 취급 하는 어른들도 있었다. 광고 전단을 땅바닥에 놓고 털썩 주저앉아 그만둘까 생각도 여러 번 했다. 그래도 천 원을 벌 욕심에 벌떡 일어났다.

영주는 수나보다 훨씬 일찍 와서 기다렸다. 수나는 발바닥이 부르터서 걸을 때마다 쓰라렸다. 그래도 모처럼 일하고 돈을 벌어서 좋았다. 둘이 시시덕거리며 돈 받으러 갔다. 뜻밖에도 주인이 단단히 화가 나 있었다.

"어떤 놈이야, 이렇게 광고지를 뭉치로 버린 놈이?"

넝마주이가 광고지 뭉치를 들고 나타나 주인에게 알렸다고 했다.

"이놈들아, 남의 돈 거저먹더라도 일을 망치지는 말아야지!"

장사 잘하자고 돈 들여 만든 광고지였다. 그런 걸 폐지로 버렸으니 주인이 화낼 만했다. 주인은 약속한 돈을 다 줄 수 없다고 했다. 수나는 억울했다. 발바닥이 부르튼 것을 보이며 자신은 성실히 돌렸노라 항변했다. 그러나 주인은 오백 원씩밖에 주지 않았다. 돌아올 때는 돈을 덜 주려고 꾸민 짓이 아닐까 의심스럽기도 했다.

이내 수나는 뜯긴 돈 오백 원을 잊어 버렸다. 그래도 자기 손에는 오백 원이 쥐어져 있었다. 처음 벌어 본 거금이었다. 그동안 모아 둔 천오백 원을 보태면 트랜지스터라디오를 살

수 있었다. 오늘 같은 돈벌이가 날마다 있다면 얼마나 좋을까. 그러면 트랜지스터라디오뿐 아니라 뭐든지 가질 수 있을 텐데.

그날 밤 수나는 발바닥이 화끈거려서 잠을 제대로 자지 못했다. 아침에 일어나 보니 입술이 갈라지고 혓바늘이 서 있었다. 끙끙 앓느라 일어나지 못했다.

수나는 영주를 불러서 조개를 잡으러 가자고 말했다. 옆집 아주머니가 조개를 잡아다 파는 것을 보고 조개 잡이로 나서고 싶었다. 아주머니는 조개 잡는 솜씨가 놀라웠다. 집에서 나설 때는 호미와 바구니, 보자기 몇 개를 들고 단출하게 나가지만 돌아올 때는 어마어마했다. 잡은 조개를 보자기에 말아 허리에 차고, 또 한 보따리 싸서 머리에 이고, 또 한 보따리는 왼손에 들고, 마지막으로 바구니에 가득 담아 오른쪽 옆구리에 끼고, 그 먼 길을 성큼성큼 돌아왔다. 아주머니는 조개를 까는 솜씨도 신의 경지였다. 이야기하며 보지 않고도 빠르게 칼질하는 솜씨는 묘기처럼 보였다. 남편이 없는 아주머니는 조개를 캐다가 일곱 식구를 먹여 살렸다. 그 정도로 돈벌이가 되는 일이라면 수나도 해볼 만하다고 생각했다.

영주는 수나가 하자면 뭐든 하는 친구였으므로 스스럼없이 갯벌로 따라 나섰다. 둘은 호미와 자루 하나씩을 들고 아주머니 뒤를 따라갔다. 아주머니는 웃기는 녀석들이라고 가는 길 내내 싱글벙글했다. 갯가로 가는 해안 길에는 물때에 맞춰 조개 캐러 가는 여자들이 줄을 잇고 있었다. 산모롱이 돌아 진흙 길, 진흙 길 지나 비탈길, 바위 언덕을 지나 모랫길, 가도 가도 끝없는 해안 길이 이어졌다. 말이 십오 리 길이지 수나 생각으론 백 리도 넘는 것 같았다. 소걸음으로 성큼성큼 가는 옆집 아주머니를 영주와 수나는 헐떡거리며 따라갔다.

아주머니들은 썰물을 따라 나가며 조개를 잡고 밀물이 들면 쫓겨 나오며 잡았다. 수나 같은 초보자는 썰물 나갈 때만 잡고 밀물 들 때는 갯벌에서 나와야 했다. 자칫하면 밀물에 갇혀 익사할 수도 있었다.

갯벌을 파며 조개 잡는 일도 수나에게는 버거운 일이었다. 겨우 잡은 조개 한 줌마저 아주머니에게 줘 버리고 수나는 빈 몸으로 갯벌에 서 있었다. 영주도 금방 지쳐서 조개 잡는 일에 흥미를 잃어 버렸다. 집에 들어올 땐 기진맥진해서 둘 다 걷는 일에만 열중할 뿐 말할 기운조차 없었다. 그 멀고 험한 길을 거의 날마다 다니는 옆집 아주머니가 존경스러웠다.

초등학교 졸업반이 되어 수나는 고민이 하나 더 늘었다. 중학교에 진학을 하느냐 마느냐, 장래를 위해 어떤 일을 하느냐 걱정이었다. 영주와 만나면 늘 그런 이야기만 했다. 영주가 너무 그런 이야기만 한다고 짜증을 낼 정도였다.

화학섬유로 짠 캐시밀론 직물 이불이 나오며 인조견 인기가 사라졌다. 어머니는 행상을 접고 다시 장돌뱅이로 나서야 했다. 더구나 아버지는 경운기와 트럭이 많이 보급되면서 수레꾼 일이 점점 사양길에 들어 그만 접어야 했다. 나이가 스물이나 된 누나도 편물점에서 한복점으로 옮겼지만 신통치 않았다. 한복점에서 일하고 받는 돈은 혼자 용돈하기에도 부족한 듯했다. 더구나 신앙에 빠진 것인지 사랑에 빠졌는지 틈만 나면 교회로 달려갔다.

수나로서는 중학교 진학이 고민이 되지 않을 수 없었다. 집안 형편에 중학교 교복과 책을 마련하고, 입학 등록금을 낼 수 있을지 의문이었다. 일 년 뒤면 수봉도 중학생이 될 터였다. 그리고 가족들은 그렇지 않지만 주변 사람들은 은근히 수나가 중학교에 가는 것을 회의적으로 바라보았다. 저런 몸으로 글이나 읽고 쓰게 되었으면 되었지 무슨 공부냐는 시선을 느낄 수 있었다. 부모님도 말은 않지만 수나와 수봉 둘 중 하나밖에 공부시킬 수 없어서 마음속으로 재고 있는 듯했다. 어쩌면 몸이 성한 수봉이 쪽으로 마음이 기울었는지도 모른다. 수나에게 직접 말하지 못하는 부모의 속내를 어린 수나지만 짐작할 수 있었다.

어느 날 수나는 부모님께 말했다.

"저는 일찌감치 기술이나 배울래유. 전파상이라두 취직해서 심부름허메 기술을 배우먼 좋겠슈."

"남의 집 심부름꾼으루 뭔 기술을 배우겠냐? 니 누나 즘 봐라."

숙이를 두고 겪어 본 어머니가 반대했다.

"한 해 꿇리더라두 내가 너 중핵교는 가르칠란다."

"공부허는 것두 좋지. 근디 중핵교만 나온다구 공부했다구 헐 수 있나? 니 말대루 기술 배는 게 현명헐지두 몰러. 기왕 니가 그냥 맘을 먹었다면 존 기술 뺄 수 있는 디를 알어봐야 지. 니 당숙헌티두 부탁 즘 해보구."

아버지가 옆에서 담배 연기를 길게 내쉬며 말했다. 어머니 는 목 메인 소리로 대꾸했다.

"얘가 중핵교 못 갈 걸 뻔히 알구 미리 저러는 거유. 오티게 든 무엇이라두 허든지 쟤를 중핵교는 보내야 돼유."

수나는 어머니가 다니는 교회에 가끔씩 나가고 있었다. 믿 음을 지니진 못하고 어울려 노는 재미로 나가는 것이었다. 수 나의 몸이 남 같지 않은 까닭에 교회에서 더 관심을 보였다. 특히 담임목사 아이들이 수나와 친하게 어울렸다. 큰 아들 민 호는 수나와 같은 학년이라서 더 친할 수 있었다.

그날도 교회 마당에서 놀던 수나를 민호 어머니가 불렀다. 민호 어머니를 따라 간 곳은 양복점이었다. 교복을 맞추려고 수나 몸 치수를 쟀다.

"내가 교복 맞춰 주고 입학금 내 줄게 진학 포기하지 마라. 그리고 이 일은 소문내지 말고 네 엄마와 너만 알아야 해."

"저 중학교 안 가구 기술 배우기루 했슈."

수나는 완곡히 거절했다. 민호 어머니는 몸 치수만 재게 하 고 나왔다. 민호 어머니가 말할 수 없이 고마웠지만 남의 도움을 받으면서까지 공부하고 싶지는 않았다. 대학까지 공부하지 않을 바에야 일찍 사회로 나가는 것도 괜찮을 것이라 생각되었다.

어머니도 교회의 도움을 바라진 않았다. 호의를 거절하는 것도 부담이었지만 마음에 떠안게 되는 호의에 대한 부담감 역시 어머니 성정으로는 감내하기가 쉽지 않을 것이었다. 냉정히 말해 입학 등록금만으로 모든 문제가 해결될 일도 아니었다.

갑자기 영주가 멀리 이사를 갔다. 방학 동안 수나에게는 편지 한 장만 달랑 남기고 떠났다. 편지를 받은 다음 날 영주네로 가 보니 집이 텅 비어 있었다. 영주 아버지가 빚 보증 사기를 당해 빚더미에 올랐다 했다. 당장 빚을 갚을 길 없고, 재판에도 불려서 우선 멀리 떠난다고 했다. 믿어지지 않았지만 눈앞에 펼쳐진 쓸쓸한 집을 보고 있자니 받아들일 수밖에 없었다.

눈발 흩날리는 장터를 돌다 보니 만태와 영주가 그리웠다. "아이스으께끼이!", "찹싸알떠억!" 하고 외치는 소리가 어디에선가 들리는 것 같았다. 골목 끝으로 아스라이 사라지고도 가슴에 오랫동안 애처롭게 남아 있는 소리에 수나는 저도 모르게 눈물이 흘렀다. 그리고 처음으로 수나는 자신이 좋아하는 사람들은 늘 떠나서 그리운 사람이 된다는 사실을 깨달았다. 언젠가는 어머니와 아버지도 수나 곁을 떠나야겠지. 숙이 누나와 수봉도 헤어지게 되겠지.

석다리

학교를 졸업하고 수나는 집에서 지냈다. 종일 라디오만 귀
에 대고 빈둥거리다 보니 라디오 건전지도 금방 다했다. 건전
지를 사려면 돈이 생길 때까지 기다려야 했다. 하도 심심해서
시냇가 둑을 거닐다가 하류에 병아리 농장이 생긴 것을 알았
다. 수나 또래의 아이 두 명이 하류 쪽 천변에 병아리를 대규
모로 키우고 있었다. 수나도 평소에 안면이 있는 아이들이었
다. 양계장 규모가 수나에겐 어마어마하게 보였다. 오리 새끼
삼천 마리에 병아리 이천 마리. 천막을 치고 먹고 자는 아이
들을 보고 수나도 해볼 만한 일이라 생각했다. 수나는 그날로
닭을 키워 보기로 마음먹었다. 졸업할 때 탄 학교 저축금을
들고 병아리 인공부화장으로 찾아갔다. 건강하게 보이는 놈
으로 골라서 병아리 열두 마리를 샀다.

헛간은 닭장으로 쓰기에 좁았지만 그래도 몇 마리 정도는 기를 만했다. 수나는 잡동사니를 한쪽으로 치우고 조그맣게 닭장을 냈다. 노란 병아리들이 수나에겐 귀여운 아기로 보였다. 길러 보고 잘되면 공터를 빌려서라도 양계를 크게 해볼 생각이었다. 천변 아이들은 사료를 사다가 닭을 길렀지만 수나는 아는 방앗간에서 싸라기와 겨를 얻어다가 병아리 모이로 주었다. 야채 시장에서 버려지는 시래기도 걷어 날랐다.

수나가 가진 것이라고는 시간밖에 없었다. 모이를 구하고 닭장을 청소하는 일로 하루를 보냈다. 때때로 무료해질 때도 있었다. 장안선 선생님 말씀대로 책을 읽자고 생각했다. 큰당숙집 서재에 가면 책이 많았다. 수나는 큰당숙집을 들락거리며 책을 빌려다 읽었다. 읽다가 노트에 끼적거리며 시를 써보기도 했다. 자신이 쓴 시에 도취되어 시냇가 둑을 거닐고는 하였다.

천변 아이들이 기르는 닭들이 자연스럽게 들여다보였다. 벌써 어린 오리들을 냇물에 풀어 놓고 있었다. 대천 냇가는 오리 새끼들이 노닐기 좋았다. 아침에서 저녁까지 오리 떼가 대천 냇물을 주름잡고 물 위에 수를 놓았다. 수나도 언젠간 그런 사육장을 하겠다고 꿈을 세웠다. 아이들이 기르는 병아리들도 꽁지와 볏이 돋아 완연히 약병아리가 되었다. 수나의 닭장은 천변 농장에 비하면 보잘 게 없었다.

여름방학이 끝날 무렵이었다. 태풍이 왔다. 냇물이 불어 제

방이 넘쳤다. 닭들이 모두 물에 빠져 죽거나 바다로 떠내려가
고 말았다. 처음엔 오리와 닭 모두 죽은 줄 알았다. 그러나 홍
수가 끝나고 흩어졌던 오리들이 꾸역꾸역 모여들었다. 오리
삼천 마리 중 이천여 마리가 살아 돌아왔다. 아이들은 돌아온
오리를 넘기고 사육장을 없애 버렸다. 대천에서 오랫동안 안
타까운 일로 얘기되었다.

수나가 기르고 있는 닭은 처음 길러 보는 것치고는 그런대
로 괜찮았다. 병아리 열두 마리 중 아홉 마리는 온전한 닭으
로 자랐다. 한 마리는 약병아리 때 동네 개에게 물려 죽었고,
한 마리는 병으로 죽었으며, 한 마리는 밤에 닭장 망이 터져
서 사라졌다. 아홉 마리 닭 중에 수탉이 두 마리고 암탉이 일
곱 마리였다. 두 마리 수탉은 깃털과 벼슬이 아주 멋지고 튼
튼하게 자랐다.

아버지는 헛간을 더 넓게 비웠다. 비운 헛간에 닭들이 올라
가도록 긴 나무 두 개로 높게 홰를 설치해 주었다. 홰 한쪽에
는 짚으로 엮은 둥우리를 달아서 달걀을 낳게 했다. 아버지가
수나보다 더 열성적으로 닭을 돌보았다. 모이 챙겨 주고 물
갈아 주고 닭똥 치워 주는 일까지 아버지가 거들었다. 수나는
야채와 지렁이 같은 먹이를 마련해 주었다.

가을에 암탉들이 알을 좇더니 그중 한 마리가 첫 달걀을 낳
았다. 신비로웠다. 그 후 며칠 사이를 두고 한 마리를 뺀 암탉
다섯 마리가 차례로 알을 낳았다. 첫 달걀로 가족들 반찬을

해 먹었다. 달걀을 낳지 못하는 암탉은 몸집이 퉁퉁했다. 수나는 닭들이 단단한 달걀을 낳도록 조개껍질을 부수어 모이에 조금씩 섞어 주었다.

겨울을 앞두고 큰당숙집에서 아버지를 불렀다. 새로 생긴 간석지에 논을 샀으니 아버지에게 맡아 달라는 부탁이었다. 아직 간기가 가시지 않은 농토라 농사가 잘되지 않는 땅이었다. 몇 년은 논에 물을 채워 두고 간기를 빼내야 제대로 농사를 지을 수 있었다. 당숙은 아버지에게 그 일을 해 달라는 것이었다. 농사가 잘되면 그때부터 도조를 내고 농사를 지어 먹으라고 했다. 간기가 빠질 때까지 영농 비용도 부담해 주고 도조도 받지 않겠다는 조건은 일 잃은 아버지에게 반가운 일이었다. 아버지는 척박한 불모지를 비옥한 땅으로 바꾸려고 갖은 노력을 기울였다. 객토를 하고 퇴비를 채우고 수시로 물을 갈아 채우느라 논에서 살다시피 했다. 몇 년 동안은 별 수입이 없겠지만 아버지는 자기 땅을 가진 농부처럼 즐겁게 일했다.

두 계절이 빠르게 지나갔다. 그동안 추석도 보냈고, 크리스마스와 새해도 맞았지만 수나에게는 별로 기억에 남는 일이 없었다. 한 달만 지나면 수봉이 중학교에 입학을 하게 되었다. 어머니는 집터 도지세 한 해 분을 밀려 두고 수봉이 입학 등록금을 마련했다. 어머니는 수나에게 미안해했다.

수나는 겨우내 달걀을 모아 팔았다. 이천 원이 못 되는 돈이 모였다. 물가는 많이 올랐는데 달걀 값은 오히려 내렸다. 수나는 수봉이 학용품 값을 마련해 볼 생각이었는데 그도 안 되었다.

대보름이 지나며 아버지는 간석지에 농사지을 준비를 했다. 수나는 봄에는 병아리를 부화할 계획이었다. 닭을 늘려 본격적으로 양계할 준비를 하고 싶었다. 설 쇠고 보름 무렵에 수나는 암탉이 달걀을 낳는 대로 모았다. 일주일 만에 스무 개를 모아 둥우리를 품고 있는 암탉에게 넣어 주었다. 암탉은 알을 잘 품었다. 알을 품으며 점점 사나워져 다른 닭들이 둥우리 근처에 얼씬도 못 하게 했다. 수나가 둥우리를 보자고 접근해도 목 깃털을 세우고 손등을 쪼아댔다.

알 품은 지 만 삼 주가 지나자 병아리가 알을 깨고 나왔다. 달걀 셋은 부화하지 못하고 열일곱 마리가 태어났다. 깃털이 젖어 볼품없던 것들이 금세 보송보송해져서 노란 병아리가 되었다. 수나는 닭장을 둘로 나누었다. 어미 닭과 병아리만 다른 닭들과 따로 지내게 했다.

병아리들이 태어난 지 한 달쯤 지났을 무렵이었다. 어쩌다 보니 병아리 한 마리가 이상해 보였다. 다른 병아리에 비해 몸이 약간 큰 데다가 배가 부은 것처럼 통통했다. 움직임도 뒤뚱스러웠다. 수나는 그 병아리를 손바닥에 올려 놓고 자세히 살펴보았다. 외형으로는 다른 병아리와 크게 다를 게 없었다. 배를 뒤집어 보았다. 배와 꽁지 사이가 살점을 덧붙인 것처럼 불룩했다. 놀랍게도 병아리는 솜털 속에 퇴화된 다리 하나를 더 갖고 있었다. 수나는 기형으로 태어난 병아리를 아버지에게 보였다.

"내다 버려라. 자라두 팔지 못허구 다른 병아리까장 안 좋을 거다."

수나는 아버지 말대로 병아리를 버리려고 갯둑으로 갔다. 병아리는 아는지 모르는지 삐약삐약 울어댔다. 수나는 풀씨라도 쪼아 먹게 풀밭에 병아리를 내려놓았다.

"가. 가서 알아서 혼저 살어."

병아리는 눈을 감았다 뜨며 그 자리에 가만히 서 있었다. 어미닭 곁에 있을 때보다 더 작고 여려 보였다. 병아리는 아무것도 모른 채 어미 닭과 떨어져 허허벌판에 버려졌다. 어쩌면 뱀이나 매의 먹잇감이 될지도 모른다. 족제비나 너구리가 삼킬지도 모른다. 용케 잡아먹히지 않고 살아도 외롭고 슬플 거다. 수나는 그대로 돌아설 수 없었다. 다시 병아리를 안았다. 병아리는 수나가 하는 대로 가만히 있었다.

"왜 도로 가져왔냐?"

아버지가 이마를 찌푸렸다.

"병신이라구 버릴 수는 읎어유."

수나는 병아리를 어미닭 곁에 놓아 주었다. 아버지는 아무 말도 하지 않았다.

수나는 그 병아리에게 특별히 관심을 쏟았다. 특별히 좋은 모이만 먹였다. 병아리 이름도 '석다리'라고 지었다. 〈삽다리 총각〉이라는 라디오 연속극이 있었는데 그 어감에다가 다리 세 개라는 뜻을 붙여 만든 이름이었다.

석다리는 자랄수록 퇴화된 다리가 함께 자라서 육안으로도 또렷이 표가 났다. 외양이 달라서인지 다른 병아리들에게 곧잘 괴롭힘을 당했다. 병아리들이 예사로 달려들어 쪼아댔다. 수나는 화가 나서 튼튼한 병아리 한 마리를 집어던진 적도 있었다. 석다리를 다른 병아리와 떼어 따로 두었다. 싸움에 지지 말라고 석다리에게 고추장 밥도 먹였다. 날이 갈수록 석다리는 힘이 세져서 다른 병아리에게 밀리지 않았다. 뒤뚱거리며 걷는 모습만 여전했지 깃털은 윤기 나고 동작은 재빨랐다. 그러다 보니 다른 병아리들이 오히려 석다리를 피하는 꼴이 되었다.

6월 초에 아버지는 간석지 논에 모내기를 마무리했다. 숙이가 한복 짓는 일을 배워서 한복집을 나왔다. 한복감을 집으로 떼어다 놓고 손수 짓겠다고 나섰다. 교인들과 친척들, 그리고 이웃들에게 한복집을 낸다고 시루떡도 돌렸다. 윗방은 숙이의 한복 짓는 작업장이 되었다.

문제가 생겼다. 집 안에 닭 깃털이 날아서 한복감에 깃털이 묻는다고 투정이었다.

"수나야, 미안허지만 닭을 즘 읎애 줘야 허겄다."

수나 입장에서는 양계를 포기할 수 없어서 갈등이 생겼다.

틈만 나면 불평하는 누나가 얄미웠다.

"누나는 왜 자기만 생각허여? 한복점보다 양계를 먼저 했잖여."

수나는 심통을 부리느라 약병아리들을 마당에 풀어 놓았다. 숙이가 성화였지만 수나는 들은 척도 안 했다. 누나가 한 마리씩 잡아다가 닭장에 넣으면 몰래 또 문을 열어놓았다.

"수나야, 누나는 엄연히 사업을 시작한 거라구."

"그럼, 난 닭을 취미루 멕이남?"

수나는 지지 않았다. 누나를 이해 못하는 것도 아니고, 누나한테 자꾸 심통을 부리는 자신이 싫었지만 수나는 점점 고집불통이 되어 갔다.

어느 날 숙이가 놀라운 광경을 보았다. 약병아리 한 마리가 강아지처럼 수나를 졸졸 따르고 있었다. 수나가 이쪽으로 가면 저도 쪼르르 따라가고, 수나가 저쪽으로 가면 그놈도 따라갔다. 그 병아리는 수나가 석다리라 부르는 병신이었다. 숙이는 하도 신기해서 한참을 지켜보았다. 수나가 풀 뜯으러 갯둑에 나갔다가 한참 만에 돌아왔더니 석다리가 쪼르르 달려가서 마중했다.

저녁 자리에서 숙이가 말했다.

"그 석다리란 늠 참 신기허더라."

가족들이 모두 쳐다보았다.

"그놈이 수나를 졸졸 따러댕겨."

수나는 그게 뭐 어떠냐는 눈빛을 했고, 어머니는 시큰둥하니 말했다.

"닭이 무슨 강아진감 사람을 따러댕기게? 잘못 본 게지. 수나헌티 모이 얻으려고 한 번 그랬을 거여."

"엄만 내가 읎는 소리 하는 줄 아나 봐. 하루 쥉일 지켜본 거여."

"정말?"

수봉이 눈을 말똥히 뜨고 물었다.

"정말이여, 이따 보라니께."

식사가 끝날 무렵 수나가 물을 뜨러 샘가로 갔다. 이내 석다리가 쪼르르 달려와 수나 주위를 서성거렸다.

"저거 봐유."

숙이가 마당을 내다보고 말했다. 병아리는 수나를 따라 토방까지 따라왔다.

"수나야, 대문간으루 걸어 봐라."

어머니가 놀란 눈으로 말했다. 수나는 물그릇을 마루에 올려놓고 마당을 가로질러 갔다. 병아리가 쪼르르 따라갔다.

"봐. 증말이잖유?"

숙이가 말했다. 어머니는 물론 잠자코 식사 중이던 아버지마저 놀라고 신기한 눈으로 마당을 내다보았다.

"참, 저것두 생명이라구 정 주는 자리를 아네베."

아버지가 낮게 중얼거렸다.

"닭대가리가 둔허다는 건 헛소린개벼! 쫌만 더 크면 개처럼 짖기두 허겄다!"

수봉이 소리쳤다. 숙이는 병아리를 안고 쓰다듬는 수나를 가만히 내다보았다. 수나에게 닭들을 없애라고 더 요구할 수 없을 것 같았다.

토요일 오후에 열리는 교회 청년부와 학생회 행사에 모처럼 참석하려고 수나는 준비를 서둘렀다. 꾸며 보았자 별것 아니지만 머리도 감고 아끼던 반팔 남방을 입고 외출할 때나 신는 운동화마저 꺼내 놓았다. 수돗가에서 손을 씻고 급하게 돌아설 때였다. 무엇이 발밑에 물컹하니 밟혔다.

"흐앗!"

수나는 저도 모르게 비명을 질렀다. 석다리가 밟혀서 바르르 떨고 있었다. 얼른 들어 마루에 놓고 살펴보니 몸이 짓뭉개져 있었다. 수나는 손이 떨렸다. 가슴이 졸아들며 온몸이 와들와들 떨렸다. 그 자리에 주저앉아 고개를 꺾었다. 눈물도 안 났다. 꼭 닫힌 입도 벌릴 수 없고 숨이 막혀 버둥거렸다. 수나는 제 몸이 밟혀 죽어도 이렇듯 아프지 않을 것 같았다. 숨이 가빠 거칠게 몰아쉬었다. 마침내 울음이 터져 나왔다. 수나는 목에서 끓어오르는 괴괴한 소리를 내며 울었다.

"야. 너 왜 그려?"

교회 가려고 준비하던 숙이가 놀라서 뛰어나왔다. 수나의 손에서 석다리를 보았다.

"뭐여? 죽었니? 왜?"

수나는 가슴을 치며 울기만 했다. 숙이가 눈을 흘겼다.

"하이구, 미쳤나? 그까잇 닭 한 마리 죽었다구 그냥 서럽디? 초상났다, 초상났어. 야! 시끄러워! 동네 창피해 죽겠네."

숙이는 툴툴거리며 대문을 열고 나갔다. 수나는 혼자 석다리를 끌어안고 지치도록 울었다.

사흘째 아무것도 먹지 않고 말도 하지 않았다. 목이 쉬고 목소리가 나오지 않았다. 가족들은 수나가 석다리를 밟아 죽였다는 사실을 알고 수나를 이해했다. 며칠 마음이 아프고 나야만 한다는 걸 알아서 어른들은 나무라지 않았다.

수나는 사흘을 보내고 겨우 정신을 차렸다. 그러나 닭을 키울 마음이 사라졌다. 생명을 키운다는 게 두려웠다.

"엄니, 닭들 모두 내다 팔아 줘유."

숙이가 그렇게 해 주겠다고 나섰다.

숙이는 장날 닭들을 헐값에 넘기고 돌아왔다. 처음부터 길렀던 늙은 닭 두 마리는 팔리지 않았는데 아버지가 잡아먹지 않고 이웃에 주었다.

수나는 남들이 바보가 되었다고 할 정도로 어디서나 우두커니 있었다.

수봉이 여름방학 숙제로 비누 조각을 하고 있었다. 곁에서 지켜보던 수나는 슬며시 일어나 아끼던 마지막 돈을 꺼냈다. 자신도 조각을 하려고 흰 빨래 비누 한 장을 사 왔다. 헛간 잡동사니 속에서 학교 다닐 때 쓰던 조각도를 찾아냈다. 수나는 몸이 일그러진 석다리를 조각했다. 날개가 꺾이고 벌려진 부리에서 혀가 나온 닭이었다. 수나는 날카로운 부리가 운동화 발등을 꿰뚫어 버린 닭을 조각해 보고 싶었다. 몸이 우그러진 자신이 그렇게 짓밟혀 죽었다고 생각했다. 수나 스스로를 벗어 버리고 살라고 석다리가 대신 죽은 것 같았다. 수나는 불구의 몸에 매이지 않고 살겠다고 석다리에게, 아니 자신에게 약속하고 다짐했다.

직업훈련소

숙이가 결혼 날을 잡았다. 신랑감은 목사님 소개로 만난 면사무소에 근무하는 공무원이었다. 결혼식 날짜가 잡히자 어머니는 수나에게 청첩장 돌리는 심부름을 시켰다.

"니가 봉갑리 큰이모께 댕겨와야겠다."

어머니가 침울하게 지내는 수나에게 바람을 쐬라고 배려한 것이었다. 큰이모는 폐백닭을 만들고 동동주를 빚는 솜씨가 좋아서 그것을 부탁할 셈이었다.

봉갑리를 떠난 지 십 년 만의 귀향이었다. 고통과 슬픈 기억만 남은 고향이지만 한 번쯤은 두 다리로 들러 보고 싶기도 했다. 봉갑리 수리치 골짜기가 천주교 성지로 개발이 되었다는 소식은 들어서 알고 있었다. 큰 수녀원이 들어서고 포장도로가 반듯하게 닦여서 버스도 하루 두 번씩 드나들었다. 수나는 저녁 일곱 시 막차로 들어갔다.

큰이모는 아궁이에 불을 지피고 있다가 놀라서 뛰어나오며 수나를 맞이했다. 역시 고향 떠나고 처음 보는데도 이모는 수나를 알아보았다.

"에구, 우리 수나 이냥 근강해졌구나. 예서 갈 땐 죽을 줄만 알었는디."

눈물을 글썽이며 맞아 주는 손이 따뜻했다. 큰이모는 봉갑리에서 살 때도 수나에 대한 정이 각별했었다. 오랜만에 만난 수나와 이모는 밤이 깊도록 이야기를 나누었다. 수나는 마을 사람들 소식을 물었다. 자연스럽게 복성이네 소식도 듣게 되었다.

"복성인 잘돼서 대전서 법무산가 헌다더라. 그 둘째 성 두셍이가 잘못됐지. 날마다 소같이 밭두렁에서 구르며 성실허게만 살었는디, 근디 이상두 허지, 술만 취허먼 제정신이 아녔어. 알 수 읎는 말만 혼저 지껄이구. 가슴 찌며 울구. 그랬쌌터니 그여 지난 결이 얼어 죽었구먼."

수나는 깜짝 놀랐다.

"예? 어쩌다 그랬대유?"

"초상집서 고주망태루 혼자 오다가 건구렁이루 처백힌 걸 초상집선 집이 간줄 알구 집이선 초상집이 있는줄 알구 아침이서 애덜이 핵교 가다 본겨. 그느므 술 때미 죽은겨."

한 번도 가슴에서 지우지 못한 이름이라 수나는 허망하기까지 했다. 언제나 표독하게 발길질을 하던 열일곱 청년의 모습으로 그를 기억했었다. 그리고 보니 그도 올 나이 서른하나의 장년이었다.

시간이 지날수록 놀란 마음은 사라지고 담담해졌다. 먼 남의 이야기 같았다. 농수로에 빠져 동사한 일이 안쓰럽게만 여겨졌다. 그 감정 변화가 수나는 스스로도 낯설었다. 수나는 자신의 가슴에 그에 대한 아무런 감정도 남아 있는 것 같지 않았다. 그 까닭을 알 길이 없었다. 두성이 한 짓이 아직도 기억에 뚜렷했다. 그러면서 자신의 덤덤함이 어쩌면 당연하고도 마땅할지 모르겠다는 생각이 들었다. 냉정히 생각해 보면 수나가 불구 된 일은 두성이 탓도 수나 자신 탓도 아니었다. 모두가 배고팠던 시절, 작은 실수가 비극이 되었을 뿐이었다. 어쩌면 그것이 자신의 운명이었는지도 모른다.

수나는 아침 버스를 타고 봉갑리를 떠났다. 학생들 몇이 승객으로 오르고 버스는 한산했다. 버스에서 초등학교 2학년짜리 두성이 아들을 만났다. 아버지를 빼닮아서 첫눈에도 두성이 아들임을 알 수 있었다. 학교에 가는 길인 모양이었다.

"니 아부지 승함이 오티게 되시니?"

수나는 아이에게 물었다. 아이는 수줍어서 얼른 대답하지 못했다. 곁에 앉은 여중생이 대신 두성이 아들임을 확인해 주었다. 수나는 두성이 아들에게 학용품 사라고 백 원을 쥐어 주었다. 큰 학생들이 수나를 두고 누구냐고 수군거렸다.

봉갑리를 다녀오고 나서 수나는 한결 마음이 자유로워졌다. 누군가를 원망할 일이 사라진 게 두렵기는 했다. 그러나 이제는 모든 걸 혼자 짊어지고 살아야 한다는 생각에 두 주먹을 쥐었다.

수나는 양복점이나 시계방, 혹은 전파사 같은 곳에서 점원으로 일하고 싶었다. 그런 곳이면 기술도 배울 수 있을 테고, 혼자 힘으로 살아갈 수 있는 법을 터득할 수 있을 것으로 기대했다. 그러나 수나를 점원으로 원하는 곳은 아무데도 없었다.

유난히도 눈이 많이 내리는 겨울이었다. 수나는 그럭저럭 세월만 보내고 있었다. 목사 부인인 민호 어머니가 찾아왔다.

"관비 지원해 주는 직업훈련소가 있다더라. 거기 들어가면 기숙사에서 먹고 자고 육 개월이면 기술을 다 배운대. 어디 가게에 취직해서 주먹구구식으로 기술을 배우는 것보다 거기 들어가서 체계적으로 배워 봐."

"고맙습니다. 그런 곳을 갈 수 있다먼 가야쥬."

그날로 민호 어머니는 군청에 다니는 교인에게 수나를 소개했다. 며칠 뒤 군청에서 연락이 왔다. 3월 2일까지 논산 직업훈련소로 가라고 했다. 새로운 꿈이 시작된 듯 수나는 마음이 들떴다.

처음으로 수나를 객지로 내보내는 어머니의 마음은 수나와 달랐다. 떠날 날을 며칠이나 남겨 두고 몸조심해야 한다는 말을 밥 먹듯이 했다. 수나는 열여덟 살이 되었는데도 어머니에게 어린 아이 취급받는 자신이 싫었다. 혼자서 무슨 일이든지 헤쳐 나갈 자신이 있었다. 아마도 직업훈련소 생활을 잘해 내고 와야 어머니는 마음을 놓으리라.

입소일이 되어 수나는 통지문대로 침구와 세면도구, 필기도구를 보따리에 쌌다. 작년 말부터 이발하지 않았던 머리를 짧은 상고머리로 깎았다. 어머니는 기어이 직업훈련소까지 따라나섰다. 마치 아들을 군대라도 보내는 부모 같았다.

훈련소 입구엔 어린 애 티가 나는 신입생 몇 명이 훈련소로 들어오는 사람들을 구경하고 있었다. 어김없이 수나를 비웃는 소리가 귀에 들렸다.

"쟨 뭐냐? 지네 엄니가 데리구 왔잖어?"

"생긴 대로 논다."

"초등학교 입학인 줄 아나 봐."

그러고 보니 직업훈련소 신입생들 가운데 수나 하나만 어머니가 따라왔다. 수나는 비웃는 신입생들을 흘겨보며 중얼거렸다.

"쳇, 훈련소 구경시켜 드리는 거다. 알지두 못허는 것들이……."

수나는 자랑하듯 어머니와 팔짱을 끼었다. 마치 수나가 어머니를 보호하는 형국이 되었다. 어머니는 조금 당혹스럽고, 한편으로 흐뭇한 모양이었다.

직업훈련소 입소식이 끝나고 헤어질 때 어머니가 당부했다.

"몸조심허구 중 못 있겠으면 망설이지 말구 그냥 집으루 와."

"염려 마서유. 교육 잘 마치구 갈 테니께유."

어머니는 얘기가 끝났는데도 옷매무새를 만져 주고 어깨에서 먼지도 털어 주며 손을 놓지 못했다. 한 말 또 하고, 돈을 쥐어 주고, 누구와도 싸우지 말고 참으라고도 일렀다. 훈련소를 나설 때는 돌아보고 또 돌아보고 끝내 눈물을 닦는 뒷모습을 보였다. 수나는 끝까지 의연하게 웃으며 어머니를 배웅했다.

'엄마, 이젠 진짜 듬직한 수나가 될래요. 염려 마세요. 저 스스로 알아서 할 수 있어요. 어머니가 염려하는 꼽추 아들은 석다리가 데려갔어요. 이제 저도 어머니처럼 강해요. 무엇이든 꿋꿋하게 헤쳐 나가고 어떤 어려움에도 무너지지 않아요. 세상 모두가 수나를 괴롭혔지만 세상 모두가 수나를 강하게 키워 냈어요. 이젠 수나가 어머니를 위해 살게요⋯⋯.'

버스가 산모롱이 돌아 보이지 않을 때까지 수나는 눈을 돌리지 못했다. 이윽고 눈이 뜨거워졌다.

만보당

   아침부터 손님이 들이닥쳐 만보당은 정신을 차릴 수 없었다. 추석 명절을 앞둔 대목장이라 시골 사람들이 붐벼서 다른 날보다 곱절은 바빴다. 수나는 새벽부터 나와 가게를 청소하고 진열을 마쳤다.

   아홉시가 넘어서야 손님들이 잠시 뜸해졌다. 농부가 논에서 나온 걸음으로 다녀가서 바닥에 진흙이 떨어져 있었다. 수나는 봉걸레를 빨아 바닥을 닦아 냈다.

   수나가 만보당을 차린 지도 벌써 팔 년째였다. 만보당을 차리기 전 여러 곳을 돌며 금은방 기술자로 일해 왔다. 십 년간 모은 돈이라지만 금은방을 차리기엔 턱없이 부족했다. 그동안 돈을 버는 속도보다 물가가 오르는 속도가 더 빨랐다. 직업훈련소 들어갈 무렵에 한 가마니에 만 원이 채 안 되던 쌀

값이 십만 원이 넘었다. 전파사에서 십오만 원으로 시작한 월급도 만보당 차리기 직전에 겨우 삼십오만 원이 되었다. 물가가 그때보다 열 배가 넘게 오른 것을 생각하면 수나의 월급은 오히려 내린 속이었다.

어머니의 도움까지 받아서 만보당을 차렸지만 다섯 평 남짓한 작은 가게일 뿐이었다. 비싼 금은세공품을 전시하는 작은 진열장이 두 개였다. 자금이 부족해 그 작은 진열장마저 물건으로 다 채우지 못했다. 도매상에서 외상으로 밀어 주는 시계를 진열하고도 빈 곳이 남았다. 궁리 끝에 수석을 주워다가 그 위에 손목시계를 걸어서 빈 공간을 채웠다. 보잘것없이 시작한 만보당이지만 팔 년 동안 열심히 가꾼 보람이 있어서 이젠 제법 금은방 꼴을 갖추었다. 단골도 늘어서 물건도 구색을 갖출 만큼 늘었다. 수나는 자신을 믿고 찾아 주는 단골들에게 늘 고마운 마음으로 일해 왔다. 만보당(萬寶堂)은 '만인에게 보물을 나눠 주는 집'이란 뜻으로 수나가 직접 지었다. 수나는 한시도 가게를 낸 뜻을 잊지 않았다. 만인에게 좋은 보물을 나눠 주는 일을 하고 있다는 자부심을 갖고 장사했다.

직업훈련소를 마친 수나는 라디오 텔레비전을 고치는 기술자가 되었다. 처음에는 대천으로 돌아와 작은 전파사에 취직했다. 한 달에 한 번 쉬는 날을 빼고는 늘 가게에서 먹고 잤다. 추운 겨울에도 석유난로를 켜 놓고 야전침대에 몸을 뉘었다. 아침 여섯 시부터 일어나서 청소하고 장사를 준비하면, 아홉 시를 넘겨 사장이 도시락을 가져왔다. 아침 도시락뿐 아니라 수나가 점심, 저녁까지 먹어야 할 도시락이었다. 기장 섞은 밥은 저녁때가 되면 차게 굳어서 난로에 끓인 물로 말아야 먹을 수 있었다. 그런 고생쯤은 월급 받아 저축하는 재미로 참아낼 수 있었다. 수나에게는 가게 하나 차릴 꿈이 있었다.

어느 날부터 사장이 허리가 아프다는 핑계를 대며 수나에게 외부 출장을 맡겼다. 텔레비전이나 전축 따위를 팔게 되면 시골까지 배달을 해야 했다. 냉장고나 선풍기 같은 것들은 용달차 운전수와 함께 옮기면 그만이었다. 문제는 텔레비전이었다. 깊은 산골은 안테나 설치는 물론 전파가 잘 잡히도록 조종해 주어야 했다. 지형에 따라 안테나를 산꼭대기에 설치해야 할 때도 있었다. 그런 곳에 안테나를 세우자면 벼락을 예방하려고 약식 피뢰침까지 설치해야 했다. 어떤 날은 캄캄한 저녁이 되어야 일이 끝나기도 했다. 아무리 마음을 굳게 먹어도 수나의 몸으로는 힘에 부쳤다. 등 굽은 작은 키는 무거운 가전제품을 추스르기에도 무리였다. 사장에게 아르바이트생이라도 고용하자고 해도 비용만 걱정할 뿐 듣는 기척이 없었다.

"또 자네가 다녀오야겠네. 난 허리가 끊어지게 생겨서."

수나는 하릴없이 무거운 텔레비전을 싣고 출장을 나갔다. 출장지가 기차역이 있는 마을이니 안테나 설치는 간단할 줄 알았다. 그러나 살펴보니 주변 집들이 모두 텔레비전 안테나를 언덕 위에 세워 두고 있었다. 언덕은 야산 못지않은 높이였고, 바로 오르는 길도 없는 벼랑이었다. 수나는 무거운 안테나를 들고 언덕을 에돌아 정상으로 올라갔다. 안테나를 설치해 놓고 한숨을 내쉬었다. 언덕에서 내려가 텔레비전 상태를 확인하고 다시 언덕에 올라가 안테나를 조정하자면 보통 서너 번은 왕래해야 할 터였다. 그날 수나는 언덕을 몇 번이나 오르락내리락했는지 모른다. 온몸이 땀으로 흠뻑 젖은 채 날이 어두웠다.

몸이 팥죽이 되도록 지쳐서 가게로 돌아왔더니 사장이 면박을 주었다.

"윤 기사, 그까잇 테레비 안테나 한 개 세우는 디 왜 그냥 죙일 걸렸댜? 성진무선 기사는 자네보담 뒤 시간이나 늦게 가구두 발써 돌어왔구먼."

가게에 침대를 펴고 누워 밤새도록 생각해 보니 체력적으로 이 일을 감당하기 어렵다는 생각이 들었다. 십육 개월간을 참으며 보냈지만 이제 전파사 일을 그만둬야겠다는 결심이 섰다.

다음 날 아침 수나는 사장에게 그만두겠다고 말했다. 사장은 수나를 달래서 잡으려고 했다. 그러나 결코 수나의 마음을 돌이킬 수는 없었다. 끝내 설득이 안 되자 사장이 독설을 퍼부었다.

"오디서 그 몸을 누가 받아 주나 볼 거여. 나나 되니께 월급 주구 재워 주구 멕여 줬구만, 세상이 올마나 얼음장처럼 차가운지 길 나서면 이내 겪을 거여. 흥, 한번 두구 보라구!"

사장 말대로 전파사를 그만둔 수나는 무슨 일을 해야 할지 막막했다. 직업훈련소에서 배운 전자 기술을 포기하고 택할 만한 일이 없었다. 그러다가 문득 떠오른 게 금은반지 세공 일이었다. 세공일은 수나가 전파사에서 일할 때 옆 가게 보경당 기사에게 어깨 너머로 배운 게 있었다. 수나로서는 재미로 해본 일이었다. 보경당 기사는 자정 가까이까지 일했다. 수나는 열 시쯤 가게 문을 닫으면 옆 가게로 놀러 갔다. 밤늦도록 혼자 일해야 했던 기사는 수나를 무척 반겼다. 더구나 비슷한 처지끼리 한 건물 한 지붕 아래서 지내다 보니 서로 친구가 되지 않을 수 없었다.

기사는 간혹 수나에게 작업대를 내 주었다. 수나는 그곳에서 손수 은반지를 만들어 어머니에게 선물한 적도 있었다. 그러나 말 그대로 어깨 너머로 배운 기술이었다. 세공 기술로 진로를 바꾸려면 처음부터 다시 제대로 익혀야 했다.

전파사를 그만 둔 지 열흘 만에 수나는 부품 도매상이 소개해 줘 정옥당이라는 가게에 세공사 보조로 들어갔다. 금은보석을 취급하는 일인 만큼 우선 믿을 만한 사람을 채용해야 하는데 보경당을 출입하던 도매상이 수나를 눈여겨 두었다가 소개했다.

정옥당은 형제가 운영하는 대천 시내에 있는 금방이었다. 집에서 가까워 출퇴근이 편했다. 무거운 물건이라고는 고작 괘종시계뿐이었다. 처음 접하는 일도 아니었으므로 기술도 무난히 습득하리라 기대했다. 그러나 기대는 이내 무너졌다. 기술자가 아니므로 대우가 형편없으리라는 건 이미 각오한 일이었다. 맡은 역할 또한 말이 세공사 보조이지 이런저런 일을 도맡는 잡일꾼에 불과했다. 청소는 물론 종일 잡다한 심부름에다가 형제들 구두까지 닦아 놓아야 했다. 세공 일 배울 시간은 조금도 주어지지 않았다. 차츰 기회가 올 것이니 그도 감내할 수 있었다. 그러나 주인 형제가 노상 투닥거리는 꼴은 견디기 힘들었다.

형은 금은세공을 맡고 동생은 시계를 맡았는데 늘 동생이 형을 의심하여 분란이 일었다. 동생은 형이 다루는 금붙이 재고를 달아 보고 따졌다. 재고가 부족하면 금을 뒤로 빼돌렸다고 난리치고, 남으면 일을 잘못했다고 시비했다. 수나는 기술이고 뭐고 당장 그만두고 싶었다. 그러나 소개해 준 이의 체면을 생각해서 얼마간 참고 견뎠다.

수나는 기술을 배우려고 꾀를 냈다. 주인 형제가 번갈아 하는 숙직을 수나가 날마다 맡겠다고 자청했다. 그리고 정옥당에 자신을 소개한 도매상에게 부탁해서 중고 시계를 구입했다. 주인 형제가 퇴근하고 나면 중고 시계를 분해하고 조립하기를 반복했다.

작은 주인이 구긴 유사•를 펴서 다시 감아 내는 것을 눈여겨 두었다가 밤이면 따라해 보았다. 돋보기를 눈에 끼우고 스탠드 불빛에 바짝 대면, 머리카락보다 가는 손목시계 유사도 만질 만했다. 주인이 괘종벽시계를 수리할 땐 야단을 맞으면서 지켜보았다. 손목시계 태엽은 작은 데다가 태엽 통에 들어서 위험하지 않았다. 그러나 괘종처럼 큰 시계태엽은 겉으로 노출된 데다 아주 강해서 조심히 다루어야 했다. 부주의하게 해체하면 태엽이 튀어나와 크게 다칠 수 있었다. 괘종시계 태엽을 어떻게 풀고 분해하는지 방법을 알고 싶었으나 작은 주인은 괘종시계를 분해할 때는 수나에게 바깥심부름을 보냈다. 기술을 가르치고 싶지 않았던 것이다.

　그 기술의 비밀은 나중에 도매상을 통해 알게 되었다. 태엽 푸는 연장을 구입하는 대가로 얻어들은 기술이었다. 벽시계 수리가 접수되면 작은 주인이 수리하기 전에 태엽을 풀어 보았다. 도매상에게 들은 대로 따라서 해보는 것도 쉽지 않았지만 어쨌든 성공했다. 그 뒤로 수나는 밤마다 괘종시계 태엽을 해체하는 작업을 반복해서 익혔다.

　두 달쯤 버티자 수나에게도 기술 익힐 기회가 찾아왔다. 순금이 아닌 백금이나 18K에 보석을 넣어 반지, 목걸이, 귀걸이, 팔찌를 만드는 일을 맡게 되었다. 대도시가 아닌 시골 금

• 유사 : 태엽처럼 탄력을 지녀 템포 바퀴를 일정하게 돌리며 감겼다 풀렸다 하는 특수 금속. 작은 시계 중엔 머리카락보다 가는 것도 있다.

은방에서 보석 제품까지 세공할 수 있는 곳은 드물었다. 보석 제품만 전문으로 제작하는 반지 공장도 대천에는 없고, 시외버스로 두 시간 거리의 예산에나 가야 있었다. 정옥당은 다이아몬드나 에메랄드, 루비, 사파이어와 같은 고급 보석을 세공하는 일이 많지 않았다. 그러나 루비스타, 블루사파이어, 오팔, 토파즈와 같은 준보석을 가공하는 일은 많았다. 정옥당은 주문을 이틀씩 모았다가 예산 공장으로 가서 제품을 제작했는데 주인 형제는 그 심부름을 수나에게 시켰다. 서로 감시하느라 한시도 눈을 뗄 수 없는 형제였던 것이다.

제품 하나만 제작해도 몇 시간씩 걸리니 공장에 가면 마지막 열차로 올 때가 많았다. 예산 가는 날은 청소나 궂은일에서 놓여나서 좋았다. 기술을 배울 수 있는 기회도 되었다. 다만 종일 굶주려야 할 때가 많아 힘들었다. 정옥당 형제는 인색하게 점심 값도 없이 왕복 차비만 달랑 주었다. 한 달쯤 지나서 수나가 그 문제로 불평하자 겨우 빵 한 개 사 먹을 돈인 이백 원을 식대로 주었다. 그것도 형제가 다툰 날은 서로 미루거나 잊어 먹고 주지 않았다. 그렇게 수나는 예산의 보석 가공 공장을 일 년 넘게 다녔다.

밤새 다툰 주인 형제는 아침부터 수나에게 상대를 헐뜯었다. 처음으로 수나는 화를 냈다.

"그만들 하셔유. 형제끼리 왜들 그렇게 믿지 못해유? 저 보기에 창피허지두 않으셔유?"

오래 묵힌 말을 하고 나니 속은 후련했다. 형제의 반응은 싸늘했는데 수나는 하루 종일 주문이 밀려서 신경 쓰지 않았다.

　이튿날은 일찍부터 예산에 갈 차비를 했다. 모처럼 다이아몬드 반지까지 맡아서 공장에 가져다 줄 대금도 많았다. 작은 주인은 늘 진열장 안쪽에서 등을 보이고 앉아 돈을 헤아렸다. 수나는 큰 주인에게 일감을 꼼꼼히 챙겨 받느라 정신이 없었다. 작은 주인이 수나에게 돈을 건네며 말했다.

　"자, 삼십오만 육천 원여. 셔 봐. 괜히 뻐쓰간써 쓰리 맞지 말구 정신 채려서 잘 갖구 가."

　수나는 받은 돈을 헤아려 액수를 확인했다.

　"이천 원 더 왔슈."

　하면서 수나는 이천 원을 빼 들었다. 오늘도 점심값을 뺐구나 싶어 수나는 그냥 가져가고 싶었다. 어릴 적 도넛 사건을 겪은 뒤로 수나는 남의 것은 티끌도 거저 갖지 않았다. 천 원짜리 두 장을 건네자 작은 주인이 빙글거리며 말했다.

　"너 밥 사 먹으라구 더 는 거여."

　이천 원씩이나 더 주다니 뜻밖이었다. 수나는 기분이 들떴다. 이천 원이면 자장면 한 그릇을 사 먹고도 천오백 원이 남았다. 막차를 타더라도 저녁까지 해결하고도 천 원이 남는다는 생각에 수나는 마냥 기분이 좋았다.

　"돈 즘 다시 줘 봐라. 여기 남은 돈이 좀 빈다야."

　작은 주인이 말했다. 금방 서로 헤아려 본 돈을 왜 다시 달라는가 싶었다. 작은 주인은 돈을 건네받자 등을 돌렸다.

"맞구나. 내가 잠깐 착각했구먼."

수나는 건네준 대로 돈을 받아 넣고 가게를 나왔다. 버스 시간이 다 되어 갔다.

오전 열 시가 다 되어 공장에 도착했다. 보석 가공 공장은 대부분이 가내수공업이라 수나가 드나드는 사업장도 규모가 작았다. 공장장을 포함해 기술자가 넷에, 조각사 하나, 주물 기사 하나에 제품을 광내고 잡다한 치다꺼리를 하는 견습생 이 둘 일했다.

일감이 많아서 예상했던 대로 늦게 일이 끝났다. 밤 아홉 시에 있는 마지막 기차나 겨우 탈 수 있을지 장담할 수 없었 다. 수나는 일을 돕는 척하며 기술을 배우고 싶었지만 공장에 서는 절대 그런 짓을 용납하지 않았다. 남의 보석을 다루는 일이라 행여 외부인이 손댔다가 제품 하나라도 잘못되면 서 로 곤란했다. 공장에서 하루 종일 기다리며 보내는 일은 몹시 무료했다. 수나는 문고판 책을 주머니에 넣고 다니며 읽었다. 책 읽는 걸 워낙 좋아하기도 했지만, 공장에서 책을 붙잡고 있노라면 시간도 빨리 갔다.

일이 다 끝나고 계산할 때였다. 돈 오만 원이 부족했다. 분 명히 서른 장이던 오천 원짜리가 정확히 열 장이 비어서 스무 장밖에 되지 않았다. 소매치기 짓이라고는 할 수 없었다. 누 군가 주머니에서 부러 빼 가지 않고서는 있을 수 없는 일이었다. 참으로 귀신 곡할 노릇이었다. 아침에 대금을 수령할 때 저 혼자 세 본 것도 아니고 작은 주인까지 함께 세지 않았던 가. 오늘은 더구나 작은 주인이 한 번 더 확인한 돈이었다. 부족한 비용을 다음에 주기로 하고 물건을 찾아 대천으로 돌아오면서 수나는 넋이 나가 있었다. 오만 원은 수나가 열흘 내내 일해야 만질 수 있는 큰돈이었다. 용돈을 한 달에 만 원도 쓰지 않는 수나였다.

전후 사정을 주인에게 전했더니 형제들은 냉랭하기만 했다.

"분명히 너랑 나랑 세서 주구받었잖냐?"

작은 주인이 말했다. 수나는 대답하지 못했다.

큰 주인은 얼굴을 붉히며 수나에게 벌컥 화를 냈다.

"정신머리럴 으따 빼 놓구 댕겨. 혹시 니가 쓰구선 숭 떠는 거 아녀?"

수나는 할 말을 잃고 말았다. 그동안 겪어 온 세월로도 자신을 그렇게 몰아붙일 수는 없었다.

작은 주인이 말했다.

"이번 달 니 월급서 깔겨."

심한 모멸감이 들었다. 그리고 그 순간 수나는 작은 주인이 한 짓이 아닐까 의심했다. 그제야 아침에 하던 짓이 떠올랐고 수나는 정나미가 떨어졌다. 더 이상 그 가게에서 일할 수 없었다.

손님

    수나는 숨 돌릴 틈도 없이 고장 난 시계들을 수리했다. 어제 수리해 둔 시계들은 하나같이 시간이 잘 맞았다. 오늘까지 고쳐 줄 시계가 여덟 개였다. 조심스럽게 가게 문이 열리고 한 아낙이 웃으며 들어왔다. 수나는 돋보기를 벗고 손님을 맞았다.

    "별건 아니구유, 집이서 딴 거 쬐끔인디 그냥 자셔 보슈."

    아낙은 까만 비닐봉지를 들이밀고 수나가 내용물을 확인할 틈도 없이 이내 문을 닫고 나갔다. 그제야 수나는 며칠 전 시곗줄 핀을 고쳐 간 손님이라는 걸 깨달았다. 아낙이 놓고 간 비닐봉지에는 굵은 대추가 한 되쯤 들어 있었다. 겨우 시계 핀을 하나 끼워 준 대가치곤 너무 과했다. 더구나 고맙다는 인사마저도 미처 못 한 생각이 들자 민망했다. 수나는 저번에 대천항에서 사 온 마른 꼴뚜기를 한 봉지 담았다. 혹시 아낙이 장을 보고 나타난다면 답례할 생각이었다.

만보당 앞으로 쉼 없이 장꾼들이 지나갔다.

훤칠한 키에 머리가 곱슬곱슬한 초로의 사내가 밖에서 기웃대다가 들어왔다. 눈이 부리부리하니 어딘가에서 많이 본 것 같은데 얼른 떠오르지 않았다. 이런 곳에서 손님을 상대하다 보면 닮은 사람을 참 많이 보게 된다. 사내가 내놓은 자명종은 둥근 사발 모양의 태엽 시계였다.

"책상에서 떨어져서 고장이 났는데 고칠 수 있을는지 모르겠소."

말씨가 시골 사람 같지 않았다. 수나는 자명종을 받아 들고 사내에게 응접용 소파를 가리켰다.

"앉으셔서 좀 기다리셔유."

그러나 사내는 앉지 않고 말했다.

"잠깐 장 보고 오려는데 그동안에 수리가 가능하겠소?"

"그러실래유? 그럼 해볼게유."

그가 맡기고 나간 시계를 열고 속을 꺼내 보았다. 얼마나 호되게 바닥에 떨어뜨렸는지 천부● 축이 튀어 비어져 나와 있었다. 다행히 앙크르●●는 이상 없어서 태엽이 풀리거나 다

● 천부 : 일정한 시간 간격으로 시계태엽이 풀리도록 하는 장치로 템포 바퀴(균형 바퀴)와 유사 앙크르 등으로 구성되어 있다.
●● 앙크르(앵커이스케이프먼트anchor escapement) : 시계의 톱니바퀴에 맞물려서 톱니바퀴의 회전 속도를 조절하는 닻 모양의 장치.

른 톱니바퀴도 어긋나지 않았다. 한쪽 너트만 풀고 기판을 살짝 올려 템포 바퀴• 축을 앙크르 핀에 맞추어 끼워 넣었다. 템포 바퀴가 천천히 움직이기 시작하더니 빠르고 힘차게 앙크르를 차며 돌았다. 다시 너트를 조이고 속을 집어넣어 조립했다. 시간을 맞춘 다음 '곱슬머리 아저씨'라고 꼬리표를 달아 두었다.

시계를 고칠 때마다 느끼는 일이지만, 고장 난 시계가 다시 템포 바퀴를 힘차게 돌릴 때는 수나도 덩달아 심장 박동이 힘차게 뛰는 것 같았다. 그런데 이런 느낌은 비단 시계를 고칠 때만 아니었다. 수나는 초등학교에서 장안선 선생님을 만난 뒤부터 책 읽고 글쓰기를 좋아했지만, 직업훈련소에서 나눠 준 일기장을 받은 뒤 그곳에 글을 썼다. 아주 두꺼운 노트였는데 훈련소를 퇴소할 무렵 노트를 글로 가득 채웠다. 그 노트를 갖고 지내다가 공주 일성당에 시계 기술자로 취직하면서 부모님 집에 두고 떠났다. 그해 여름 대천천이 범람하여 간석지에 지은 수나네 집이 물에 잠겼다. 그 물난리에 습작한 공책도 젖어서 버리게 되었는데, 수나는 두고두고 가슴이 아팠다. 마치 제 과거가 송두리째 사라진 느낌이었다.

그 뒤로 수나는 다시 노트를 마련했다. 시계 세공 기술자로 이곳저곳을 떠돌 때도 노트를 끼고 다니며 글을 썼다. 그 세

• 템포 바퀴(균형 바퀴) : 유사의 힘에 의해 좌우로 일정한 간격까지 돌아 감겼다 풀렸다 하며 앙크르를 퉁겨 주어 일정한 시간 간격으로 바늘을 돌아가게 하는 장치.

월이 어느덧 구 년이었다. 그동안 쓴 글이 노트로 열 권이 넘었다. 수나는 지금도 진열장에 노트를 펼쳐 놓고 가게를 찾는 손님, 시계 고치는 노동, 창밖 거리의 풍경, 떠오르는 상념을 곧잘 적고는 했다.

수나는 스스로 글인지 낙서인지 몰랐다. 그저 끄적일 때마다 마음이 맥맥해지지만 그 기분 역시 버리기 어려웠다.

가을볕이 바깥 유리를 뚫고 접대용 테이블에 닿아 굴절했다. 어느덧 시간이 열시 반을 넘고 있었다. 찾아들던 손님들이 잠시 주춤해서 수나도 한숨을 돌리며 바깥을 내다보았다. 번화가라서 평소에도 오가는 사람들이 많은 거리였다. 행인들 틈에서 아까 대추를 가져온 아낙이 보였다. 수나는 얼른 문을 열었다.

"아줌니! 저 좀 잠깐 봐유."

누구를 부르나 싶은지 지나던 사람들이 고개 돌려 수나를 쳐다보았다.

아낙이 쭈뼛거리며 가게로 들어왔다.

"뭔 대추를 그리 많이 가져오셨대유? 잘 먹을께유. 당최 지 마음이 무거워서 그래유."

수나는 마른 꼴뚜기 싼 비닐봉지를 건넸다.

"이럴라구 그랬남유. 아무튼 지두 잘 먹을께유. 낭중에 금반지나 허러 올게 잘해 줘유."

아낙은 꼴뚜기 봉지를 동글게 말아 시장바구니에 넣었다.

수나는 돌아가는 아낙을 눈여겨 두었다.

진열장에는 아기 반지가 몇 개 남지 않았고, 아기 팔찌도 다 팔리고 없었다. 개업했을 때부터 아기 반지와 기본 금제품 들은 늘 준비해 놓고 장사해 왔다.

반지를 만들려고 세공 작업실로 들어갔다. 반지 제작에는 여러 가지로 준비할 게 많았다. 세공 작업실은 각종 세공 연장과 도가니, 불통, 골돌, 바이스 등 공구들로 너저분했다. 더구나 염산과 초산, 유황, 붕사와 같은 독극물 냄새가 독했다.

전날 사용한 사기그릇에 물을 갈아 담고 모루와 망치, 집게, 광쇠, 갈기 따위의 연장을 깔끔히 손질했다. 가죽에 광약을 칠하고 조각정마다 문질러 날이 번뜩이도록 광택을 살렸다. 저울 수평을 잡고 먼지도 닦아 냈다. 금 무게를 다는 저울에는 먼지도 무게가 있었다. 도가니도 몇 개 꺼내고 불통에 석유도 채웠다. 조각 자리에 입힐 모래 통에도 물을 갈아 놓고 깔때기를 챙겼다. 모루와 망치, 지환봉, 절단가위를 사포로 문질러 산화된 철을 제거했다. 금을 만드는 일에는 어떤 불순물도 없어야 했다.

한 돈짜리 반지 다섯 개, 반 돈짜리 반지 열 개면 금이 열 돈이었다. 그러나 열 돈 금제품을 만들려면 금 열두 돈을 넘게 잡아야 했다. 금덩이에서 절단기로 열두 돈쯤 잘라 내어 저울에 달아 보니 조금 부족했다. 작게 한 도막을 더 잘라 얹으니 열두 돈 서 푼이 나왔다.

금덩이를 자를 때마다 수나는 자신을 궁리했다. 그것은 버릇처럼 자연스럽게 따르는 생각이었다. 자신의 가치며 영혼이며 그런 것들을 정확히 가늠하고 다듬고 잴 수 있을까? 내 인생에서 무엇이 그것을 가능하게 할까?

공책에 몇 자 적고 있는데 출입문 종소리가 울렸다. 곱슬머리 사내가 들어섰다.

수나는 고쳐 놓은 자명종을 귀에 대고 앙크르 튀는 소리를 가늠해 보았다. 시간이 정확했고, 소리도 맑고 또렷했다.

"예, 다 고쳐진 것 같네유. 사용허시다가 이상 있으먼 다시 봐 드릴게유. 어제든 가져오세유."

"단번에 제대로 고쳐야 기술자지, 몇 번씩 가져오게 하고 고치면 그게 어디 기술자요?"

"예?"

사내는 성끗 웃었다. 수나도 덩달아 웃었다.

"아, 그렇쥬. 그렇다마다유."

그러면서도 수나는 사내에게 생기는 경계심을 풀지 않았다. 처음인데 오래 사귄 사람처럼 붙임성 있게 다가오는 사람을 조심해야 했다.

"얼마요?"

"이백 원이유."

꼬리표를 떼고 자명종을 건넸다. 사내는 벽에 걸린 시계들과 자명종을 번갈아보며 시간이 맞는지 확인했다.

"저 전자 벽시계와 맞추세유."

수나는 표준 시간으로 삼는 벽시계를 가리켰다. 사내가 불쑥 물었다.

"시계방에 오면 늘 궁금한 게 하나 있어요. 시계방 시계들은 왜 시간이 다 제각각이오?"

수나는 조금 당황해서 얼른 대답하지 못했다. 역시 예사 사람이 아니었다. 지금껏 이런 질문을 해 오는 손님을 겪어 본적이 없었다. 수나는 사내의 질문을 생각해 보았다. 수나는 사내가 자신의 게으름을 지적하는 것 같아 싫었다. 빈정거리듯이 대답했다.

"다 지들 생김새대루 승질대루 가다가 그냥 되었겠쥬."

사내가 껄껄 웃었다.

"재밌는 대답이오."

수나는 샐쭉 웃었다. 거스름돈을 내주는데 어색했다. 그때 손님 하나가 가게 문을 기웃이 열고 들여다보았다. 웬일로 다시 방문했는지 아까 대추를 가져온 아낙이다.

"사장님, 이 동생이 반지 계를 모았다길래 소개헐려구 데리구 왔슈."

아낙의 뒤를 뚱뚱한 여자가 따라 들어왔다. 금반지계 계주라면 큰 손님이었다.

"어서 오셔유. 오늘 아줌니가 귀한 손님을 모셔오셨네."

수나는 얼른 진열장을 돌아서 아낙 앞으로 자리를 옮겨 섰다. 뚱뚱한 여자는 얼굴과 손발이 큼직큼직했다. 목과 팔에 굵은 금줄을 두르고 손가락에도 남자 반지보다 큼지막한 것을 끼고 있었다.

"동생 봐봐. 여기 사장님이 너무 좋으셔서 내가 반했단께. 호호."

아낙이 너스레를 떨었다.

"소개해 주신 아줌니 은혜를 갚기 위해서라도 잘해 드릴게유."

뚱뚱한 계주는 살짝 웃음기를 보일 뿐 표정이나 몸놀림이 도도했다. 수나가 겪은 바로는 도도한 손님일수록 한 번 단골이 되면 오래가기 마련이었다. 그리고 이런 손님은 자존심을 높여 주고 인정하면 쉽게 마음을 열었다.

그때까지 곁에 서 있던 곱슬머리 사내가 나가며 수나에게 알렸다.

"주인장, 수고하시오."

"예, 안녕히 가셔유."

수나는 사내에게 깍듯이 인사했다. 큰 손님을 두고 섰자니 그냥 가지 않고 주책없이 간다고 알리며 가는 사내에게 조금 짜증이 났다.

"우리 계원들한티 잘허슈. 그래야 오래 헐 수 있지, 내가 암만 거래허구 싶어두 계원들이 싫다면 못 허는 거유."

여자가 걸걸한 목소리로 말했다.

"여부가 있겠습니까? 저도 그 계원들을 단골로 잡아 보자고 반지 계를 하는 건데요."

금반지 계주와는 거래가 잘 마무리되었다. 스무 돈짜리 계에 스물한 명을 모았는데 당장 시작하겠다며 계약금을 지불했다. 금반지 계주들은 스무 돈짜리 계는 피하게 마련이었다. 몫이 크면 클수록 곗돈을 제때 받아내기 어렵고 그만큼 대납해 주는 부담도 따랐다. 대부분의 계는 다섯 돈짜리나 열 돈짜리에 열 명 정도를 모아 온다. 모처럼 손이 큰 계주를 잡아서 수나는 기분이 좋았다. 여자는 첫 몫은 계주가 탄다며 금을 덩이로 떼어 달라고 했다. 금방에서 계주에게 주는 사례는 계가 끝나는 마지막에 받아 가기로 약속했다. 간혹 미리 달라고 떼를 쓰는 계주가 있는데 그중에 사례만 받아먹고 도망치는 사기꾼도 있었다.

사실상 금반지 계로 이득을 보는 사람은 계주였다. 금은방 입장에서 순금은 이익금이 남아야 평균 1할밖에 되지 않았다. 그리고 계원에게 팔아 남은 그 1할의 이익금을 고스란히 계주에게 주었다. 그런데도 금은방이 이익도 없이 금반지 계를 하는 까닭은 고객 확보를 위해서였다. 계원 열 명 중에 절반만 단골로 잡아도 금은방으로서는 장기적으로 큰 이익이었다. 그러다 보니 금은방 간에 금반지 계를 잡으려고 눈이 벌게져 있었다.

•연금술사

수나는 아기 반지를 만들었다. 열두 돈 세 푼 금을 새 도가니에 담고 불통에 불을 붙였다. 공기 펌프 페달을 밟아 불통에 바람을 넣었다. 푸른 불꽃이 점점 세게 올라 금덩이를 달구었다. 도가니에 붕사를 뿌렸다. 붕사가 타면서 금이 더 빨리 녹았다. 붕사는 타서 없어지고 도가니엔 금물이 붉게 끓었다. 눈부신 금 구슬방울이 부풀어 올라 구르듯이 꺼졌다. 그 광경을 보고 있노라면 시간이 막 열리는 태초의 순간이 느껴졌다. 천지창조의 광경이 꼭 이러했으리라 싶은 것이다. 수나 역시 작은 세상 하나를 만드는 일에 참여하는 느낌이 들었다. 금은 한낱 광물에 지나지 않지만 금을 다루는 사람은 그 신비감이 일반인보다 더했다. 수나에게 금세공은 심리적 작업이기도 했다. 실상 사람들이 금과 같은 보석을 갖고자 할 때는 자연의 신비감을 나눈다는 마음이어야 합당할 터였다. 금은 환금의 보석이라기보다 응축된 자연의 시간을 묻는 정신에 가까웠다.

값이 싸든 비싸든 하나의 보석은 가늠할 수 없는 세월을 견디고 발굴되고 세공 연마 되어야만 탄생할 수 있다. 어떤 보석으로 태어날지, 무슨 모양의 패물이 될지, 어떤 주인을 만날지 그만의 특성이 있고 운명이 있고 인연이 있다. 그런즉 세공 일이란 생명을 탄생시키는 것이다.

수나는 하나의 원석이 되어 자신을 제대로 가공된 보석으로 탄생시키고 싶었다. 사납고 모난 자신을 깎고 다듬어서 아름답게 만들어 보고 싶었다. 거칠고 허물투성이인 자신을 조각하고 광을 내어 번쩍이는 보물을 만들고 있었다.

수나는 쇳물이 끓을 동안 골돌을 달구었다. 골돌은 넓고 좁고 짧고 긴 골에 쇳물을 부어 작업하기 좋은 모양으로 잡아 주는 주형이었다. 골돌을 달구고 쇳물을 부을 골에 양초를 떨어뜨려 입혔다. 양초를 입혀야만 금물이 굳을 때 골돌에 달라붙지 않는다. 도가니를 평집게로 들어서 살살 흔들며 금물을 길고 좁은 골에 부었다. 양초가 흰 연기로 화하고 금물이 서서히 굳어 갔다.

수나는 아기 반지와 팔찌와 같은 것을 만들 때마다 우주와 생명을 창조하듯이 아기들의 생명을 창조하는 일로 상상했다. 달보다 별보다 예쁜 아기의 웃음을 찍어 내고 맑은 눈동

자를 새겨 넣고 우주보다 신비한 생명을 탄생시키는 일로 상상했다.

골돌에 부은 금물은 사위어 가는 저녁 해처럼, 노랗고 밝던 빛이 붉어지다가 검게 식었다. 길게 군은 금덩이를 핀셋으로 쑤석이며 평집게로 떼어 냈다. 염산을 부은 사발에 금덩이를 넣었다. 치직, 끓으며 금속성 냄새가 코를 찔렀다. 얼른 다시 꺼내 물에 행구었다. 비로소 금빛 때깔이 살아났다. 금덩이를 절반으로 잘라 절반은 한 돈짜리용 다섯 개로 나누고, 나머지 절반은 반 돈짜리용 열 개로 나눴다.

이렇게 자른 금을 골돌에 한 개씩 올려놓고 다시 불질하여 달구었다. 금이 알맞게 달궈지면 하나씩 집게로 잡고 꼭두망치로 두들겨 늘였다. 그것을 중망치로 두들겨서 반지 모양으로 잡아 나갔다. 양쪽 끝을 녹여서 붙이면 반지 꼴이 나왔다. 그것을 지환봉에 끼우고 나무망치로 두들겨서 더 다듬었다. 그러나 아기 반지는 양끝을 붙이는 공정을 생략했다. 아기들 손가락은 시시때때로 굵기가 변하므로 끝을 열어 놓아야 했다. 틀 잡은 반지를 크고 작은 줄칼로 정교하게 다듬었다. 굵은 줄칼로 밀면서 무게를 맞추고, 고운 줄칼로는 다듬었다.

반지를 모두 다듬으면, 물모래를 맞춘다. 물모래를 맞추는 것은 조각 광택을 살리기 위해서다. 조각 자리에 광택이 빛나면 조각 빛이 흡수되어 돋보이지 않는다. 물모래를 맞추면 조각할 자리의 빛이 보얗게 된다.

물모래를 맞추려면 양동이 같은 곳에 물과 깨끗하고 고운 모래를 담는다. 그리고 깔때기에 모래와 물을 퍼 올려서 조각할 자리에 깔때기 대롱으로 빠져나오는 물과 모래를 맞춘다. 물모래를 맞추면 다른 방법보다 조각할 자리가 더 곱게 보애진다.

열다섯 개의 제품 모두를 물모래로 맞추면 다시 또 한 개씩 불에 달구며 노황을 바른다. 노황은 유황과 화학 재료를 섞어 물에 갠 것이다. 붓으로 조각할 자리에 노황을 칠하고 타서 검어지도록 불질한다. 노황이 검게 끓는 금을 물에 급히 식혀 노황재를 씻고 헝겊으로 물기를 닦는다. 이처럼 순금 조각은 노황을 입혀야 조각발이 산다.

아기 반지 조각은 보통 금반지 조각과 다르다. 금반지는 보통 짧은 지환봉에 끼워 바이스에 고정하고 조각한다. 그러나 아기 반지는 감탕에 붙여서 바이스에 고정시키고 조각해야 한다. 수나는 작은 나무판에 붙여서 단단히 굳은 감탕을 알코올 불에 쬐어 무르게 녹였다. 녹은 감탕은 반지를 붙이기 좋을 만큼 끈적끈적했다. 감탕에 조각할 아기 반지를 나란히 붙였다. 감탕이 빨리 굳게 하려고 반지를 붙인 나무판을 찬물에 담가 두었다.

아기 반지를 붙인 나무판을 바이스에 물려 고정시켰다. 아기 반지엔 국화 문양을 많이 새긴다. 때로는 다른 꽃이나 별, 십장생, 달, 용, 새, 돛단배 따위의 무늬를 조각하기도 한다.

미리 갈아 놓은 조각도를 조각 망치로 정성스럽게 두들기며 반지에 무늬를 새겼다. 아기 반지에 꽃이 피고 새가 날고 별이 떠서 빛났다. 조각을 완성하면 다시 감탕을 살짝 데워서 아기 반지를 떼어 냈다. 반지에 조금씩 묻은 감탕은 비커 물에 넣고 삶아 뜨거울 때 천으로 닦으면 깨끗해졌다. 마지막으로 지환봉에 대고 말아 반지 꼴을 만들면 공정이 끝났다.

수나는 세공을 하며 항상 연금되는 건 자신이 아닐까 생각했다. 세상으로부터 소외되어 보잘것없던 존재지만, 이렇듯 녹고 다듬어지다 보면 조금은 빛나는 존재가 되지 않을까 스스로를 위로했다.

시인

아침부터 손님이 뜸해서 수나는 대천 출신 작가가 쓴 『산 너머 남촌』이라는 소설을 읽었다. 점심도 거르고 오후 네 시가 되어서야 책을 내려놓을 수 있었다. 하루 종일 아기 반지 두 개와 손목시계 하나가 팔렸을 뿐이다. 수나는 책을 무릎에 놓고 한동안 몽롱하게 앉아 있었다. 왠지 그는 맥맥한 기분에 사로잡혔다. 빈속이지만 커피를 타 마셨다. 글을 쓰고 싶어서 노트를 펼쳤다가 몇 자 적어 보고는 덮었다. 그리고 또다시 멍해졌다.

그렇게 앉았노라니 곱슬머리 사내가 들어왔다.

"이번엔 손목시계 줄을 갈려고 왔습니다. 너무 오래 찼더니 줄에서 냄새가 나네."

시계는 낡은 가죽 줄이 달려 있었다. 소가죽 줄인데 얼마나 오래된 것인지 가장자리가 닳아서 하얬다. 오래된 가죽에서 특유의 노린내가 풍겼다. 수나가 새 가죽 줄을 골라 바꾸었다. 그동안 사내는 수나가 진열장 위에 둔 노트를 펼쳐 들고 들여다보았다.

"아이, 보시지 마서유!"

수나는 깜짝 놀라 손을 뻗었다. 곱슬머리 사내는 몸을 돌려 수나의 손길을 피했다. 그는 빙그레 웃고 있었다.

"이거 시 아니오? 주인장께서 직접 쓴 거요?"

"낙서유. 어서 이리 주서유."

"허허, 모름지기 글을 쓸 땐 남에게 보이려고 쓰는 것이지 안 보이려면 뭐하러 쓰오? 비밀 장부 취급하는 게 더 우습네."

맞는 말이지만 수나는 여전히 부끄러웠다. 사내는 노트를 돌려줄 생각이 없는 모양이었다. 선 채로 여러 장을 넘기며 읽어 나갔다. 수나는 눈 둘 데가 없어 애먼 포장용 상호 스티커만 잡아당겼다. 무의식적으로 스티커 통에서 뽑아낸 '만보당'이라 인쇄된 노란 스티커는 이미 여러 장이었다.

얼굴이 구릿빛인 사내가 중학생 사내아이를 데리고 가게로 들어왔다. 곱슬머리 사내는 손님들이 나타나자 아예 소파로 물러나 앉았다. 그는 노트를 다 읽어 낼 셈인지 다리를 꼬고는 노트에 얼굴을 묻은 채 주인은 안중에도 없었다.

"얘 시계 즘 살라구 왔는디, 잘 즘 해 주슈."

"골러 보셔유. 어? 아! 너였냐? 아부지시구나."

수나는 중학생이 찰 만한 시계를 내놓으며 아이를 알아보았다. 수나네 뒷집에 방을 얻어 누나와 자취하는 아이였다. 아이의 고향은 삽시도였다. 대천항에서 여객선으로 한 시간이나 걸리는 섬에는 초등학교밖에 없어서 중학교에 진학한 학생들은 대천으로 유학했다.

"우리 애를 아슈?"

"자취방 앞집 아저씨유."

아이가 대답했다.

"이건 을마구, 요건 을마유?"

사내는 수나가 내놓은 시계들을 가리켰다.

"들고 기신 건 삼만 오천 원짜리구, 그것은 이만 팔천 원인디유."

"잘해 주신다더만 말짱 헛소리네."

"그건 삼만 삼천 원만 주시구, 이건 이만 육천 원 주셔유."

"에게게? 그까짓 대패질이야 오딘들 안 해 주남. 난 또 잘해 주신다기에 작두질이라두 해 주실 줄 알었지."

"어이구, 아저씨두 참. 남는 게 얼마나 된다구 작두질을 허슈? 아예 제 목을 단두해 달라 허시지. 이만허먼 깊게 대패질헌 거유."

"허이고오, 내가 치사혀서 안 깎구 말겨. 에쑤, 삼만 오천 원. 대신 이웃서 사시니께 우리 애덜이나 점 보살펴 주슈."

두 부자를 보내고 나니 곱슬머리 사내가 소파에 앉아 말을 걸어 왔다.

"글이 재밌네요. 이왕 보기 시작했으니 다 보고 줄게 며칠만 빌려 주쇼."

"보실 게 뭐 있다구 넘의 일기장 같은 걸 빌려 가슈?"

그러나 수나는 기분이 좋았다. 자신의 글을 인정해 주는 사람은 처음이었기 때문이다. 그렇다고 신원도 모르는 사람한테 문집을 그냥 내줄 수는 없었다.

"내일 다시 오셔유. 그러면 읽으시기 좋게 정리해서 드릴게유."

사내는 수나의 제안을 마다하지 않았다. 곱슬머리 사내는 이틀 뒤에 다시 오마고 돌아갔다.

수나는 이내 문방구에서 원고지를 사다가 또박또박 옮겨 적었다. 손님 없는 틈에 적으려니 가게 문을 닫고도 한참 늦어 밤 열한 시에 작업이 끝났다.

이틀 뒤에 오겠다던 곱슬머리 사내는 며칠이 지나도 오지 않았다. 괜한 헛수고가 억울해 수나는 원고지를 진열장 서랍에 처넣었다. 오고가는 뜨내기를 뭘 믿고 기다렸는지 자신이 한심했다. 분명 무슨 꿍꿍이속이 있는 사내가 틀림없었다. 수나는 모씨댁 같은 부류를 떠올렸다.

거리에는 은행나무 잎들이 노랗게 절정이었다. 11월 초니 예년보다 한참 늦은 단풍이었다. 10월이 저물도록 날씨가 가을답지 않게 따뜻했다. 그러더니 갑자기 바람이 스산하고 추워졌다. 허겁지겁 난방을 하느라 석유난로를 내서 불을 피우니 가게에 석유 내가 진동했다.

이른 아침부터 스무 돈짜리 계주가 찾아왔다. 처음 오고 나서 보름 만이었다.

"사장님, 이거 우리 계원들이 광을 내 달라구 해서 가져왔어유."

여자는 팔찌와 목걸이 들을 쏟아 놓았다. 달아 보니 금붙이들이 백열 돈이나 되었다.

"시간이 걸리니께 잠깐 앉으셔서 기다리세유."

"아뉴. 해 놓으시면 냉중에 찾아갈게유. 대신 맡겼단 표시나 끊어줘유."

스무 돈짜리 체인 팔찌 두 개, 열다섯 돈짜리 두 개, 목걸이가 스무 돈짜리 한 개, 열다섯 돈짜리 두 개, 다섯 돈짜리 매듭 팔찌 한 개, 목걸이 한 개……. 수나는 물품 명세서에 종류대로 귀금속을 적었다.

여자가 돌아가자 수나는 이내 세공실로 가지고 들어가 금붙이들을 불에 달구어 염산에 넣었다. 염산에서 꺼내어 물에 헹구자 땟국이 말끔하게 빠졌다. 이것들을 자동 광택기에 넣고 모터를 돌렸다. 광택기에는 잔 쇠구슬이 잔뜩 들어서 서로 엉켜 돌면서 광을 내 주었다. 팔찌와 목걸이 들은 새로 만들어 낸 제품처럼 빛났다. 수나는 그것들을 진열장 한편에, 다른 제품들과 구분하여 따로 진열했다.

오랜만에 괘종시계 수리가 들어왔다. 전자 벽시계가 나온 뒤 태엽시계를 사용하는 집은 거의 없었다. 화려한 추가 달린 대형 벽시계가 있지만 그것 역시 건전지로 돌리는 전자시계일 뿐이었다. 수리 들어온 벽시계는 아주 컸다. 그만큼 큰 태엽시계는 귀한 골동품이 되었다. 그런 세상인 줄 알지만 수나는 이처럼 낡은 태엽시계를 대할 때마다 가슴이 아렸다.

어린 시절 수나의 집에는 할머니의 유품인 괘종시계가 있었다. 구한말 사람인 할머니는 시집올 때 혼수로 괘종시계를 가져왔다. 로마자로 장식된 둥근 면판의 눈금과 테두리, 아래 추와 문의 테두리까지 노랗게 금장 도금이 된 고급 괘종시계였다. 시계 케이스도 옻칠을 하여 나뭇결을 곱게 살렸다. 친정이 부자였다는 할머니가 어떻게 가난한 마을 훈장에게 시집을 올 수 있었는지 수수께끼였다. 그 괘종시계는 할머니가 고모와 큰아버지, 그리고 막내인 아버지까지 장가보내고 수나가 열두 살이 될 때까지 가난한 시골집 바람벽을 장식했다.

어머니는 할머니가 돌아가신 후 괘종시계를 골동품 장수에게 팔았다. 어머니로서도 그 괘종시계가 소중한 유품이라는 것은 알았다. 그러나 보릿고개를 넘자니 처분하지 않을 수 없었다.

수나는 시계추와 시곗바늘을 빼내고 문자판을 해체했다. 노란 합금 기판으로 된 괘종 장치가 드러났다. 한쪽 종을 치는 태엽이 끊겼는지 완전히 풀어져 있었다. 사람이 늙으면 뱃살이 늘어지는 것처럼, 낡은 괘종도 마찬가지였다. 사람이 세월을 피할 수 없듯이 기계도 마찬가지였다. 태엽이 끊겼다면 새것으로 교체해야 하는데 그런 태엽은 구하기가 힘들었다. 더러 서울 청계천 시계 부속품 전문점에 주문하여 구한 적도 있었다. 수나는 우선 끊겼는지 풀렸는지 확인하기 위해 태엽을 감아 보았다. 날개바퀴가 힘껏 돌고 망치가 종을 때렸다. 태엽은 온전했다. 다만 기판의 구멍들이 늘어나 생긴 고장인 것 같았다. 기판 역시 새로 구할 수 없으니 어쩌면 고치기 어려울지도 몰랐다. 그러나 모처럼 만난 귀한 괘종시계라서 수나는 꼭 고쳐 내고 싶었다.

수나는 시계 케이스에 고정시킨 나사못을 조심스럽게 풀어 내 보았다. 나사못을 빼내는 순간 태엽의 강한 탄력으로 내부 장치들이 한쪽으로 쏠렸다. 간신히 내부 장치를 분리해 내자 태엽은 쟁반 크기로 풀어졌다. 짐작대로 톱니바퀴 축이 박힌 기판 구멍들이 늘어나 있었다. 전신에 암세포가 퍼진 환자처럼 시계도 톱니바퀴 축 구멍마다 마모가 심했다. 모두 시간이 만들어 놓은 흔적들이었다.

수나는 부품들을 대야에 담긴 휘발유로 말끔히 닦았다. 오랜 시간 묵은 때가 우러나 휘발유가 시커멓게 되었다. 기판과 톱니 재료는 특수 합금이라서 녹슬지 않고 노란 금빛을 유지하고 있었다. 양쪽 기판을 깨끗이 닦아 보니 태엽의 힘이 닿는 톱니바퀴 자리가 모두 조금씩 늘어나 있었다. 기판을 모루에 올려놓고 마모된 구멍 주위에 구슬 정을 대었다. 작은 망치로 구슬 정을 조심스럽게 두드리면 정에 찍힌 만큼 기판이 눌리며 구멍이 좁아졌다.

수십 개의 기판 구멍을 일일이 손보는 일은 몇 시간이나 걸렸다. 손님들을 상대하면서 작업하려니 일이 더 더디었다. 구멍을 줄이는 작업을 끝내고 기름을 칠해 점검해 보았다. 바퀴축을 끼워서 돌리자 톱니바퀴와 구멍이 잘 맞아 돌았다.

시계는 해체보다 조립에 더 신경을 써야 했다. 조금만 어긋나도 이 정밀한 기계는 시간에 오차를 일으켰다. 수나는 가운데 시, 분 바늘 축을 먼저 끼우고 태엽 바퀴를 끼웠다. 반대쪽 기판도 똑같은 과정으로 덮었다. 앙크르와 시계추를 맞추고, 종 치는 망치와 날개 바퀴를 맞추면 시침 기어 방향을 잡고 너트를 채웠다. 기계 장치 조립이 끝났다.

이제는 케이스 조립 과정이 남아 있었다. 태엽을 감아 앙크르와 시계추의 중심을 잡는 과정은 기다림과 관찰의 시간이기도 했다. 케이스를 벽에 걸어 시계추를 흔들어 놓았다. 앙크르 튀는 소리가 고르게 들렸다. 다음 날 아침까지 추가 멈추지 않는다면 아낙과 시계추가 제대로 균형을 잡은 것이다. 그다음 과정은 면판을 붙이고 시간을 조종하는 일이다. 시간은 면판을 붙여야 정확히 조정할 수 있다. 태엽시계에서 추는 시간을 흐르게 하는 구동 장치다. 시간은 추의 높낮이로 조정

한다. 빠를 때는 낮추고 느릴 때는 높인다.

이튿날 아침 수나는 일찍 출근해서 괘종시계를 보았다. 추가 잘 움직이고 있었다. 귀를 대 보니 앙크르 튀는 소리가 여전히 맑고 골랐다. 수나는 활짝 웃었다. 시계를 벽에 걸어 놓은 채로 나사못을 박아 면판을 붙였다. 분침 심을 돌려 종이 칠 때 바늘을 정시로 향하게 꽂고 고정나사를 조였다. 수나는 정성스레 걸레로 유리를 닦고 벽시계를 쓰다듬어 보았다. 꺼져 가는 생명 하나를 제 손길로 살려 낸 것처럼 벅찼다.

"사장님, 접때 지가 소개헌 기장이 뭐 맡긴 것 있쥬?"

대추를 갖다 준 아낙이 웃으며 들어왔다.

"어서 오슈. 계원들 것을 광내 달라고 맡기신 게 있슈."

"그거 다 됐걸랑 저더러 찾어오라구 허던디유."

"다 되었시유."

수나는 진열장 한쪽에 두었던 물건들을 꺼내 놓았다.

"여기 보세요. 스무 돈짜리 체인 팔찌 한 개, 열다섯 돈짜리 두 개, 목걸이가 스무 돈짜리 한 개……."

"어련허실라구유."

수나는 귀금속들을 흰 종이에 싸서 지퍼 봉지에 넣었다.

"조심히 가져가세유. 근디 지가 확인서 써 드렸는디 가지고 오셨시유?"

"얼라, 그거 안 주던디. 사장님을 그냥 믿지 뭇허는 여편네 헌티 그런 걸 뭐러 써 주셨대유? 안 맽기면 그만두시지. 사장님 겉은 분을 못 믿으면 누굴 믿겠다구? 여따 그냥 두셔유. 나 안 찾어 갈래유. 자기가 알어서 찾어가게 놔 둬유."

아낙이 정색하고 말했다. 수나는 조금 당혹스러웠다.

"아이, 그렇게 성내지 마셔유. 아줌니가 증인이신디 별일 있겠시유? 담에 그 확인서나 받아 놨다가 가져다 주세유."

물건을 내 주지 않으면 아낙이 돌아가서 계장한테 한마디 할 것이고, 까탈스럽다고 등이라도 돌릴까 걱정이었다. 이런 상황이 금은방 일 중에 가장 판단하기 어렵고 피곤했다. 귀중품을 취급하는 장사라 늘 사람들과 신경전을 벌이고 일단 의심부터 하고 보는 습성이 싫었다. 금은방은 도둑, 강도, 사기꾼들의 대상이었다. 종업원 잘못 두었다가 그 종업원에게 당한 사례도 많았다. 그러다 보니 사람을 함부로 믿지 못했다. 금은방 주인들은 자신을 도우려고 찾아온 사람이라 해도 처음에는 의심부터 하고 보았다. 수나는 그것이 싫었다. 사람이 사람을 믿지 못하는 세상이라면, 아무리 물질이 풍족해도 행복하고 아름다운 세상이라 할 수 없었다. 그것은 보물을 나누어 주는 가게를 하겠다는 수나의 뜻에도 반했다. 누구도 믿지 못하고 사무적인 거래만 하는 직업이라면 어찌 보물을 나눌 수 있을까?

여름과 겨울이 길어졌는지 봄가을이 짧아졌다. 손님들이 벌써 두툼한 겨울옷을 차려입었다.

"책이 재미있나 보군요, 사람 들어오는 것도 모르시게?"

놀라서 움찔하며 보니 곱슬머리 사내였다.

"아유, 오셨시유?"

한때 서운하고 실망스런 감정은 사라지고 수나는 반갑게 사내를 맞았다. 이번에도 사내는 보자기에 뭔가를 싸서 들고 있었다.

"이거 손볼 수 있으시면 봐 줘요. 전지가 다 닳은 줄 알았더니 새로 사다 끼워도 안 가오."

사내가 전자 벽시계를 보자기에서 풀어 놓았다. 전자 벽시계는 복잡한 집적회로여서 분해하기 어려웠다. 차라리 부품을 통째로 교환하는 게 비용도 덜 들고 나았다. 수나는 나사못을 풀어서 벽시계의 뒤를 열었다. 저도 모르게 픽 하니 웃음이 나왔다. 건전지가 거꾸로 끼워져 있었다. 건전지를 바로 끼우자 초침 소리가 차락차락 경쾌하게 울렸다.

"겨우 그랬던 거요?"

사내는 묻고도 어이없는지 혼잣말을 이었다.

"기름 떨어진 차 끌고 서비스 센터에 온 격일세."

"그러실 수도 있쥬, 뭐."

수나는 시간을 맞춘 후 시계를 보자기에 싸 주었다.

"얼마입니까?"

"무슨 돈이래유?"

그러면서 수나는 그를 바라보았다.

"무슨 일 있으셨슈? 지난번 오신다구 허시더니……."

"아, 나는 보여 주기 싫어서 거절한 거로 생각했죠. 마음을 바꿨소? 어디 보여 줘 봐요! 나도 시에 관심 많은 사람이라서 그래요."

수나는 진열장 서랍을 열어 정리해 두었던 원고를 꺼내 서류 봉투에 넣어서 사내에게 건넸다.

엊저녁부터 첫눈이 내렸다. 아침에도 거센 눈발이 자우룩이 흩뿌리더니 이내 함박눈이 되어 도로에 쌓여 갔다. 배추를 가득 실은 수레 하나가 가게 앞을 지나갔다. 수나는 가게 바닥을 걸레질하고 수리 맡은 손목시계를 열었다.

시계 속에는 정교하게 돌아가는 우주가 있었다. 영영 식지 않는 심장으로 태양을 달구고 영영 닳지 않는 숨결로 달빛을 벼려 주는 박동이 있었다. 별점을 찍어 가듯 정밀한 톱니가 한 눈금씩 밤과 낮을 돌리며 하늘과 땅을 움직이는 우주가 있었다.

수나는 심장이 박동하는 만큼 누군가와 사랑을 나누고 싶었다. 누군가를 위해 진하고 진한 사랑의 눈금을 찍어 두고 싶었다.

'그러나 누가 내 사랑 따위에 관심을 줄까.'

스무 돈짜리 반지 계주가 길을 건너 가게로 다가왔다. 곗날은 며칠 남아 있었다. 부지런하게도 벌써 곗돈을 거두었나 보다고 짐작하며 수나는 문을 열어 주며 계주를 맞았다.

"어서 오셔유. 일찍 나오셨네유?"

"안녕허셨슈? 낼 기돈 받으러 다닐라구 맽긴 거 찾으러 왔슈."

수나는 무슨 말인지 몰라 어리둥절해서 물었다.

"뭘 찾으러 오셨다구유?"

"으이구, 사장님두 통 정신읎네. 아, 내가 광내 달라구 맽긴 팔찌랑 목걸이유!"

"계장님이야 말루 정신 읎으시네유. 그거 벌써 찾아가셨잖어유?"

그렇게 말하면서도 수나는 본능적으로 움츠러들었다. 여자가 목소리를 높였다.

"얼레? 이 양반 거래 뭇 허겠구먼. 원제 내가 찾아갔슈? 이거 갖구 있는디 원제 찾아갔냐구유!"

계주는 손가방에서 물품 명세서를 꺼내 수나 앞에 흔들었다. 머리를 무엇으로 맞은 것처럼 띵했다. 수나는 목소리를 차분하게 가라앉히고 계주를 소파에 앉게 했다.

"잠깐만유, 흥분허시지 마시구 제 말씀을 먼저 들어 보세유."

"그류. 얘기해 봐유."

"계장님을 제게 소개헌 아줌니 있잖어유, 그 아줌니가 며칠 전 계장님 심부름으루 왔다메 달래서 드렸어유."

"에엥? 난 그런 심부름 시킨 적두 읎구 그이가 누군지두 물러유! 그날 내가 아는 김집이서 반지 계 얘기허구 있는디 좋은 금방 있다구 가 보자구 해싸서 따라온 것뿐여유."

하필 이런 이야기를 떠들 때 도매상들이 왔다 갔다. 금방
얘기가 나돌겠지만 지금 그것을 따질 경황이 없었다.

"그날 두 분이서 언니 동생허시지 않으셨남유?"

"이 아저씨가 생사람 잡네. 내가 온제 그 여자한테 언니라
구 했슈? 그 여자 혼자 그랬겠지. 나는 누구한테 언니란 소리
잘 안 해유."

"참, 저로선 두 분이 다정허게 보여서 평소에두 친허신 줄
알었지유."

"그거하고 내가 맡긴 것하고 뭔 상관유? 왜 딴소리냐구유!
남의 물건 떼먹을 도둑 심뽄가? 나한테 물건을 받었으면 내
게 돌려 주야지 누구한테 줘?"

수나는 온몸에서 힘이 빠져 털썩 주저앉았다. 금이 백열 돈
이면 오백만 원이 넘었다. 수나가 사기당한 걸 눈치챈 계주도
더 몰아붙이지 않았다. 변상을 받을 셈으로 그녀는 아낙을 욕
했다.

"원, 어수룩한 것이 남의 등을 쳐먹었구만. 나도 그런 여자
로 안 봤는디."

수나는 우선 연말에 적금 타는 것으로 변상하기로 약속하
고 계주를 돌려보냈다. 아는 형사를 불러 대충 신고도 해 놓
았다. 그러나 신고했어도 잡을 가능성이 희박했다. 설령 잡는
다 해도 금을 찾기는 힘들 것이었다.

수나는 장사할 맛이 나지 않아 일찍 가게 문을 닫았다. 사실 이런 일이 처음은 아니었다. 가짜 수표를 받아 백만 원을 날려 버린 일, 눈 뜨고도 열 돈짜리 금 목걸이를 잃어버린 일, 어머니에게 잠깐 가게를 맡긴 사이 고급 시계와 금 목걸이, 반지 등을 속여서 빼 간 일을 생각하니 이 일에 정나미가 떨어졌다. 누구에게 보물을 나누어 줘? 수나는 참담했다. 자신의 직업에 회의감이 밀려들었다.

수나는 며칠 동안 못 마시는 술에 흠뻑 취해 지냈다. 그깟 아낙에게 속은 자신이 바보 같고 무능하다는 자책에 한없이 괴로웠다. 사실을 알고 위로하는 가족들에게 부끄러웠다. 특히 어머니와 아버지의 염려에 마음이 더 괴로웠다.

수나는 세공실에 들어앉아 목걸이 금줄을 뽑았다. 수나가 삼 겹 줄 고리를 엮어 잇는 땜을 하고 있을 때 손님이 들어와 불렀다.

"계세요?"

곱슬머리 사내였다. 원고를 맡겨 놓고는 그간 잊고 지냈다. 수나는 사내를 소파로 안내했다. 사내는 입을 열지 않은 채 수나를 힐끔힐끔 쳐다보며 영문 모를 웃음을 지었다. 수나는 자기 얼굴에 무엇이 묻었나 싶어 손으로 얼굴을 쓸며 거울을 보았다. 사내는 하릴없이 이웃 가게에 놀러온 사람처럼 탁자에 놓인 보석 반지 카탈로그를 뒤적거렸다. 잠시 침묵이 흘렀다.

"궁금하지 않아요? 내가 가져간 원고가 어땠는지?"

사내가 진열대 안쪽에 서 있는 수나를 바라보며 물었다.

"읽기 괴로우셨쥬? 재주두 없이 끼적거린 것, 읽으시느라구."

수나는 덤덤하게 말했다.

"글은 언제부터 썼나요?"

"온제랄 것까장 있나유? 심심해서 그냥 써 본 거에유."

수나는 부끄러워서 얼굴이 화끈거렸다.

"이런 일을 해 가며 그렇게 써 냈군요? 시인이시오. 정식으로 등단해야겠어요. …… 혹시 내가 뭐하는 사람인지 아오? 더러 책도 낸 이촌민이지요."

"예? 누구시라구유?"

"여기서 태어난 소설 쓰는 이촌민이요."

"증말루 『둑새풀』의 이촌민 선생님이라구유?"

소설가는 대답 대신 빙긋이 웃었다.

수나는 깜짝 놀라서 서랍에 모셔 둔 소설집 『둑새풀』을 꺼내어 사진을 확인했다. 수나가 그동안 읽은 문학 서적들 중에 소설마다 깊은 감명을 받은 이촌민 작가였다. 수나는 주저앉을 듯 놀랐다.

"그 원고 내가 좋은 출판사에 소개할 테니까 시집으로 엮으시면 어때요?"

"시집으루유? 책으루 낼 만헌 글인가유?"

"글도 아닌 것을 두고 말하는 실없는 사람 같아요?"

"그건 아니지만, 제가 당장은 책을 낼 만헌 여유가 읎어서유."

주위에서 시로 등단했다는 시인들이 수백만 원씩 자비 들여서 시집을 내는 걸 보았다. 수나는 그만한 여윳돈도 없을 뿐더러 시인도 아닌 주제에 시집을 낼 수는 없었다.

"시집 내는 데 돈 들까 봐 걱정이오? 오히려 출판사에서 인세를 받고 낼 수 있으니까 내가 시키는 대로 해보오. 나중에 책이 나오고 출판기념회를 하자면 술값이 조금 들기는 할 거요."

수나는 귀가 솔깃했다.

"증말루 제 글이 시가 될까유?"

"어허! 내가 눈이 밝지 않아도 글이 되는지 안 되는지는 좀 압니다."

수나는 가슴이 뛰었다. 천하의 이촌민 작가가 지금 자신의 시를 품평하고 있는 것이었다. 꿈인가 싶었다. 책을 내다니 생각만 해도 가슴이 벅차올랐다.

이촌민은 수나에게 몇 가지를 일렀다. 책을 내려면 시간이 좀 걸린다, 그동안에 글도 더 써 두고 책도 읽어 두라, 책을 읽되 여러 장르를 두루 읽고, 좋은 문예지를 구독하라, 따로 등단하려고 문예지나 신춘문예에 투고하지 마라, 등등을 권했다.

수나는 그가 권하는 대로 문학을 적극 공부하기로 결심했다. 문학은 금은방 영업에 지친 수나에게 신선한 공기가 되었다. 그동안 밀폐된 곳에 살다가 앞이 탁 트인 벌판에 선 느낌이었다. 수나는 주말이면 가게 문을 닫고 이촌민 작가의 작업실을 찾아갔다. 그는 뒷전이 된 수나의 생업을 걱정했다. 그러나 수나는 귀에 들리지 않았다. 밤낮으로 문학 생각만 했고 문학 공부만 했다. 공부할 시기를 넘긴 만학도로서 열등감은 수나를 더욱 좨쳤다.

우려대로 만보당 영업은 날이 갈수록 주춤거렸다. 경기도 좋지 않았지만 사기당한 소문까지 나서 새 고객이 늘지 않았다. 아무리 문학에 미쳐 있는 수나라지만 고민하지 않을 수 없었다. 직업훈련소에서 배운 기술도 포기하고 온갖 고생을 하고 택한 직업이었다. 쉽게 정리할 수 없었다. 그러나 남은 생을 문학 속에서 살고 싶은 마음은 어디에 어떻게 두어야 하나? 수나는 홀로 시름이 깊었다.

길 건너 전파사에서 아침부터 시끄럽게 크리스마스 캐럴을 틀어 놓고 있었다. 수나는 새로 구독하는 신문을 읽다가 한 곳에 눈을 박았다. 신춘문예 공고였다. 시, 소설, 동화, 동시, 희곡, 평론 중에 동시 장르가 눈에 들어왔다.

수나는 노트에서 가장 마음에 드는 동시 다섯 편을 골라서 정리했다. 하나씩 원고지에 깨끗이 적어 신춘문예 응모 요강에 따라 마감일에 우편으로 부쳤다. 부치고 나서야 이촌민이 신춘문예에 보내지 말라 당부한 말이 생각났다. 이미 엎질러진 물이었다. 말 안 하면 아무도 모를 일이니 음모한 티만 내지 않으면 될 터였다.

수나는 사기당한 뒤로 계속 고객들과 크고 작은 마찰에 시달렸다. 사기당한 소문이 만보당의 이미지를 망쳐 놓은 것이었다. 수나는 이 조그마한 동네에서 어떻게 신뢰를 다시 회복할지 막막했다.

연말이 바짝 다가온 날이었다. 한 노파가 가게를 찾아왔다. 다짜고짜 쌍가락지를 내밀었다.

"어티게 다섯 돈짜리를 맽겼는디 니 돈 반두 못 된다는 거여."

"온제 맡기셨는데유?"

"아, 닷 해 전인가? 거기헌티 맽겼잖여. 누가 잊어 먹겄어?"

노인은 굽은 수나의 등을 힐끔 바라보았다.

"오 년 되셨다구유?"

"그려. 시상이 썩여 먹을 사람이 읎어서 이 늙은이를 썩여? 금은방이 여기배끼 읎남? 그런 양심으루 장사허지 마러!"

노파는 수나가 말할 틈도 주지 않고 몰아세웠다. 수나는 억울하고 화가 나서 미칠 것만 같았다. 수나의 기억이 맞다면 금 다섯 돈이라고 노파가 가져온 쌍가락지는 실제 무게가 다섯 돈이 못되었다.

"어르신을 제가 기억허겄어유. 오 년 전에 해 가셨다니 그

장부를 찾어보구 말씀드릴게유. 내일 다시 오셔유. 잘못된 것
이면 지가 손해배상 해 드리구 책임질게유."

노파는 돌아가면서도 눈을 흘기고 사기꾼 몰듯이 떠들어
댔다.

수나는 이른 저녁에 가게를 닫고 밤새도록 창고에서 묵은
장부를 뒤적였다. 오 년 전 장부는 큰 자루로 세 자루나 되었
다. 새벽녘에야 노인이 맡긴 쌍가락지 기록을 찾았다. 수나의
기억이 맞았다. 다섯 돈에서 세 푼쯤 부족한 쌍가락지를 가져
온 것으로 적혀 있었다. 다시 만들 때 손실되는 양과 이미 부
족한 양의 금도 보태지 않은 것으로 적혀 있었다.

이튿날은 자느라고 가게를 늦게 열었다. 밤새 눈이 내려서
가게 앞이 빙판이었다. 수나는 삽과 빗자루로 눈을 치웠다.
전화벨 소리에 급히 가게로 뛰어 들어와 수화기를 들었다. 두
어 발자국만 빨리 움직여도 숨이 가쁜 수나는 수화기를 들고
잠시 헐떡거렸다. 상대가 먼저 말을 걸어왔다.

"저기, 윤수나 선생님 계신가요? 여기 신문사인데요."

젊은 남자 목소리였다.

"아, 예. 저 그 신문 구독허구 있습니다. 다른 곳을 알어보
셔유."

"아, 아녀요! 저는 문화부 기자인데요. 동시 쓰시는 윤수나
선생님 좀 바꿔 주세요."

"지가 윤수나인디유. 왜 그러슈?"

"선생님께서 신춘문예에 응모하신 동시가 당선되셨어요."

"예에? 증말인가유?"

"축하드립니다. 원고 다섯 장 이내로 당선 소감을 보내 주세요. 가능한 빨리요."

수나는 잠시 아무 생각도 나지 않고 가슴만 쿵쾅거렸다.

"이야!"

정신이 들며 미친 사람처럼 혼자 소리쳤다. 쓸다 만 눈을 대강 치우고 이촌민 작가에게 전화를 하려다가 멈칫했다. 꾸중 들을 일이라면 자수하고 듣는 게 낫다 싶어 수나는 용기를 내었다.

"오, 축하합니다. 그러게 내가 글이 좋다지 않았소. 오늘 내가 축하주 사리다. 시간 비우세요. 여기 서울이니까 당장 내려갈게요."

작가는 수나가 자세히 이야기할 틈도 주지 않고 전화를 끊었다.

수나는 일손이 잡히지 않았지만 수리 맡긴 시계를 들었다. 이 기쁜 소식을 나눌 만한 사람이 누가 있을까? 아무리 생각해도 이촌민 선생 말고는 기쁨을 함께 나눌 만한 사람이 없었다. 지역의 엘리트들이 밑바닥부터 시작한 수나와 친할 리 없었다. 눈 뜨면 만나는 이들은 저자를 생활 전선으로 삼는 사람들뿐이었다. 고독한 생활에 익숙해서 고독한 줄 모르고 살아온 세월이 새삼 아득했다.

이촌민은 약속대로 저녁 때 대천에 도착했다. 수나에게 편한 집으로 찾아 저녁과 술을 사며 수나의 등단을 축하해 주었다. 밤늦도록 수나와 술에 젖으며 문학에 대한 조언과 함께 용기를 주었다.

만보당 밖으로

수나는 신춘문예에 당선한 기쁨을 접어 두고 가게 연말 결산을 했다. 가게 세를 내고, 이런저런 부대 경비와 인건비까지 빼고 나니 천오백만 원 정도가 남았다. 거기서 사기당한 돈과 이러저러하게 손님들에게 지워진 손해들을 빼고 나니, 수나의 인건비는 한 달 오십만 원이 되지 못했다. 적은 수입은 노력하면 나아질 수 있으니 크게 마음에 담아 둘 생각이 없었다. 다사다난했던 한 해도 어쨌든 행복했다. 제 손으로 벌어먹었으며, 제 손길을 거쳐 간 숱한 시계들이며 귀금속이 세상 어디에선가 기쁨과 선물이 되어 있을 것이었다. 수나는 장부를 덮고 기지개를 켰다.

크리스마스를 이틀 앞둔 새벽 두 시였다. 집에서 곤히 잠자던 수나는 가게에 설치한 도난 경보기의 비상 전화가 울려 황

급히 뛰어나갔다. 겉옷만 걸치고 눈이 정강이까지 쌓인 길을 미끄러지며 가게로 달려갔다. 도둑이 가게를 턴 것은 아니었다. 취객이 셔터를 발길로 차고 가는 바람에 경보기가 작동한 것으로 추측되었다. 다행이었다. 그러나 수나는 긴장한 채 뛰어와서 호흡 곤란이 왔다. 가슴을 움켜쥐고 쓰러져서 몸부림 치다가 기절하고 말았다.

깨어 보니 병원이었다. 경보기가 작동해서 출동한 경찰의 눈에 띄어 병원으로 후송된 것이었다. 금은상협회장을 맡은 보광당 주인이 면회를 다녀갔다.

"얘기 들었남? 시금당이 강도당혀서 물건 다 털렸댜."

"온제? 오쩌다?"

도난 시스템도 잘되고 숙직도 하지 않은 가게에 웬 강도냐 싶었다.

"교회서 새벽 기도 허구 와서 평소대루 가게 문을 열어 놓으려는디 목에다 칼 들이대메 고개두 들지 못하게 했댜. 꼼짝 못허구서 고대루 가게루 밀려 들어가 바닥에 엎어져 있었다 더먼. 눈과 입이다 테이프를 붙여서 누군지 몇 늠인지 못 봤네벼."

시금당 주인은 수나보다 한 살 많은데 초등학교 때부터 이 일로 잔뼈가 굵은 사람이었다. 부모를 일찍 여의고 동생들 가르치느라고 하루 한 끼니로 살아온 사람이었다. 이제 성공하고 살 만한데 이런 일을 당했으니 참으로 안되었다.

수나는 진절머리가 쳐졌다.

수나는 만보당을 정리하기로 결심했다. 칠 년간이나 단골해 준 순수한 고객들에게 죄짓는 것 같아 마음이 무거웠다. 만보당 가게 계약 기간이 3월 말이니 그 안에 가게를 정리하기로 건물주와 얘기를 마쳤다. 일주일도 못 되어 만보당 자리가 새 주인을 만났다.

수나는 큰 출판사와 동시집을 내기로 정식 계약을 했다. 시집 출간 일정은 5~6월쯤으로 잡혔다. 수나는 모처럼 이촌민 선생을 모시고 전망 좋은 바닷가 횟집으로 갔다. 그동안 일어난 이야기를 하다가 가게를 그만 접게 된 이야기를 했다. 선생은 수나가 만보당을 접는 일이 문학 탓인 줄 알고 걱정했다. 그런 것이 아니라고 몇 번을 말해도 선생께서는 마음을 놓지 않았다.

"허허, 내가 괜히 문학병을 전염시킨 건 아닌지 모르겠네요."

수나는 가게를 차분히 정리했다. 도매상에서 받은 물건들 중에 반납되는 것은 반납하고 잔금 남은 것을 계산했다. 거래하던 도매상이 한둘이 아니었다. 도매상을 정리하는 데만도 한 달이 소요되었다. 또 금을 맡겨 둔 반지 계장과 고객들을 일일이 찾아 돌려주어야 했다. 시계 수리를 맡기고 몇 개월씩 찾아가지 않는 고객도 찾아서 돌려주어야 했다. 그렇게 정리하고 나니 수중에 남는 돈이 삼천만 원이 채 못 되었다. 칠 년간 불린 재산이 칠백만 원이었다.

마지막으로 진열장과 가구들을 중고품업자에게 헐값에 넘기고 나자 폐업이 얼추 마무리된 것 같았다. 진열장을 실어 보내고 돌아섰을 때였다.

"사장님, 사장님, 내 금은 원제 주실 거유? 우리 옆집 슈퍼 아줌니헌틴 직접 갖다 주셨다메유."

반지 계주 하나가 헐레벌떡 달려오며 소리쳤다. 그동안 뜯어 가려고만 하고 별로 도움을 주지는 않은 얌체 아주머니였다. 수나의 기억으로는 석 달 전에 모든 거래가 마무리되었는데 무슨 말인가 싶었다. 그녀가 찾아 갈 금이 남았다면 석 달간이나 가만히 있을 사람이 아니었다.

"워매, 내 금은 떼먹을 작정이네. 아, 지난봄에 슈퍼마켓 아줌니가 서울루 급히 보낸다구 금뎅이루 떠 달라구 헐 때 사장님이 금뎅이가 다 떨어져 읎다구 했잖유! 그때 내 금뎅이를 꿔 준 거 말여유!"

그랬다. 작년 봄에 그런 일이 있었다. 그때 분명히 그녀가 자원해서 금을 꾸어 주고는 받아 갈 때는 이자까지 챙겨 달라고 떼를 썼다. 그래서 삼천 원짜리 아기 은반지 하나를 사례로 내주어야 했었다.

"그거 받아 가셨잖유."

"원제유? 나 참 기가 막혀서. 아, 여태 왜 안 주나 허구 기다린 사람한테 뭔 소리래유? 아, 이러구 섰지 말구 어서 내놔유! 이제 보니 아주 도둑 심뽀로 장사했나 보네.”

　여자는 길거리 사람들이 다 듣게 고래고래 고함을 쳤다. 수
나는 어이없어서 하는 대로 그냥 두었다. 어차피 장사를 그만
두는 마당에 남들 이목이고 뭐고 의식할 게 없었다. 그 대신
여자의 버르장머리를 잡아 주자고 마음먹었다.

　“증말루 안 받아 가셨슈?”

　“그려. 원제 줬는지 증거 내놔 봐! 나는 내 금 가져간 슈퍼
마켓 아줌니가 증인이여. 어디 증거를 대 봐!”

　목청껏 소리소리 높이면 망신당하기 싫어서라도 금 한 냥
쯤은 내줄 줄 알았던 모양이다. 행인들이 가다가 서고, 이웃
가게 사람들이 내다보았다.

　“증거요? 그날 이자루 뺏어간 아기 은반지를 누구 줬는지
생각 안 나유?”

　그날 여자가 애 업은 새댁 하나를 데리고 왔다. 여자는 새
댁이 자기 딸 친구라며 아기에게 그 은반지를 손수 끼워 주었
다. 그리고 한 사흘 지나서 그 새댁이 혼자 은반지를 가져와
금반지로 바꿔 갔다. 바꾸러 와서는 그까짓 은반지 갖고 생색
내려 한다는 둥, 제 어머니는 가난해도 계주네 손녀딸 돌 반
지로 금반지를 해 주었다는 둥 한참 계주를 흉보고 갔었다.
그때 새댁은 아기 이름과 전화번호를 새긴 목걸이까지 맞추
었다. 지금이라도 장부를 뒤적이면 그 새댁을 찾을 수 있을
것이다.

"지금 이 이야기하는데 무슨 아기 은반지 얘기여? 그건 내 돈으로 직접 사서 선물한 거여."

여자는 아예 가게 문 앞에 주저앉아 버렸다. 어쩔 수 없이 수나는 경찰서에 도움을 요청했다.

경찰 앞에 서자 계주는 조용해졌다. 수나는 경찰에게 슈퍼마켓 아주머니와 젊은 여자의 연락처를 넘겼다. 금덩이를 꾼 날짜와 아기 은반지를 가져간 시점까지 장부를 찾아서 메모해 주었다.

수나는 셔터를 내리고 참담한 기분으로 경찰서에 갔다. 경찰서에 닿자 여자는 완전히 꼬리를 내리고 있었다.

"내 건망증이 요즘 이러유. 금방 돌아서면 잊어 먹지 뭐유. 사장한테 면목이 읎구만. 이해해 줘유. 내 병원 댕기메 건망증부터 잡어야겠네."

계주는 자기 잘못은 인정했지만 미안하다는 말은 언어 기억에 없는 것 같았다. 수나는 없던 일로 하는 셈치고 경찰서를 나왔다. 참으로 씁쓸한 폐업이었다.

에필로그

　어머니는 작은 가게를 얻어 비단을 팔았다. 값싸고 질긴 나일론에 밀리기도 했지만 고급 혼수품으로는 여전히 비단과 면직물이 인기였다. 어머니는 비단 가게에서 번 돈으로 숙이 누나를 시집보내고, 수봉이를 대학까지 졸업시켰다. 그리고 내가 만보당을 차리는 데도 보태 주었다. 병약한 아버지를 대신해 집안 살림을 꾸리며 온갖 고생을 도맡아 한 어머니……. 어머니는 그 누구보다도 나를 위해 기도하셨다. 오로지 헌신적인 사랑과 인내로 나를 아껴 주신 어머니가 없었더라면 내가 병마와 싸워 일어서는 일도, 글을 쓰는 꿈을 꾸는 것도 불가능했을 것이다.

　그리고 숙이 누나. 누나는 내 일이라면 언제 어디서든 두 팔을 걷고 나서 주었다. 고향을 떠나 타지의 금은방에서 일할 때에도 따뜻한 편지로 격려해 주고, 책을 사 주었다. 고민을 함께 나누면서도 까닭 없이 부리는 투정까지 말없이 받아 주었던 누나는 내게 유일한 친구이기도 했다. 그런데도 누나는 내가 장애를 갖게 된 것이 자기 잘못이라고 여긴 탓에 내게 늘 미안해했다. 내 몸의 아픔이 누나의 마음에도 지워지지 않는 상처로 남은 것 같아 나는 도리어 그런 누나에게 미안했다.

병약한 몸으로도 간척지 조그만 땅을 일구어 옥토로 만들어낸 아버지의 얼굴은 밝다. 내가 도끼를 들고 영기를 쫓아가게 했던 수봉이는 신학대학을 졸업하고 시골 교회의 목사가 되었다. 가난한 노인들을 돌보며 즐겁게 산다. 내가 글을 쓰느라고 밤낮 책을 읽거나, 들로 산으로 돌아다니다 지쳐 집으로 돌아오면 어린 시절과 마찬가지로 어머니와 아버지의 걱정이 이어진다. 가난과 외로움이 비단 내 것만이 아니었는데, 고통을 이기지 못하고 함부로 목숨을 끊으려 했던 때를 떠올리면 몹시 부끄러워진다.

만보당은 문을 닫았다. 미련은 없었다. 세상 사람들은 금은방이 돈 많고 깔끔하고, 일이 힘들지 않는 좋은 곳이라 여긴다. 그러나 귀중품을 만지다 보니 사기꾼이나 도둑들에게 피해를 입는 일이 많았다. 늘 사람을 믿지 못하고 불안해하며 조심해야 하는 직업이었다. 그래서 나는 만보당을 닫고 나서 마음이 홀가분했다.

넉넉한 수입원을 잃어 걱정이 되기는 했다. 그러나 그보다 안된 일은 나를 믿고 찾아 준 손님들과 헤어지는 일이었다. 가게를 닫는 것은 그들의 믿음을 저버린 것이었다. 섬이나 산골에서까지 찾아와 주던 손님들의 애정과 믿음은 무엇보다 소중한 자산이었다. 그들은 내게 오래도록 마음의 빚으로 남을 것이다.

나는 만보당에서 값진 경험을 얻었다. 아주 많은 사람들을 만났다. 그 경험은 돈으로 사지 못할 것들이다. 그들은 생김새며 마음 씀씀이가 제각기 달랐다. 늘 타인의 입장을 인정해야 했고 서로 다른 성격을 이해해야 했다. 나는 보석을 세공하며 그것을 주문한 사람의 마음과, 그것을 받을 사람의 마음을 생각했다. 그래서 내가 만든 보석은 한 돈 반지도 결코 같은 것이 없었다.

고장 난 시계를 고칠 때는 병들거나 죽어 가는 생명을 살려내는 것과 같은 기쁨도 느껴 보았다. 아무리 값비싼 고급 시계라 해도 살아 움직이지 않으면 아무런 가치도 없다. 스스로 움직이는 세상의 모든 생명이 지닌 경이로움과 아름다움을 매 시각 느낄 수 있었다.

금세공을 할 때도 자신을 갈고 닦는 중이라는 생각을 했다. 나 자신 역시 별처럼 보석처럼 아름답기 위해 스스로를 녹이고 두드리고 깎고 다듬고 있다는 상상을 했다. 사납고 차갑던 성격이 약하고 부드러운 성격으로 조금씩 변화하는 것을 느꼈다. 글을 쓰는 일도 마찬가지다. 글쓰기는 만인과 보석을 나누는 일이다.

오늘도 건이 생각이 난다. 죽음에 대해 묻던 그 어린 눈망울을 떠올리면 여전히 가슴이 아프다. 언젠가 건이에게서 받은 엽서 한 장을 꺼내본다.

만보당의 온기가 생각나는 날입니다.

_건이 올림

건이는 자신의 주소를 적지 않았다. 아마도 건이에게는 시간이 조금 더 필요한 모양이었다. 그럼에도 건이가 언젠가 고향에 찾아와 우리 둘이 마주앉아 따뜻한 차 한 잔을 나눌 그날이 꼭 올 것만 같다.

시계도 힘찬 심장처럼 박동이 멈추지 않아야 자기 역할을 할 수 있다. 금붙이는 불에 달궈지고 모루에 두들겨지고 깎이고 다듬어져야만 제대로 빛이 나고, 어떤 생명체든 누구든 세상에 태어날 땐 자기에게 주어진 역할이 있다.

어딘가에서 스스로를 두드리며 제 빛을 찾아가고 있을 건이에게 이 긴 편지를 보낸다.

걸어 다니다, 마침내

박상률 시인 · 소설가 · 평론가

1

일찍이 독일 시인 괴테는 이런 말을 했다. "작가의 모든 작품은 작가의 자서전일 따름이다." 예전에는 이 말을 곧이곧대로 받아들이지 않았는데 요즘 와서는, 어쩜 이렇게 절묘한 말을 했을까, 하며 무릎을 친다. 그도 그럴 것이 스무 해 넘게 글쓰기를 '업'으로 삼아 보니 내가 쓰는 어떤 글이든 내가 살아온 만큼, 내가 아는 만큼 쓴다는 것을 절감하게 된다. 그렇다. 글은 곧 그 사람이며, 그 사람의 삶이다. 그런데, 그렇기에 더 난감하다. 내가 쓴 글을 통해 나와 나의 삶이 알게 모르게 드러나면 어쩌나 하는 두려움이 일기 때문이다.

그래서 나는 기회가 있을 때마다 "내 일은 남의 일처럼 쓰고, 남의 일은 내 일처럼 쓴다"라고 말한다. 일종의 물 타기다. 독자들이 내가 쓴 글과 글의 주인공을 나와 동일시해서 말하지 못하게 하려는 입막음용 발언이다. 그럼에도 독자는 작가와 글 속의 한 인물을 동일시한다. 아무리 작가가 작품 속의 인물과 자신은 다르다고 강변해도 믿지 않는다.

그런 독자들 때문에 언제부턴가 "예술가는 자신들의 작품 뒤에 숨는 법을 기가 막히게 체득한 사람이다"라는 말을 절실히 실감하며 나도 내 작품 뒤에 숨는 방법을 연구해 보았다. 그러나 작품 뒤에 숨는 방법이란 쉽지 않다. 잘 숨기 위해선 작품 속에 자신을 절묘하다 할 만큼 효과적으로 표현하여 세상으로부터 자기 자신을 지켜야 하는데, 그게 어디 쉬운 일이겠는가.

그런데 작품 뒤에 숨기는커녕 아예 작품 속에 자신을 드러내 버리는 경우도 있다. 이른바 성장소설. 성장소설은 굳이 '자전적'이라는 말을 붙이지 않아도 된다. 독자는 자신이 읽을 책이 성장소설이라는 사실을 아는 순간 작가의 자전적 이야기라는 것을 짐작하기 때문이다. 즉 성장소설의 주인공을 작가의 분신으로 여기고 본다는 것이다.

성장소설은 둘로 나뉜다. 일반 문학 속의 성장소설과 청소년문학 속의 성장소설. 일반 문학 속의 성장소설은 이른바 교양소설 혹은 발전소설, 예술가소설이라 부른다. 이는 성인이 된 작가가 자신이 작가가 되기까지 겪은 지난날의 일들을 회고조로 쓴 소설이다. 이미 성인이고 작가가 되었기 때문에 자전적인 이야기면서 나름대로는 성공담(실패담은 굳이 쓰지 않기에)일 수밖에 없다. 하지만 청소년문학 속의 성장소설은 이와 사뭇 다르다. 일단 회고조로 쓰지 않는다. 굳이 자전적인 이야기일 필요도 없다. 작가의 청소년 시절 이야기라도 상관없지만 지금 이 순간의 청소년들 이야기라면 더욱 좋다. 청소년문학 속의 성장소설은 시간의 거리보다는 이야기의 보편성이 중요하기 때문이다. 50년 전, 100년 전, 200년 전 이야기일지라도 지금 아이들이 공감할 수 있으면 그만이다.

2

안학수 시인의 『하늘까지 75센티미터』는 성장소설이다. 그런데 이게 '요상'하다. 성장소설은 성장소설이로되, 그 소속을 어디로 해야 할지가 조금 모호한 것이다.

수나 이름을 제대로 불러 주는 아이가 없었다. "야, 꼽새" 하고, 만만한 심심풀이 놀잇감으로 여겨 주먹질이었다. 아무 까닭 없이 갑자기 눈에서 불나도록 뒤통수를 때리는 아이도 있었다.

—150쪽

수나는 걷지도 못할 정도로 다리에 장애가 있었는데, 가까스로 혼자 몸을 추스르게 되자 두세 살 어린 아이들을 동급생으로 하여 2학년에 편입하게 된다. 하지만 아이들은 수나가 장애가 있다는 이유로 놀리고 때린다. 아이들이 그러는 데에는 오로지 수나가 자신들과 다른 신체 구조를 가지고 있기 때문이다. 어떤 다른 이유도 없다. 그런 상황에서도 수나는 아이들의 괴롭힘을 이겨 낸다. 바로 이런 장면, 예나 지금이나 아이들은 자기보다 약해 보이면 괴롭히는데 이런 장면이 청소년문학 속의 성장소설이다. 지금도 일어나는 현재진행형의 일이기 때문이다.

그런데 『하늘까지 75센티미터』는 청소년기를 훌쩍 뛰어넘어 어른의 세계까지 들어간다.

"글은 언제부터 썼나요?"

"온제랄 것까장 있나유? 심심해서 그냥 써 본 거에유."

수나는 부끄러워서 얼굴이 화끈거렸다.

"이런 일을 해 가며 그렇게 써 냈군요? 시인이시오. 정식으로 등단해야겠어요. …… 혹시 내가 뭐 하는 사람인지 아오? 더러 책도 낸 이촌민이지요."

—324쪽

주인공의 글이 금은방 손님으로 들른 소설가 '이촌민'이라는 제대로 된 감식가를 만나는 장면이다. 시계를 고치거나 금은 세공을 하면서 틈틈이 시를 써 왔던 주인공이 문학의 스승을 만난 것이다. 이야기는 주인공이 시인으로 등단하는 장면으로 치닫는다. 예술가소설, 즉 성인문학 속의 성장소설 같은 짜임이다. 이는 지금의 자리에서 문학청년 시절을 돌아보는, 어찌할 수 없는 회고조의 자전적 이야기다.

그렇다면 『하늘까지 75센티미터』는 성인문학 속의 성장소설인가?

전반부는 지금 아이들에게도 통할 수 있는 보편성이 있다. 시대 배경이야 수십 년 전이지만 근본적인 것은 바뀌지 않았으니까. 그런데 주인공이 문학을 통해 자신의 삶의 물줄기를 잡기 시작하면서부터는 청소년 독자만을 의식하지 않는다. 바로 일반 소설이 되어 버리는 것이다.

『하늘까지 75센티미터』, 너의 정체는 무엇이뇨?

3

『하늘까지 75센티미터』는 '이야기'성이 풍부하다. 가령 자신의 몸이 불구가 된 사연을 돌이키는 장면이 그렇다.

농립을 챙겨 나오던 두성은 옥수수를 지범거린 수나를 보자 대뜸 발길질을 했다.

"이 새끼 왜 맨날 우리 집이서 처먹고 지랄이여!"

우악스러운 발길이 수나의 등에 꽂혔다. 옥수수를 든 수나는 토방 아래로 굴러떨어져 나뒹굴었다. 눈 깜짝할 사이에 일어난 일이었다.

수나는 정신을 놓고 죽은 것처럼 꼼짝도 못했다. 수나가 정신이 들었을 땐 찬물을 끼얹어서 머리가 흠뻑 젖어 있었다. 입술에서는 시큼한 김칫국 맛이 돌았다. 숨도 쉴 수 없을 만큼 온몸이 결리고 아파 똑바로 일어설 수가 없었다.

—18~19쪽

아직 철이 안 난 어린 시절, 또래인 복성이의 둘째 형 두성이가 수나를 폭행하는 장면이다. 열일곱 살인 두성이는 나뭇짐을 마당에 부려 놓은 뒤 형수가 살랑살랑 퍼 담아 준 밥을 먹는다. 형수는 시동생의 배가 차지 않을 거란 걸 알기에 옆집에서 얻어 온 옥수수를 내놓는다. 두성이는 밭으로 나가는 길에 옥수수를 먹으려 했고, 그가 잠깐 방으로 들어간 사이 수나가 그 옥수수를 한입 뜯어 먹은 것이다. 자기 친동생인 복성이가 그랬어도 화를 낼 판인데 만날 와서 먹을 것을 축내는 수나가 그랬으니 가만두겠는가.

두성이에게 맞은 수나는 결국 꼽추가 된다. 그런데 이런 이야기를 꺼내는 품이 손에 땀을 쥐며 이야기를 듣게 하는 사랑방 이야기꾼의 솜씨인 것이다. 수나는 죽어 없어지려고 아주까리기름을 먹다가, 자신이 꼽추가 된 사건을 떠올린다. 자신을 이렇게 만든 두성이에게 언젠가 복수를 해야 하는데 죽어 없어지면 앙갚음을 할 수 없다는 생각에 기름 마신 걸 후회하는 것이다.

이런 일 저런 일을 겪으며 주인공은 성장한다. 그럼으로써 『하늘까지 75센티미터』는 이야기에 머물지 않고 마침내 소설로 나아가는 것이다. 단순히 재미만을 추구하면 이야기에 머물고 말았을 것이다. 그러나 작가는 독자로 하여금 영혼이 성장할 수 있는 장치를 마련하였다. 사실 소설은 기본적으로 성장을 추구하는 장르기도 하다.

4

안학수 시인의 글쓰기 영역이 시에만 그치지 않으리란 건 이미 짐작한 바 있다. 연전에 장안의 지가를 올린 바 있는 유용주 시인의 산문집 『그러나 나는 살아가리라』의 발문을 쓴 이가 안학수 시인이다. 필자는 유용주 시인의 '노글노글하면서도 징글징글한' 산문도 맛있었지만, 안학수 시인이 자주 찾는 대천 앞바다 개펄의 '낙지 맛' 같은 그의 발문도 아주 '감칠맛' 났던 것으로 기억한다.

다만 『하늘까지 75센티미터』가 더 탄탄한 소설적 구조를 갖추었더라면 좋았을 걸, 하는 아쉬움이 남는다. 그런 아쉬움을 갖게 하는 건 작가가 주인공 뒤에 절묘하게 숨지 못하고 그냥 드러나 버린 탓이다. 바로 이런 점이 성장소설의 장점이자 단점인 것이다.

본디 성장소설을 읽는 독자들이 주인공과 작가를 쉽게 동일시한다 하더라도 작가는 끝까지 의뭉스러울 만치 내숭을 떨어야 되는데, 『하늘까지 75센티미터』의 작가는 너무나 솔직하게 자신을 드러내 버렸다. 그래서 이 작품은 마침내 걸어다니고, 글쟁이가 되고 마는 어떤 한 인간의 이야기로 읽힌다. 말하자면 시인으로서의 자기 형성 과정을 담은 자전적 수기 같은 느낌을 완전히 떨쳐 버릴 수 없다는 것이다.

그렇다고 해서 『하늘까지 75센티미터』의 무게나 값어치가 떨어지는 건 아니다. 미리 무게와 값어치를 알고 읽는 셈일 뿐이다. 이건 아마도 작가가 시인이라서 그럴 것이다. 시인은 시의 화자인 서정적 자아를 시 속에 배치하는데, 소설의 화자에 비해 시의 화자는 훨씬 더 시인에 가깝다. 아마도 시인으로서 오랫동안 몸에 밴 이러한 습성이 이번 소설에도 영향을 끼친 것 같다. 그런들 어떠리. 작가라고 하는 족속들은 어떤 형식의 글을 통해서도 자기완성을 향한 욕구를 드러낼 수밖에 없는 것을. 안학수 시인은 평소에 시로 담지 못한 이야기들을 이 작품에 쏟아부은 것 같다. 즉 『하늘까지 75센티미터』의 창작 행위 자체가 곧 그에게는 자기완성으로 가는 한 수단이 된 것인지도 모른다. 그렇다면 그걸로 족하다.

5

없어도 되는 뱀의 다리 같은 말을 한마디 더 하자. 지금 이 글을 쓰고 있는 이 순간까지도 안학수 시인을 언제 어떻게 만났는지 기억이 잘 나지 않는다. 그러나 뚜렷한 기억 하나는, 안학수를 떠올리면 유용주와 한창훈과 이정록이 똑 구월산의 꺽정이 패처럼 한 묶음으로 떠오른다는 것이다. 거기에 고인이 되신 이문구 선생까지! 이들은 이문구 선생이 명명한 대로 바로 '서해안 주당 협회'의 일원들이다. 이들은 일찍이 서산, 보령, 홍성 등지에 똬리를 틀고 앉아 밤이고 낮이고 글과 술을 사랑하면서 대한민국의 글쟁이들을 '들었다 놓았다 해 감시롱' 갖은 품평을 하는 재미로 몇천 날을 보낸 것이다.

꺽정이 패 같은 주당 협회의 회원들과는 달리, 유일하게 꺽정이 같지 않은 한 사람, 안학수 시인의 첫 소설에 왈가왈부한 건 어쩌면 실례면서도 자랑이다. 이는 소설 속에 '이촌민' 선생으로 나오는 이문구 선생과의 각별한 인연 탓이기도 하다. 오래전, 이문구 선생에게 불려 가 선생이 강의 나가던 대학에 강의하러 다닌 적이 있다. 이문구 선생 왈, '내 강의하는 동안만 같이해 보지'라고 하셨기에. 그래서 선생이 세상 버리던 때까지 한 5년 착실히 출강을 하였다. 보령 시절의 이문구 선생의 무릎제자인 안학수 시인의 작품 끄트머리에 발문도 아니고 해설도 아닌 이런 글을 굳이 필자가 달아매는 것도 다 그런 사연이 있는 것이다.

마음이 단단한 사람

아주 먼 길을 돌아온 것 같습니다.

체력도 능력도 턱없이 부족한데 무리하게 나선 길이었습니다. 어쭙잖은 재주만 믿고 나섰음을 깨닫는 데는 그리 오랜 시간이 걸리지 않았습니다. 여러 차례 우여곡절을 겪으며 그만두고 싶던 때도 있었습니다. 그때마다 겪고 넘어야 할 과정이라고 오기를 용기로 내세웠습니다. 이 글을 쓰겠다고 마음먹은 지 다섯 해나 걸어온 지금에야 목적지에 닿았습니다. 이제라도 독자께 올릴 수 있어서 제겐 천만다행으로 여겨집니다.

겨울이 지나 언 땅이 녹을 때 농부들은 보리밭에 나가 보리밟기를 해 줍니다. 겨울을 이겨낸 보리의 어리고 여린 싹을 자근자근 밟아, 들떴던 보리 뿌리가 제자리를 잡을 수 있도록 말입니다. 이렇게 밟힌 보리가 더 튼튼하게 자라고 열매도 많이 열립니다.

겨우내 언 땅에서도 시들지 않고 꾹꾹 짓밟힌 후에 더 여물어지는 보리처럼, 아프고 고단한 우리네 삶의 여정에서 마음이 조금 더 단단해지는 데 이 책의 이야기가 쓸모 있어지길 빌어 봅니다.

　책을 펴내는 데 도움을 주신 박상률, 방현석, 전성태 작가님께 감사드립니다. 아시아 출판사 편집실 가족 여러분께도 진심으로 감사합니다.

2011년 봄

안학수

하늘까지 75센티미터

초판 1쇄 인쇄 ｜ 2011년 4월 25일
초판 1쇄 발행 ｜ 2011년 5월 5일

지은이 ｜ 안학수
펴낸이 ｜ 방재석
편집 ｜ 정수인, 임홍열, 박신영
디자인 ｜ 이춘희

펴낸곳 ｜ 아시아
출판등록 ｜ 2006년 1월 31일 제319-2006-4호
주소 ｜ 서울특별시 동작구 흑석동 100-16
전화 ｜ (02)821-5055
팩스 ｜ (02)821-5057
홈페이지 ｜ www.bookasia.org

ISBN 978-89-94006-15-4 03810

값은 표지 뒷면에 있습니다.
잘못된 책은 바꾸어 드립니다.

이 도서의 국립중앙도서관 출판시도서목록(CIP)은 e-CIP 홈페이지(http://www.nl.go.kr/cip.php)에서
이용하실 수 있습니다. (CIP제어번호: CIP2011000874)